KB017225

영웅시대 3부

영웅시대 3부 ❸ 보스편

초판1쇄 인쇄 | 2018년 7월 20일
초판1쇄 발행 | 2018년 7월 28일

지은이 | 이원호
펴낸이 | 박연
펴낸곳 | 한결미디어

등록일자 | 2006년 7월 24일
등록번호 | 제25100-2006-152호
주소 | 서울시 마포구 모래내로 83 한올빌딩 6층
전화번호 | 02 · 704 · 3331
팩스번호 | 02 · 704 · 3360

ISBN 979-11-5916-100-1   979-11-5916-097-4(set)   04810

이원호의 명품 기업소설

영웅시대

3부 ③ 보스편

한결미디어
HANGYEOL
MEDIA

목차

제1장
깨어나는 곰 죽는 뱀

홍콩에서 푸저우 공항에 도착했을 때는 저녁 무렵이다. 공항에는 푸저우 합영공장 사장 정남희가 나와 있었는데 이광을 보며 활짝 웃었다.

"드디어 오셨군요."

바짝 다가선 정남희가 웃음 띤 얼굴로 말을 이었다.

"여기서도 소식 다 듣고 있었습니다. 축하합니다."

"뭘 말이야?"

따라 웃은 이광이 묻자 정남희가 옆에 선 안학태와 수행원들을 둘러보았다.

"소피아는 어디 갔습니까?"

"이런."

이광이 쓴웃음을 지었고 안학태는 풀썩 웃었다. 소피아가 이광을 따라 바그다드에 갔다는 뉴스가 나간 것이다. 그것은 소피아가 매니저한테 말했기 때문이다. 소피아가 후세인의 애인이 되어서 지금 바그다드의 벙커에 들어가 있다는 것은 알 리가 없다.

"먼저 갔어."

그렇게만 말하고 이광이 발을 떼었다. 공항에는 중국 측 환영 인사가 많았기 때문에 차를 탔을 때는 10분쯤이 지난 후였다. 앞쪽 리무진에는 이광과 정남희 둘이 탔다. 운전석과 칸막이가 있는 리무진이다. 차가 출발했을 때 정남희가 이광의 옆으로 바짝 붙어 앉았다.

"보스, 우리 얼마 만에 만난 줄 아세요?"

"6개월쯤 되었지?"

"7개월 15일입니다."

정남희가 반짝이는 눈으로 이광을 보았다.

"저, 딴짓 안 하고 기다렸어요."

"와아, 참."

입맛을 다신 이광이 눈을 가늘게 떴다.

"대기업 사장이 말하는 것 좀 봐라."

"이런 말 하는 상대가 있다는 게 행복하죠."

"그대로 변하지 않는 것이 행복해?"

"변하는 건 변하도록 놔두고."

정남희가 이광의 손을 깍지 껴 쥐었다.

"윤지혜가 딴 남자 만나서 바람피우고, 회사 공금을 둘이 공모해서 횡령한 것, 그것을 생각할 때마다 인생에 대해서 되돌아 보게 되었죠."

"……."

"반면교사가 된 거예요, 윤지혜가."

"난 이해한다."

"그럼요, 저도 이해해요. 그런 인생도 있는 거죠."

머리를 끄덕인 정남희가 이광에게 몸을 붙였다.

"하지만 다 만족시키려면 안 되죠. 전 기다림, 또는 외로움, 또는 허전감 따위는 내 일에 대한 성취감으로 상쇄시키고 있습니다.”

그러고는 정남희가 이제는 두 손으로 이광의 손을 감싸 쥐었다.

“그랬다가 오늘 같은 경우는 힘껏 즐기는 거죠.”

이광은 잠에서 깨었지만 눈을 뜨지는 않았다. 먼저 부드럽고 탄력이 있는 정남희의 몸이 느껴졌다. 다리 한쪽이 걸쳐져 있어서 약간 무겁다. 그리고 냄새가 맡아진다. 연한 향내가 섞인 체취가 정신을 나른하게 만드는 것 같다. 정남희의 숨결이 가슴을 타고 흘러간다. 지금 둘은 실오라기 하나 걸치지 않은 채 엉켜 있다. 눈을 뜨지 않았어도 지금이 아침인 것은 알겠다. 방음 장치가 잘된 방이었지만 아침의 소음이 희미하게 들린다. 먼 쪽의 자동차 경적, 그리고 진동음, 세상이 활기 있게 움직이기 시작하는 것이다. 이곳은 푸저우 시내 주택가에 위치한 정남희의 2층 저택이다. 정원도 있고 뒷마당 잔디밭은 2백 평도 넘는다. 이광은 만족한 숨을 뱉으면서 정남희의 허리를 당겨 안았다. 말랑한 허리가 몸에 붙으면서 정남희의 팔이 이광의 목을 감아 안는다. 그때 정남희가 말했다.

“깨셨어요?”

“응.”

이광이 정남희의 가슴에 얼굴을 묻으면서 대답했다. 어젯밤 저녁 식사를 마치고 11시 가깝게 되었을 때 집에 온 것이다. 정남희가 이광의 머리칼을 쓸면서 말을 이었다.

“중국이 동면에서 깨어나는 곰처럼 느껴져요.”

“얼마나 걸릴 것 같아? 자본주의 식 생산체제가 구축되려면 말이야.”

이광이 가슴속으로 얼굴을 비비면서 묻자 정남희가 머리를 당겨 안았다.

"20년쯤 후에는 한국을 따라잡을 것 같아요."

"한국은 가만있고?"

"더 열심히 뛰어야겠죠."

그때서야 눈을 뜬 이광이 머리를 들고 정남희를 보았다. 눈높이가 똑같아졌고 정남희의 검은 눈동자 속에 제 얼굴이 박혀 있다.

"우리가 중국에 기반을 굳히려면 어떻게 해야 될까?"

"철저하게 현지에 적응하는 수밖에 없어요."

정남희가 이마를 이광의 이마에 붙인 채 말을 이었다.

"그렇지 않으면 배신당하게 될 거예요."

"그런가?"

"우리 자본, 기술, 노력, 모든 것을 빼앗기고 거지가 되어서 돌아갈지도 모릅니다."

"그럴 가능성도 있지."

"지금은 우리에게 다 내놓고 받아들이지만 어느 정도 기반이 잡히면 조건이 까다로워질 것입니다."

"당연하지."

이광이 정남희의 입에 가볍게 입을 맞췄다.

"현실에 안주하면 안 돼."

"두 가지 방법뿐입니다."

정남희가 가쁜 숨을 뱉으면서 말을 이었다.

"첫째는 중국 측이 궤도에 오르기 전에 우리들이 노력한 대가를 가능한 한 최대로 뽑아서 철수하는 방법인데 가능성이 많고 위험부담이 적지요."

이광의 애무에 몸이 뜨거워진 정남희가 더 바짝 안기면서 말을 이었다.

"두 번째는 철저한 현지화로 리스타가 중국화 되는 것입니다. 중국인 사장, 종업원으로 변신하면 중국 정부가 손을 대지 못하겠지요, 그러면 기업은 엄청난 성장을 하겠지만 사주(社主)의 존재가 희미해집니다."

그때 이광이 정남희의 몸 위로 오르면서 말했다.

"대비하고 있으면 돼."

오전 10시 반, 합영공장 회장실로 출근한 이광에게 안학태가 보고했다.

"오늘 저녁에 화 서기께서 저녁을 같이하자는 연락이 왔습니다."

어제 오후에 화오방과 미국 부통령 닉슨의 비공식 미중 고위급 회담이 끝난 것이다. 비공식이었기 때문에 공동성명은 물론 기자회견도 없었지만 푸저우시는 미국 측 수행원, 기자들로 뒤덮였다. 닉슨은 회담이 끝나고 오늘 아침에 떠났지만 아직도 미국 측 방문단이 우글거리고 있다. 안학태가 말을 이었다.

"어제 미중 회담은 잘된 것 같습니다. 곧 양국 정상이 만날 것이라고 합니다."

"잘되었군."

어제 닉슨과 화오방은 오전, 오후 2차례에 걸쳐서 회담을 한 것이다. 6·25 전쟁 후에 미중 정상급이 만난 것은 30여 년 만이다. 그 연락 역할을 이광이 해준 것이나 같다. 방에 둘뿐이었지만 이광이 목소리를 낮추고 물었다.

"특별한 사항은 없나?"

"경제 원조를 요구한 것 같습니다."

"비공식 회담에서?"

"예, 그것이……."

안학태의 얼굴에 쓴웃음이 번졌다.

"비공식으로 말씀입니다."

"당연히 그래야겠지."

중국의 경제력은 미국과 비교가 되지 않는 것이다. 이 시점에서는 1천분의 1도 안 된다. 인구는 10억이 넘기 때문에 인구 비율로 보면 세계 최빈국 중 하나다. 그때 안학태가 잊었다는 표정을 짓고 말했다.

"회장님, 아성이라는 사내가 비서실로 연락을 해왔습니다."

이광의 시선을 받은 안학태가 말을 이었다.

"린린의 남편이라고 하더군요."

"……."

"회장님께 전해달라면서 은혜는 잊지 않겠다고 했습니다."

"……."

"회장님께서 구명운동을 해준 것에 감사드린다면서 딸을 잘 키우겠다는군요."

"잘됐군."

이광의 얼굴에 웃음이 떠올랐다.

"시작이 중요하다네."

화오방이 찻잔을 들면서 말했다. 이곳은 푸저우시 영빈관 안, 2백 평도 넘어 보이는 응접실에 세 사람이 앉아 있다. 화오방과 양명 그리고 이광이다. 양명이 누구인가? 화오방의 경제 보좌역으로 리스타투자에서 투자 실무를 쌓고 나서 최근에 귀국했는데 이번에 다시 이광 앞에 나타났다. 오후 6시, 화오방은 이광과의 독대를 원해놓고 양명을 데리고 나왔다. 상관없는 일이다. 화오방이 말을 이었다.

"내가 닉슨한테 경제 원조를 부탁했더니 도와줄 방법을 알려 달라고 하더군. 비공식 요청이라 난감했겠지."

화오방의 얼굴에 쓴웃음이 번졌다.

"아직 미국과는 국교수립 전이어서 양국 간 여론도 그렇고 소련이나 나토 동맹국, 일본이나 한국에도 신경을 써야 될 테니까."

길게 숨을 뱉은 화오방이 이광을 보았다.

"이 회장이 우리 상황을 가장 잘 아는 기업인이 되겠지."

이광은 잠자코 듣기만 했다. 옆쪽의 양명은 시선을 탁자에 둔 채 숨도 쉬지 않는 것 같다. 그때 화오방이 말을 이었다.

"국내 산업을 진흥시키려는데 엄청난 자금이 필요하고 솔직히 자금력으로 말하면 우리 정부가 이 회장만큼 쓸 여유가 없네."

"······."

"푸저우 리스타 합영공장 같은 대규모 공장을 짓고 싶어도 여유가 없어."

"······."

"그 자금을 만들려니 최소한 4년을 기다려야 정상적으로 시작이 된다는 계산이 나왔어."

화오방이 손가락 네 개를 펴 보였는데 그 태도와 표정이 절실했다. 양명의 머리가 더 숙여졌다. 그때 화오방이 말을 이었다.

"리, 우리 계획이 있네."

머리를 든 이광을 향해 화오방이 말을 이었다.

"미국 정부나 개인이 중국에 투자할 수는 없어. 더구나 현금 지원은 말할 것도 없네."

"……."

"리, 자네가 대신 중국에 투자해주게."

숨을 들이켠 이광과 시선이 마주친 화오방이 얼굴을 천천히 일그러뜨리며 웃었다.

"리, 무슨 말인지 이해를 하는 것 같구먼."

"예, 서기님."

"닉슨 씨도 그런 방법은 가능할 것 같다는 암시를 주더구먼."

"그렇습니까?"

"모두 자네 덕분이네, 자네 덕분에 대규모 기업 운영방법을 익혔고 자네를 통해서 고위급 회담이 성사된 데다 자네를 통해서 미국 자본이 들어올 수 있을 것 같네."

이광이 소리 죽여 숨을 뱉었다. 그러나 이것은 족쇄도 될 것이다. 강대국인 미국과 중국 사이에 낀 입장이 되어서 일이 틀어지면 하루아침에 세상이 바뀔 수 있다. 다시 화오방이 말을 이었다.

"미국 측에서 조만간 연락이 갈 거네, 리."

"알겠습니다."

"자넨 우리 중국의 은인이네."

화오방이 앉은 채로 이광을 향해 머리를 숙였다. 그것을 본 양명이 당황해서 따라서 머리를 숙인다. 그때 화오방이 생각난 것처럼 말했다.

"리, 양명이 홍콩의 투자회사 책임자로 임명되었네."

"아, 잘되었습니다. 양명 씨는 충분히 해낼 것입니다."

"리스타투자에서 엄청난 손해를 끼쳤다는 보고를 받았어."

"아닙니다. 그쯤은⋯⋯."

누가 일러바쳤는지 화오방에게까지 정보가 들어간 것이다. 이광이 말을 이으려는데 화오방의 말이 빨랐다.

"어쨌든 경험을 쌓았으니까 잘하겠지, 그리고."

숨을 들이켠 화오방이 이제는 외면하고 말했다.

"양명이 린린의 업무도 겸하기로 했어, 그러니까 자네가 중국 일을 볼 때는 양명한테 말해주게."

"그렇습니까?"

정색한 이광의 표정을 보자 화오방의 얼굴에 쓴웃음이 번졌다.

"이보게, 영웅호색이란 말은 중국에서 나왔네."

"아, 예."

"중국에서는 배꼽 아래의 일에 대해서는 거의 문제 삼지 않는다네."

"아, 예."

"양명은 남편도 없으니까 잘해보게."

그리고는 화오방이 벽시계를 보았다.

"밥 먹으러 가세."

"미국이 나한테 무슨 명목으로든지 자금을 제공하고 나는 그것으로 중국에 투자하는 거야."

호텔방으로 돌아온 이광이 안학태에게 말했다. 밤 11시 반이다.

"투자 계획은 중국이 세우는 것이지."

"그럼 그 투자비로 건설되는 공장이나 시설도 리스타상사 이름을 붙이지만 모두 중국 회사가 되겠군요."

"그렇지, 미국이 중국에 지원한 자금이니까."

"미국은 그 대가로 무엇을 받습니까?"

"중국을 끌어들이면 소련은 고립돼."

"그렇군요."

안학태가 커다랗게 머리를 끄덕였다.

"그렇게 만들기 위해서라면 자금이 아깝지 않겠습니다."

이광이 의자에 등을 붙였다. 조건 없는 지원은 없다. 주고받는 것이다. 국가 간의 거래는 오히려 상거래보다 더 치열하고 냉혹하여 계산적인 것이다. 이광이 길게 숨을 뱉으며 말했다.

"양명이 홍콩투자사 사장이 되었고 리스타 연락 사무소 소장을 겸하게 되었어."

안학태는 대답하지 않았다.

서울로 돌아왔다. 공항에서 시내로 들어가는 길이 막혔다. 시청 앞은 아예 차가 들어가지 못해서 걸어가야 했다. 최루탄 가스가 몰아치고 있는 바람에 물에 적신 손수건으로 얼굴을 덮고 겨우 사무실로 들어섰다. 민주화 데모가 절정에 이르고 있는 것이다. 정부 또한 강력하게 단속하는 상황이어서 쌍방의 대결은 극한 상황으로 치닫고 있다.

"곧 정권이 바뀔 것 같습니다."

사무실로 들어온 이광에게 유성상사 사장 곽영훈이 보고했다.

"민주화 열기가 엄청나서요."

"업무에 지장은 없나?"

"전혀 없습니다."

어깨를 편 곽영훈이 말을 이었다.

"이른바 우리들, '산업 전사'를 그들 '민주화 전사'들도 존중해주고 있으니까요, 서로 존경하고 있다고 봐도 될 것입니다.”

이광이 머리를 끄덕였다. 국개위에 끌려가 고문을 당하기도 했던 이광이다. 하마터면 누명을 쓰고 구속되고 회사까지 날아갈 뻔했던 것이다. 곧 리스타상사 회장실에는 서울 CEO들이 다 모였다. 이제 리스타유통에 소속되었지만 제일유통의 사장이 된 백갑상과 국제유통의 사장 윤방철도 참석했다. 제일그룹, 국제그룹에서 유통 부분이 분리된 것이다. 이광이 CEO들을 둘러보면서 입을 열었다.

“당신들도 애국자야, 자긍심을 갖고 일하도록.”

이광의 얼굴에 웃음이 떠올랐다.

“세계에서 민주화와 경제발전 2개를 동시에 이루고 있는 국가는 대한민국뿐이야.”

그러나 경제발전은 확실한 증거를 보여주고 있었지만 민주화 달성은 아직 불확실하다. 회의를 마친 이광이 사무실에 혼자 남았을 때는 오후 6시가 되어갈 무렵이다. 노크 소리가 들리더니 나갔던 윤방철이 다시 들어섰다.

“회장님, 오늘 저녁 약속이 있으십니까?”

“왜?”

난데없는 질문이어서 이광이 그렇게 물었다. 언제부터인가 이광은 스케줄에 따라 움직였다. 몇 시간 전에 저녁 약속을 잡는 일은 드물다. 최소한 며칠 전에 예약을 해야 한다. 그때 다가선 윤방철이 멋쩍게 웃었다.

“저하고 백 사장이 같이 모시려고요.”

“왜?”

“오랜만이니까요.”

"뭐가?"

"회장님 모시는 것이 말씀입니다."

한 걸음 다가선 윤방철이 정색했다.

"백 사장하고 이야기를 했습니다. 회장님 모시고 술 마신 적이 없다고 하더군요."

"그런가?"

"바쁘시니까 할 수 없는 거죠, 하지만 좀 삭막하다는 생각이 들었습니다."

"삭막해?"

"일 때문에 즐기지 못하는 것 말입니다."

"난 일이 즐겁다."

"그건 말이 안 됩니다."

"그래서 어쨌다는 거냐?"

"백 사장하고 둘이 오늘 저녁에 회장님을 모시겠습니다."

"어떻게?"

"백 사장이 오픈한 특급 가게가 있습니다. 오늘은 그곳에서 모시고 싶은데요."

"특급이라니?"

"여배우보다 더 잘빠진 아가씨들을 엄선해놓았습니다. 영업이 잘됩니다."

"나한테 룸살롱에 가잔 말이냐?"

"예, 회장님."

이광이 윤방철의 진지한 표정을 한동안 보고 나서 머리를 끄덕였다. 성의가 느껴졌기 때문이다. 윤방철, 백갑상에게는 이것이 최선, 최상의

18

대접인 것이다.

오후 8시 반, 저녁 식사를 마친 이광과 윤방철, 백갑상이 이태원의
춘원으로 들어섰다. 이곳이 백갑상의 자랑인 한국식 요정이다. 마담과
아가씨들이 한복 차림으로 그들을 맞았는데 이런 경험이 많은 이광도
눈이 부셔서 얼굴을 잘 보지 못할 정도였다. 한복 차림의 여인들이 이
렇게 아름답고 품위 있게 보인다는 것을 처음 느낀 것이다. 온돌방에
자리 잡고 앉았을 때 이광의 눈치를 살핀 백갑상이 말했다.

"2차는 안 나가도록 했습니다."

"그런가?"

이광이 얼굴을 펴고 웃었다.

"서운한 사람이 많겠다."

"하지만 그것이 소문이 나서 손님들이 더 모입니다."

"그렇겠지, 호기심이 날 테니까."

그때 마담이 아가씨들을 옆자리에 앉혔다. 상석에 앉은 이광의 옆에
늘씬한 키의 여자가 앉는다.

"김은지입니다."

"어, 그래."

건성으로 머리를 끄덕인 이광이 여자의 얼굴을 보았다. 화장기가 없
는 얼굴은 윤기가 흘렀고 눈이 맑다. 시선을 받은 여자가 부드럽게 웃
었다. 자연스러운 태도다. 어려워하지도, 그렇다고 가벼운 처신도 아니
다. 인사를 마친 마담이 돌아갔을 때 이광이 백갑상에게 물었다.

"아가씨도 이렇게 앉히는 건가?"

"예."

"바꾸자는 사람이 있으면 어떻게 하는 거야?"

"가게 규칙입니다."

"마음에 들지 않으면 그냥 내보내는 건가?"

"예."

백갑상의 얼굴에 웃음이 떠올랐다.

"그런 경우는 드물다고 합니다."

"그렇구나."

따라 웃은 이광이 파트너를 보았다. 조금 긴장했던 파트너가 이광의 시선을 받더니 따라 웃었다. 유흥업소도 변하고 있다. 민주화가 되어 가는가?

"서울은 평정되었습니다."

이광의 잔에 술을 따르면서 윤방철이 불쑥 말했다. 갑자기 화제를 돌린 것이다.

"대전, 부산도 우리가 장악한 셈입니다만."

백갑상은 듣고만 있는 것이 둘이 이야기를 하려고 말을 맞춘 것 같다. 윤방철이 말을 이었다.

"하지만 이 바닥은 깨끗이 청소가 안 됩니다. 쉴 새 없이 작은 일들이 일어나기 때문에 신경을 써야만 하지요."

"어떤 일들이냐?"

이광이 묻자 이번에는 백갑상이 대답했다.

"이나카와에서 중간상을 바꿔서 마약을 공급합니다. 지난번에는 해운대 백기춘의 심복을 통해 공급했는데 이번에는 여러 놈을 시켜서 물량이 더 많아졌습니다."

"……."

"더구나 어떤 놈인지 윤곽이 잡히지 않습니다."

그때 윤방철이 거들었다.

"이나카와 몸통을 치지 않으면 계속될 것 같습니다."

이광의 시선이 옆자리에 앉은 아가씨들을 둘러보았다. 여자들은 제각기 시선을 내린 채 굳어진 표정이다. 윤방철의 시선이 김은지를 훑고 지나갔다.

"이 아가씨들은 유통본부 조사실 소속입니다. 회장님께 직접 보고를 드리려고 부른 것입니다."

"응, 아가씨들이 아니었어?"

놀란 이광이 눈을 크게 떴을 때 백갑상이 설명했다.

"새끼 마담 행세를 하고 그룹 소속 가게를 옮겨 다니면서 정보를 모으고 있습니다."

"그렇군, 현장 정보를 모을 수 있겠군."

"예, 요즘 시국이 혼란한 상태이기 때문에 마약 관계는 물론이고 온갖 정보가 쏟아집니다. 각 업소에 정보원들을 심어 놓았기 때문에 그 정보를 모으는 것입니다."

"그렇군."

이광의 시선이 김은지에게로 옮겨졌다. 김은지는 머리만 숙이고 앉아 있다. 긴장하고 있는 것 같다. 윤방철이 말을 이었다.

"술좌석에서는 온갖 정보가 노출됩니다. 그 정보를 모아 보고하는 일을 맡고 있지요. 마약업자와 연결된 놈을 그렇게 찾아냈지요."

"결국 몸통을 없애지 않으면 끊이지 않겠군."

"그렇습니다. 이제 마약은 바로 서울로 옵니다. 전에는 해운대파에서 조금씩 영등포나 소매상들한테 흘렸는데 지금은 다릅니다.”

이 보고를 하려고 했던 것이다. 술잔을 든 이광이 한 모금 술을 삼 켰다.

“오 사장한테 보고는 했나?”

“예, 오 사장이 회장님께 자세하게 말씀드리라고 했습니다. 그래서 정보원들을 데리고 온 것입니다.”

이광의 빈 잔에 술을 채우면서 백갑상이 말을 이었다.

“데모 때문에 공권력이 바쁜 틈을 타서 마약이 특히 쏟아지고 있습 니다.”

이광이 심호흡을 했다. 공권력 대신으로 나서야 한단 말인가?

“네 이야기를 듣자.”

머리를 돌린 이광이 김은지에게 말했다.

“뭘 보고할 거냐?”

“아가씨들이 마약에 많이 중독되어 있습니다.”

김은지가 바로 입을 열었다.

“전보다 훨씬 중독자가 많아졌고 공급량도 많아졌습니다. 가격도 싸 서 손을 대는 애들이 늘어나고 있습니다.”

김은지가 반짝이는 눈으로 이광을 보았다.

“소문에는 경찰 마약반이 뒤를 봐준다고 합니다.”

“그럴 리가.”

“장충동의 화원클럽에서 경찰 마약 담당관하고 어떤 남자가 마약 이 야기를 하는 것을 들었다고 합니다.”

김은지가 말을 이었다.

“옆에 아가씨가 있어서 이야기하다가 내보냈는데 나중에 가방을 가져갔다고 합니다."

"……."

"돈 가방 같은데 그 남자가 담당관한테 준 것이라고 했습니다."

"그게 누구냐?"

그때 대답은 백갑상이 했다.

"경찰청 마약 수사 대장 최기창 총경입니다. 마약 수사관 중 2인자지요, 그놈을 찾아낸 것입니다."

"……."

"최기창이 마약 범죄를 총괄하는 실무 책임자인데 그놈에 대해서 조사를 했습니다."

백갑상의 시선을 받은 김은지가 다시 말을 이었다.

"최기창은 서울에 집이 2채, 수원에 3채, 강릉에 여관이 1개, 제주도에 어선을 3척 소유하고 있습니다. 엄청난 재산을 갖고 있지요."

"……."

"모두 근래의 4년 동안에 모은 재산입니다. 그전에는 서울에 25평짜리 집 1채뿐이었지요."

"……."

"4년 전 마약 수사 대장이 되면서부터 재산을 모았는데 주변에서는 모릅니다. 철저하게 위장하고 있거든요."

"……."

"이번에 화원클럽에서 꼬리를 잡고 나서 조사를 했더니 드러난 것입니다."

"최기창과 같이 있었던 놈은 누군가?"

"최기창이 예약하고 만났기 때문에 그자는 모릅니다. 파트너한테 이름도 알려주지 않았다고 합니다."

머리를 끄덕인 이광이 김은지를 보았다.

"정보 수집은 어디서 배웠나?"

"제가 대성상사 기조실에서 3년 근무했습니다. 그곳에서 조사업무를 맡았지요, 그러다가 작년에 리스타에 경력사원으로 채용되었습니다."

그때 다시 백갑상이 거들었다.

"그 경력이 참조돼서 이번에 유통본부의 조사실에 배치되었지요, 얘들이 김은지의 팀입니다."

"그렇군."

이광의 얼굴에 웃음이 떠올랐다.

"적성에 맞는 일을 찾았구나."

대성상사는 대기업이다. 그곳 기조실에서 업무를 익혔다면 제대로 배운 셈이다.

이광이 춘원에서 나왔을 때는 오후 11시가 되어갈 무렵이다. 가게 앞으로 다가온 차에 올랐던 이광이 눈을 크게 떴다. 술좌석이 끝났을 때쯤 인사를 하고 나갔던 김은지가 뒷좌석에 앉아 있었기 때문이다. 이광의 시선을 받은 김은지가 말했다.

"윤 사장님이 모시라고 했습니다."

머리를 끄덕인 이광이 잠자코 옆에 앉자 눈치를 보던 운전사가 차를 출발시켰다. 오늘 숙소는 장충동 저택이다. 저택에는 가정부 2명에다 저택 관리인 그리고 상근 경비원이 3명 근무하고 있다. 김은지가 앞쪽을 향한 채 말을 이었다.

"불쾌하시면 내려도 되는데요, 회장님."

"난 네가 걱정이 된다."

이광이 정색하고 김은지를 보았다.

"유통 기조실 정식 직원이라는데, 윤 사장이 그런 지시를 했다고 따르면 되나? 물론 윤 사장부터 잘못된 것이지만."

"아닙니다."

김은지의 얼굴이 붉어졌다.

"전 새끼마담으로 근무하면서 수많은 제의를 받았습니다. 하지만 선택은 제가 했습니다."

"이건 그 경우하고 다르지 않아?"

"같습니다. 제가 모시는 것이거든요."

"난 네 회사의 사주야. 윤 사장이 너한테 같이 자자고 한 적이 있어?"

"없습니다."

"내가 널 데리고 가는 건 직장 상사의 강제에 해당된다. 네 의사가 어쨌든 간에 말이다."

"알겠습니다."

김은지가 선선히 머리를 끄덕였다.

"전 모시고 싶었지만 회장님 말씀이 맞습니다."

"집이 어디냐?"

"아현동에서 부모님하고 같이 삽니다."

"나는 집에서 내리고 이 차로 집으로 가."

"예, 회장님."

두 손을 무릎 위에 붙인 김은지가 다시 머리를 끄덕였다.

"죄송합니다."

"아니, 다 고맙고 미안하지."

등받이에 몸을 붙인 이광의 얼굴에 웃음이 떠올랐다.

"호의는 선의로 받아들이겠다."

머리를 돌린 이광이 김은지를 보았다.

"일하면서 아쉬운 부분이나 안타깝다고 느낀 점이 있으면 말해 봐라."

"예, 리스타유통이 이제 본격 가동을 하겠지만 대내외 정보를 체계적으로 수집, 보고하는 체제가 빨리 정착되어야 할 것 같습니다."

"예를 들면?"

"저는 리스타유통 소속으로 조직 간 문제, 마약 문제, 기타 회사와 관련된 범죄를 조사하고 있지만 내부 문제는 각 부서별로 파악하기가 어렵습니다. 그것에 대한 대비책이 필요합니다."

이광이 숨을 들이켰다. 린드버그를 시켜 CEO, 최고간부급 조사를 시켰지만 그것은 빙산의 일각에 불과하다. 회사가 커지면 그 방대한 조직 내의 문제가 마치 암세포처럼 번져나가는 것이다. 대기업이 갑자기 침체되는 것도 실적 때문이 아니라 내부 문제인 경우가 많다. 이광이 물었다.

"대성에 있었다고 했지?"

"예, 회장님."

"대성의 내부 문제는 어떻게 처리했지?"

"내부 고발을 장려했지만 거의 불가능했습니다. 부서에서 배신자로 몰리게 되니까요."

김은지가 바로 대답했다.

"제가 대성 기조실을 나온 것도 매너리즘을 고발했기 때문입니다."

"어떻게 말이냐?"

"상명하복에 길들여져서 상급자, 부서장의 잘못을 지적하면 항명으로 찍히고 곧 따돌림을 받습니다. 새로운 의견이 묵살되거나 상급자가 가로채도 항의할 수 없습니다. 조직이 커지면 결재 라인이 많아지고 따라서 문제에 대한 대응이 늦어집니다. CEO와 직접 소통이 어려워져서 결국 CEO는 문제를 모른 채 회사가 흔들리게 됩니다."

김은지의 말을 잠자코 듣던 이광의 얼굴에 웃음이 떠올랐다.

"네가 보는 리스타는 어떠냐?"

"겉으로는 일사불란합니다."

"계속해."

"회사가 급성장하는 터라 모두 활기가 넘칩니다."

"이런 이야기도 백 사장, 윤 사장이 하라고 했나?"

"아닙니다."

"그러면?"

"제가 조사한 마약 문제를 보고하고 오늘 밤 회장님을 모시도록 한 것뿐입니다."

"그래?"

"두 분 사장님은 우직하시고 회장님에 대한 충성심으로 가득 차신 분들입니다."

"그들도 네 입에서 그런 말이 나올 것을 예상했을까?"

"그것까지 예상하실 만큼 신경을 쓰시는 분들이 아닙니다."

"네가 기대하는 리스타유통 또는 리스타 그룹의 미래는? 생각나는 대로 말해 봐."

"유통 사장님은 안기부 출신으로 지금 멕시코에서 작전 중이십니다. 멕시코에서 미국 진출의 기반을 굳히는 중이시지요."

"그렇지."

"한국은 제일그룹, 국제그룹을 통일했고 각 지역의 반발을 깨뜨렸지만 아직 혼란 상태입니다. 평정된 것이 아닙니다."

윤방철은 평정되었다고 한 것이다. 이광의 얼굴에 쓴웃음이 번졌다. 김은지의 말이 맞다. 김은지가 말을 이었다.

"더구나 사회가 극도로 혼란된 시기여서 공권력이 각종 범죄에 신경을 쓸 겨를이 없고 부패한 공권력이 범죄 집단과 결탁하는 상황입니다."

김은지가 반짝이는 눈으로 이광을 보았다.

"리스타는 당분간 공권력 대신으로 범죄를 소탕해야 된다고 생각합니다. 그래야 사회 정의를 세우고 내부 기반도 닦일 것입니다."

그때 이광이 물었다.

"내 집에서 자고 갈래?"

김은지는 27세, 한국여대 영문과 졸업, 대성상사 기조실에서 3년 근무 후에 제일그룹 기조실에 입사했다가 리스타유통으로 옮겨온 조사 전문가라고 볼 수 있다. 미모에 몸매도 뛰어난 데다 현장 근무를 자원했기 때문에 휘하에 새끼마담 5명, 정보원 30여 명을 거느리고 리스타유통의 눈과 귀 역할을 맡고 있는 것이다. 오금봉이 편성시킨 '현장 정보팀'이다. 밤 12시, 이광과 김은지는 저택 2층의 응접실에서 탁자를 사이에 두고 앉아서 술을 마시고 있다. 이광은 운동복 바지에 셔츠 차림이었고 김은지도 가운으로 갈아입었다. 회색 실크 가운인데 허리를 띠로 꽉 매었지만 맨다리가 드러났고 가슴 윗부분이 보인다. 갈아입을 옷이 없었기 때문에 옷장에 있던 가운 하나를 찾아 입은 것이다. 이광이 입을 열었다.

"앞으로 서울에 있을 때 네가 나한테 직보하도록 해, 나도 현장 정보를 알아야만 하니까."

"네, 알겠습니다, 회장님."

"백 사장, 윤 사장이 그런 목적으로 널 나한테 소개시켜준 것 같다."

"저도 그렇게 생각합니다."

한 모금 위스키를 삼킨 이광의 얼굴에 웃음이 떠올랐다.

"그 옷을 누가 입었는지 기억이 안 난다."

김은지가 제 가운을 내려다보았고 이광의 말이 이어졌다.

"오래된 것 같아, 요즘은 여자를 데리고 오지 않았으니까."

"저하고 사이즈가 맞는 분인 것 같네요."

"그런가?"

"옷이 여러 벌 있었습니다."

"그건 모두 내가 사람 시켜서 사다 놓은 거야."

"아."

"가운 갖고 자러 오는 사람은 없어."

"그렇군요."

"넌 애인 있어?"

"헤어졌습니다."

"네 꿈이 뭐냐?"

"언젠가 CEO가 되는 겁니다."

"그러기 위해서 어떻게 하고 있어?"

"지금으로서는 맡은 일에 최선을 다해서 성과를 내는 것입니다."

"한꺼번에 뛰어오를 수는 없어."

"알고 있습니다."

"운이나 요행을 바라지 마라, 꼭 후유증이 온다."

"예, 회장님."

"난 너하고 안 잔다."

"예, 회장님."

"예상하고 있었던 거냐?"

"아닙니다."

김은지가 조금 붉어진 얼굴로 이광을 보았다.

"여기 온 것이 행운이라는 생각은 하지 않습니다."

"그런가?"

"회장님의 여자 소문은 들었습니다."

"소문을 들었어?"

"제가 확인도 했고요, 기조실에 있으니까요."

"그렇겠지, 그래서?"

"모두 능력을 인정받아서 출세한 분들입니다."

"배신한 여자도 있었지."

"견제 장치가 없었던 것도 절반쯤 영향을 끼쳤다고 생각합니다."

"견제 장치라고?"

"예, 조직이 성장하면 그만큼의 견제 장치가 꼭 필요한 법입니다. 제가 대성에서 실감했습니다."

이광이 머리를 끄덕였다.

"리스타에 맞는 견제 장치도 연구해 봐."

"알겠습니다."

"네가 나하고 잔 것으로 해두자. 그래야 윤 사장, 백 사장한테 부담

없이 대할 수 있을 테니까."

"예, 회장님."

"곧 일본 작전이 시작된다. 작전 책임자는 샌디라는 CIA 요원 출신 유통의 간부야."

김은지의 시선을 받은 이광이 말을 이었다.

"너도 샌디의 팀이 될 거다."

샌디가 사무실에 들어선 것은 다음 날 오후다. 기다리고 있던 이광이 샌디를 맞았다.

"작전이 길고 커질 것 같습니다."

자리에 앉은 샌디가 가라앉은 표정으로 이광을 보았다.

"일본 정보원들의 보고에 의하면 이나카와회가 동맹군을 모으고 있다는 것입니다."

"동맹군?"

"예, 명목이 한국 침략에 대비한 동맹입니다."

"한국 침략이라고?"

"예, 리스타와 이나카와의 대결을 그렇게 과장한 것입니다."

"교활한 놈."

"일본조직은 '한국'이라면 과민 반응을 일으키는 것 같습니다. 벌써 6, 7개 조직이 동맹군에 가담했다는 것입니다."

샌디의 얼굴에 쓴웃음이 떠올랐다.

"그 여파로 적과 아군이 분명해진 이점도 있습니다. 야쿠자 최대 조직인 야마구치조는 중립을 선언했고 두 번째 조직인 스미요시회는 이나카와의 제의를 거부했습니다. 그러면 우리의 우군(友軍)이라는 말이 됩니다."

이나카와는 야쿠자 3위의 거대 조직이다. 샌디가 말을 이었다.

"야쿠자에는 조센징이라는 조선계 조직원들이 많은데 그 영향도 있는 것 같습니다."

"이나카와가 한국에 마약을 쏟아붓고 있어."

이광이 찌푸린 얼굴로 샌디를 보았다.

"시급해, 샌디. 한국 사회가 혼란한 틈을 이용해서 마약 담당 경찰 간부하고 공모하고 있어."

"……"

"일단 오늘 저녁에 정보원들하고 만나봐."

샌디와 김은지를 만나게 해주려는 것이다.

"알겠습니다, 회장님."

머리를 끄덕인 샌디가 웃음 띤 얼굴로 이광을 보았다.

"우선 내부의 벌레부터 소탕해야겠군요."

"그놈 하나만 없애면 돼."

니시무라가 어깨를 펴고 말했다. 오늘도 니시무라는 다도방에서 정좌를 한 채 찻잔을 들고 있다. 앞쪽에 앉은 이또와 사사끼는 꼭 꿔다놓은 보릿자루처럼 어색한 모습이다. 오후 1시 반, 니시무라는 오늘까지 26일째 외부 출입을 삼가고 있다. 뱀 소동이 일어난 지도 15일이 되었다. 그러나 그동안 6개 조직과 동맹을 맺었고 현재 3개 조직과 동맹 협상 중이다. 전화위복이다. 리스타에 대한 경계심이 야쿠자를 뭉치게 만든 것이다. 그 중심에 이나카와회가 서 있다. 그때 이또가 두 손을 다다미 위에 짚고 니시무라를 보았다.

"회장님, 이광의 발이 굉장히 넓습니다. 알고 계시지요?"

"그래서 어쨌단 말이냐?"

찻잔을 내려놓은 니시무라가 눈썹을 모았다.

"그놈이 후세인한테 무기를 팔아먹고 카다피하고 친하다는 것 말이냐?"

"그놈 배후에 미국이 있다는 소문이 났지 않습니까? 멕시코에 진출한 것도 미국이 지원한 것이라는……."

"병신 같은 놈."

마침내 니시무라가 욕설을 뱉었다.

"결론을 말해봐라, 이또. 대책 없이 그따위 말을 씨불였다면 넌 오늘 자로 파문이다."

놀란 사사끼가 숨을 들이켰고 이또의 얼굴이 굳어졌다. 이또가 헛기침을 하고 말했다.

"정면 대결은 피해야 될 것 같아서 그런 말씀을 드린 겁니다."

"그것뿐이냐?"

"리스타 측은 우리가 한국에 마약을 뿌렸다고 소문을 내고 있습니다. 명분을 만드는 중입니다. 따라서 우리도 명분이 필요합니다, 회장님."

"그놈이 반일 감정에 휩싸여서 야쿠자를 적으로 몰고 있다고 해놓았어, 더 명분이 필요하냐?"

"그것으로는 약합니다, 회장님."

"말 끝지 말고 말해, 이 자식아."

"리스타유통이 바로 기업화된 한국 조직입니다. 그 한국 조직이 일본에 상륙, 일본을 장악할 것이라는 구체적인 증거를 세상에 밝혀야만 동맹군도 더 확실하게 모을 수 있고 미국에도 명분이 설 것입니다.”

이또의 목소리에 열기가 띠어졌다.

“그렇게 되면 미국도 더 이상 이광을 지원하지 않게 될 것입니다.”

“그 구체적인 증거를 어떻게 밝힌단 말이냐?”

몰아치듯 니시무라가 묻자 이또가 바로 대답했다.

“조작해서 밝히는 것이지요.”

“병신 같은 놈, 집 안에 박힌 지 한 달이 넘었지?”

기요타가 묻자 오베가 손가락을 꼽고 나서 대답했다.

“오늘 자로 26일입니다, 회장님.”

이곳은 스미요시회의 거점인 대륙건설의 회장실 안이다. 오후 2시 반, 점심을 마친 기요타가 사무실로 돌아와 커피를 마시고 있다.

“한국에다 마약을 팔아먹다가 들통이 나니까…… 뭐? 리스타가 일본을 침략한다고? 허, 참.”

기요타가 헛웃음을 웃었다.

“그 말에 넘어가 동맹을 맺는 병신들도 문제다.”

“모두 이나카와회와 연결되어 있기 때문이지요.”

오베가 열심히 말을 이었다.

“사카유메회는 교토 제3구역 공사를 같이하는 입장이고 쿄쿠토회는 작년의 지방 전쟁 때 이나카와회의 신세를 졌습니다. 이런 식으로 연결이 되어 있습니다.”

“그런데 리스타의 이광, 대단한 놈이 아니냐?”

기요타가 번들거리는 눈으로 오베를 보았다.

“멕시코 아카풀코의 3대 패밀리를 싹 쓸어버렸다는군.”

"그렇습니다."

오베가 맞장구를 쳤다.

"멕시코는 언론을 통제하고 있지만 멕시코시티의 5대 조직도 무너지는 것 같습니다."

"멕시코 패밀리는 미국 마피아보다 몇 수 아래니까, 병신들."

"그렇습니다."

"어쨌든 이광이 대단해. 한국 조폭을 정리하더니 이젠 멕시코, 그다음이 이나카와인가?"

기요타의 검은 얼굴에 웃음이 떠올랐다. 기요타는 45세, 일본 야쿠자 제2의 조직인 스미요시회의 회장이 된 것은 4년 전이다. 전(前) 회장 다까다의 미움을 받아 도쿄 변두리의 카페 관리인으로 쫓겨난 지 한 달 만에 반란을 일으켜 다까다를 도끼로 찍어 죽인 후에 회장으로 등극했다. 성질이 급하고 불덩이 같아서 별명이 폭탄이지만 돈 욕심이 없고 부하들을 아껴서 심복이 많다. 지난번 반란도 따르는 부하들의 응원이 있었기 때문에 성공한 것이다. 키는 170밖에 안 되지만 체중이 110킬로 나가는 기요타는 조센징이었다. 그것이 이광을 호의적으로 바라보는 이유 중의 하나가 될 것이다. 그때 전화벨이 울렸다. 전화기를 든 오베가 응답하더니 송화구를 손바닥으로 막고 기요타를 보았다.

"회장님, 민단의 유 사장인데요, 전화 받으시겠습니까?"

"또 무슨 일이야?"

기요타가 이맛살을 찌푸렸지만 손을 내밀었다. 민단 소속의 유병열은 한식당 사장으로 기요타와 고향이 같다. 전라북도 남원으로 춘향이가 나오는 고장인 것이다. 그러나 물론 55세인 유병열이나 기요타는 남원에 가본 적도 없다. 그들의 할아버지가 그곳에 살다가 일본으로 건너

왔기 때문이다. 그러나 고향이 남원으로 같다는 것을 안 후부터 둘은 형님, 동생 사이가 되었다. 그리고 만날 유병열의 부탁을 들어주는 관계가 되어버린 것이다.

"아, 형님, 무슨 일이오?"

기요타가 굵은 목소리로 물었다.

"또 누가 행패를 부린 거요?"

"아니, 그게 아니라, 기요타 회장."

숨을 돌린 유병열이 목소리를 낮췄다.

"나하고 저녁이나 먹지, 내 식당에서."

"어려운 부탁이오?"

"아이구, 아냐, 절대로. 그냥 저녁 사려는 거야, 내가."

유병열이 열심히 말했다. 유병열의 좋은 점은 지금까지 10여 년 만나는 동안 돈 빌려 달라는 소리를 안 하는 것이다.

도쿄 아카사카의 카페 솔로몬은 스미요시회의 1급 업소 중 하나로 기요타의 단골이기도 하다. 칸막이가 되어 있는 방이 22개, 아가씨가 50명 가까운 대형 업소로 일본 정관(政官)계의 고위직 단골이 많다. 오후 8시 반, 기요타와 유병열은 솔로몬의 가장 깊숙한 내실에서 마주 앉아 있었는데 이곳은 완전 룸이다. 한국식 룸살롱처럼 문을 잠그면 밖에서 안으로 들어올 수 없는 구조다. 솔로몬에는 이런 룸이 5개가 있는 것이다. 아가씨들도 부르지 않은 방에서 기요타가 먼저 입을 열었다.

"조총련하고 문제요?"

"아니, 그쪽하고는 문제가 없어."

유병열이 쓴웃음을 지었다.

"내가 아우님하고 친한 걸 아는데 이젠 귀찮게 하지 않아."

"그럼 무슨 일이오?"

"내가 그냥 한잔 산다니까 그러네."

"형님, 이 집 술값이 시간당 10만 엔이오, 형님 식당 매상은 얼마나 돼요?"

"하루에 1백만 엔은 되지."

"형님 하루 매상을 술값으로 다 날릴 거요?"

기요타가 눈을 흘겼다. 하루 매상이 1백만 엔이라고 했지만 거짓말이다. 유병열의 한식당이 크기는 하지만 손님이 없어서 하루 20, 30만 엔이 고작인 것이다. 그때 유병열이 헛기침을 했다.

"아우님, 실은 부탁이 있어."

"그럼 그렇지."

술잔을 든 기요타가 쓴웃음을 지었다.

"남원 춘향이 마을 출신 사이인데 탁 털어놓고 말해보시지, 돈 빌려달라는 말은 빼고 말이오."

"난 돈거래는 안 하는 사람이네, 동생."

"그럼 회칼을 빌려드릴까? 누구 쑤시고 싶은 인간이 있습니까?"

"농담하지 말게, 동생."

비대한 체격의 유병열이 얼굴에서 땀을 흘리고 있다. 기요타가 입을 다물었을 때 유병열이 말을 이었다.

"동생, 이또 간스케 알지?"

"아, 이또 말이지요? 알지요. 그놈도 조센징 아닙니까?"

기요타가 바로 대답했다. 이나카와회 회장 니시무라의 고문 이또를 말하는 것이다. 기요타의 시선을 받은 유병열이 헛기침을 했다.

"이또를 한번 만나보겠는가?"

"이나카와의 이또 간스케를 말이오?"

기요타의 미간이 좁혀졌다. 눈을 가늘게 뜬 기요타가 지그시 유병열을 보았다.

"형님, 엉뚱한 일에 손을 대었다가 바로 시체가 되는 수가 있습니다."

"알고 있어."

"나는 상관할 수가 없어요, 도움이 안 된단 말이오."

"글쎄, 알아."

"지금 이나카와회가 어떤 상황인지 아시오?"

"알아."

"알고도 그런 일을 주선한다는 거요?"

"그렇다니까."

이제 유병열이 손수건을 꺼내 물을 덮어쓴 것처럼 흐르는 얼굴의 땀을 닦았다. 셔츠 깃에는 이미 땀이 흠뻑 배어 있다. 그때 기요타가 물었다.

"형님의 배후가 누구요?"

"리스타야."

유병열이 선뜻 대답했을 때 기요타가 숨을 들이켰다.

"리스타? 리스타 누구요?"

"간부급이야, 박태규라고, 일본 지역을 담당하는 부책임자네."

"그놈은 어떻게 알게 된 거요?"

"나한테 연락이 왔어."

"왜?"

"내가 동생하고 호형호제하는 사이라서 그런가 봐."

"이런 젠장."

"미안하네."

기요타가 숨을 들이켰다. 가만 보면 유병열이 미안해할 일도 아니다. 심호흡을 하고 난 기요타가 다시 물었다.

"내가 이또를 왜 만납니까?"

"그, 이나카와회하고 동맹을 맺으면 좋을 것 같아서, 이건 내 생각이 아니야."

"그럼 누구 생각이오?"

"박태규가 그런 거야, 동생."

"무슨 말이오?"

"이또하고 동맹을 맺었으면 한다고."

"건방진 놈, 제가 뭔데?"

쓴웃음을 지었던 기요타의 얼굴이 천천히 일그러지면서 눈을 가늘게 뜨고 유병열을 보았다.

"형님, 니시무라는 어떻게 되고?"

"난 그렇게만 전하라는 부탁을 받았어."

"박태규한테서 말이오?"

"그래."

"이또를 만나라고?"

"그래."

"건방진 놈, 창자를 꺼내 널어놓을까 보다."

"동생, 이또가 곧……."

"곧 뭐요?"

"이나카와를 장악할 것 같네."

"그게……."

말을 멈춘 기요타가 숨을 들이켜더니 유병열을 똑바로 보았다.

"형님, 그러면……."

"그래."

"언제 말이오?"

"곧."

유병열이 손목시계를 보는 시늉을 했다.

"오늘 밤 안에."

"그러면……."

"동생이 이또를 만나주는 것만으로 힘이 되는 거지."

눈을 가늘게 뜬 유병열이 기요타를 보았다.

"니시무라가 마약 팔아서 엄청난 재산을 모았다고 하네. 오키나와 땅 절반이 니시무라 소유라고 하지 않는가?"

기요타의 눈동자에 초점이 멀어졌다.

"죄송합니다, 오야붕."

허리를 90도로 꺾은 나까노가 다가오더니 이또의 몸을 뒤졌다. 익숙한 몸놀림이다. 공항의 검색대 요원보다 더 능란하다. 니시무라의 저택 현관, 이곳은 공항처럼 금속 탐지기 앞을 지나가야 했고 경호원의 검색을 받아야 한다.

"감사합니다, 오야붕."

검사를 마친 나까노가 한 걸음 물러서면서 다시 절을 했다.

"회장님은 다도방에 계십니다."

"수고 많다, 나까노."

인사를 던진 이또가 발을 떼었다. 이제는 뒤를 따르던 보좌관 하라 다가 검색대를 통과하고 있다. 검색대 주변에는 경호원 5, 6명이 둘러 서 있었는데 나까노가 경호팀장이다. 뱀 사건이 있고 나서 이또와 사사 끼의 제의로 검색대를 설치해놓았는데 현관 안으로 들어가는 모든 사 람은 검색을 받아야만 했다. 현관을 지나 다다미가 깔린 응접실을 통과 해서 마루로 들어서자 기둥 옆에 서 있던 경호원 둘이 목례를 했다. 안 채 경비조다. 2층 본채와 경호원 주거용인 별채까지 갖춘 니시무라의 대저택은 본채 건평만 6백 평이 넘는다. 복도 끝에 서 있던 경호원이 왼 쪽 다도방을 가리키며 낮게 말했다.

"지금 묵상 중이십니다."

"알고 있어."

오전 9시 반이다. 9시에서 10시까지 니시무라는 묵상을 하는 것이다. 눈을 감고 가부좌를 틀고 앉아서 무슨 생각을 하는지 알 수 없지만 그 때는 전화도 안 받고 사람 접근이 차단된다. 이또는 다도방 앞쪽의 대 기실로 들어섰다. 뒤를 하라다가 따른다. 둘이 대기실로 들어서자 경호 원이 절을 하더니 문을 닫고 나갔다. 저택 안 경호원만 8명, 밖에도 8명 이었고 8시간 3교대여서 저택 안에는 항상 20명 가까운 경호원이 상주 하고 있는 것이다. 전(前)보다 3배가 늘어난 인력이다. 이번에 리스타와 본격적인 전쟁 상태가 되면서 경계를 강화시킨 것이다. 자리에 앉은 이 또가 힐끗 천장을 보았다. 저택 경호 총책은 사사끼다. 대부분의 일은 상의를 하지만 저택 경호에 대한 세부 사항은 사사끼만 안다. 천정에 녹음기를 설치한다는 말을 들었기 때문이다. 그때 하라다가 이또에게 말했다.

"저, 화장실에 다녀오겠습니다."

이또가 머리만 끄덕이고는 소파에 등을 붙였다. 하라다가 나간 지 얼마 되지 않아서 문이 열리더니 사사끼와 심복 오보타가 들어섰다. 오보타가 이또에게 허리를 꺾어 절을 했고 사사끼는 거구를 흔들며 다가와 앞에 앉는다.

"회장님이 오늘 점심을 같이 먹자는군."

사사끼가 어깨를 부풀리며 말했다.

"사다케 구역 문제 때문인 것 같네."

이또가 건성으로 머리를 끄덕였을 때 다시 문이 열리더니 경호팀장 나까노가 들어섰다.

"묵상 끝나셨습니다. 다도방으로 가시지요."

"어."

체격은 크지만 몸놀림이 빠른 사사끼가 벌떡 일어났고 오보타가 뒤를 따랐다. 느릿하게 일어선 이또가 심호흡부터 하고는 발을 떼었다. 이또가 문 앞으로 다가갔을 때 안쪽에서 기다리고 서 있던 나까노가 이또의 재킷 주머니에 뭔가를 집어넣었다.

"응, 왔나?"

다도방 상석에 앉은 니시무라가 방으로 들어서는 사사끼와 이또를 보더니 머리를 끄덕였다.

"예, 회장님."

사사끼가 붙임성 있게 대답했고 이또는 머리만 깊숙하게 숙였다. 둘이 방석 위에 무릎을 꿇고 앉았을 때 니시무라가 이또를 보았다.

"이또, 오늘 점심때 사사끼하고 같이 식사하자."

"예, 회장님."

"사다케 구역을 조정해야겠다. 그래서 사다케한테 저녁 때 이곳에 오라고 했어."

"예, 회장님."

그때 사사끼가 말했다.

"구역 조정은 어렵지 않습니다, 회장님."

"너희들 둘이 상의해서 나눠줘."

"예, 회장님."

사다케의 구역이 넓어지면서 업소 6개가 늘어난 것이다. 그것을 옆쪽의 호노가와에게 2곳, 사다케가 4곳을 나눠 관리하도록 하면 될 것이다. 그때 이또가 말했다.

"회장님, 그보다 근본적인 문제가 있습니다."

"뭐냐?"

시선을 든 니시무라에게 이또가 한숨부터 뱉었다.

"이대로 지내실 수는 없지 않겠습니까?"

"무슨 말이냐?"

"이렇게 다도방에서만 박혀 있으실 겁니까?"

"뭐라고?"

그때 이또가 재킷 주머니에서 권총을 꺼내 들었다. 미군용 베레타다.

"아니."

놀란 니시무라가 숨을 들이켠 순간이다.

"탕! 탕!"

총성이 두 발 울렸다.

"으악!"

비명을 지른 사람은 니시무라였지만 이또 옆에 앉은 사사끼가 벌떡 쓰러졌다. 이마와 얼굴에 두 발이 맞은 것이다.

"이, 이또……."

두 손을 앞으로 뻗은 니시무라가 눈을 부릅떴다.

"이, 이또, 잠깐만……."

"병신."

그때 밖에서 총성이 울렸다.

"탕, 탕, 탕!"

"탕탕!"

"탕탕탕!"

총소리를 들은 이또의 얼굴에 웃음이 떠올랐다.

"탕탕탕!"

이번에는 방 안에서 총성이 울렸고 이마와 가슴에 세 발을 나란히 맞은 니시무라가 뒤로 넘어졌다.

도쿄 긴자의 프린스호텔 스위트룸 응접실 소파에 앉은 샌디가 박태규로부터 보고를 받는다.

"이또는 저택에 있습니다. 저택 안은 완전히 장악한 셈이지요."

정색한 박태규가 말을 이었다.

"일사불란하게 처리했습니다. 니시무라와 측근 경호원 3명을 사살했고 사사끼와 오보타, 운전사까지 셋, 그리고 저택 안 경호원 중에서 반항하는 넷을 죽였습니다."

낮 12시 반, 사건이 일어난 지 2시간밖에 되지 않았다. 이또의 쿠데타다.

"사건 직후에 이또 직계 부하 40여 명이 저택으로 진입했습니다. 니시무라의 저택이 이제는 이또의 본거지가 된 것입니다."

그때 머리를 끄덕인 샌디가 물었다.

"이제 오야붕들로부터 충성맹세를 받을 차례지?"

"예, 보스."

"받아야 할 오야붕은 몇 명인가?"

"12명입니다."

"현재는?"

"2명이 승낙하고 저택에 들어갔습니다."

"나머지는 10명이군."

"예, 보스."

"가능성은?"

그때 박태규가 심호흡을 했다.

"기요타에게 달려있습니다."

"유병열한테는 가타부타 말을 하지 않았다면서?"

"예, 보스."

샌디의 시선을 받은 박태규가 눈이 부신 것처럼 깜박였다. 유병열과 기요타가 만난 것은 어제다.

"누구라고?"

기요타가 다시 한 번 확인하려는 것처럼 묻자 오베가 전화기의 송화 구를 막으면서 대답했다.

"예, 이또 간스케입니다, 회장님."

"으음!"

신음을 뱉은 기요타가 잠자코 손을 내밀었다. 전화기를 귀에 붙인 기요타가 헛기침을 했다.

"아, 여보세요."

"회장님, 이또 간스케올시다."

"아, 이또."

기요타가 어깨를 부풀렸다. 이또 역시 조센징이다. 조센징을 크게 나누면 3종류다. '내가 조센징이다. 어쩔래?' 하고 대놓고 드러내는 축하고 '조센징이다. 이제 알았느냐?' 하고 발각되어서야 실토하는 스타일 그리고 '난 아냐, 잘못 안 거야' 하고 끝까지 오리발을 내미는 스타일이다. 기요타는 어쩔래 스타일이고 이또는 이제 알았느냐 스타일이어서 만나는 기회가 적었다. 그때 이또가 말했다.

"회장님, 들으셨지요?"

"뭘 들어?"

되물은 기요타가 벽시계를 보았다. 낮 12시 50분이다. 어젯밤에 일어난다는 일은 일어나지 않았다. 그런 일은 순식간에 소문이 나기 때문이다. 그때 이또가 말했다.

"저, 지금 니시무라 씨 저택에 있습니다."

순간 기요타가 숨을 들이켰다. 방금 이또가 니시무라 씨라고 한 것이다. 제 회장한테 '씨'를 붙였다는 것은 무엇을 의미하는가? 이또가 말을 이었다.

"제가 제 손으로 니시무라, 사사끼를 처리했습니다. 그리고 저택을 완전 장악하고 오야붕들을 소집했습니다."

"이또 군."

숨을 고른 기요타가 말을 이었다.

"그게 사실이건 어쩌건 간에 나한테 바라는 게 뭔가?"

"어제 이야기 들으셨지요?"

다시 이또가 물었기 때문에 기요타는 어쩔 수 없이 대답은 했다.

"들었어, 내 도움이 필요하다고."

"저택으로 와 주시면 은혜 잊지 않겠습니다."

"왜? 나도 죽이려고?"

기요타가 불쑥 그렇게 말한 것은 조금 화가 났기 때문이다. 손 아래로 보았던 이또의 페이스에 끌려가는 느낌을 받았던 것이다. 그러나 이또는 이 말에 웃지도 않고 정중하게 대답했다.

"제가 형님으로 모시지요."

"언제는 형님 아니었나?"

"서약을 하겠습니다."

"물귀신처럼 끌고 들어가지 마."

"오야붕 12명 중에 2명이 왔습니다. 한 시간 반 전에 연락했는데도 아직 10명이 망설이고 있습니다."

"……."

"지금 저희들끼리 머리를 맞대고 궁리를 하겠지요. 열심히 계산을 하고 다른 조직에도 연락을 하고 정신이 없겠지요."

"……."

"저는 다른 계파에는 연락 안 했습니다. 오직 형님한테만 말씀드린 것입니다."

기요타가 심호흡을 했다. 그것도 거사 전에 이야기를 한 것이다. 어금니를 물었다가 푼 기요타가 입을 열었다.

"이또, 나한테는 오야붕이 21명이 있다. 알지?"

"예, 압니다, 형님."

"네 이나카와회보다 9명이 많아, 알지?"

"예, 압니다, 형님."

"내가 1시간 후에 21명 오야붕을 다 데리고 너한테 가지."

이또가 숨 들이켜는 소리를 내었을 때 기요타가 때려 부수듯이 말했다.

"서약식 준비를 해라, 이또."

제2장
새로운 세상

오후 2시 반, 서울의 저택에서 이광이 샌디의 전화를 받는다.

"회장님, 다시 보고 드립니다."

샌디는 이또의 쿠데타 직후에 상황 보고를 했기 때문이다. 이광이 잠자코 기다렸을 때 샌디의 말이 이어졌다.

"기요타가 스미요시회의 오야붕 21명 전원을 이끌고 니시무라의 저택에 찾아가 이또 간스케와 형제의 인연을 맺었습니다."

"잘됐군."

이광의 얼굴에 웃음이 떠올랐다.

"샌디, 네 공작 덕분이다."

"아닙니다."

"이또를 움직인 것이 너였으니까."

"기회가 맞았을 뿐입니다."

그러나 샌디의 역할이 컸다. 박태규를 시켜 이또의 뒤를 보장해주고 기요타가 지원하게 만들었기 때문이다. 이또가 그런 배경을 믿지 않았다면 무모하게 움직일 리도 없다. 그때 샌디가 말을 이었다.

"기요타와 형제의 의를 맺는다는 소문을 듣고 재빠르게 오야붕 셋이 끼어들었습니다. 그런데 이또는 그들 셋을 손가락 하나씩 자르도록 하고 나서야 받아들였습니다."

"……."

"나머지 7명의 오야붕은 형제의 서약이 끝난 즉시 파문하고 그들의 지역에 심복으로 새 오야붕을 임명했습니다."

이광의 얼굴에 쓴웃음이 번졌다. 당황한 오야붕들의 얼굴이 떠올랐기 때문이다. 갈팡질팡하다가 기회를 놓치고 하루아침에 거지 신세가 된 것이다. 아니, 거지보다 더 비참하다. 언제 어떻게 죽을지 알 수 없는 인생을 살아야 한다. 순간의 선택이 운명을 결정지은 것이다. 샌디가 말을 이었다.

"이또가 곧 저한테 온다고 했습니다. 제가 만나고 나서 다시 보고 드리겠습니다."

일본 지역 책임자는 31세의 샌디 길포드다. 샌디가 일본과 인연이 있다면 몇 년 전 일본인 남자하고 연애를 했다는 것 정도다. 무능한 일본 남자하고 헤어지게 되었지만 말이다.

"대통령 유고!"

다음 날 아침 이광이 본 신문 기사다. 대통령이 안기부장의 총격을 받아 피살된 것이다. 안기부장은 그동안 교체되었기 때문에 이광이 모르는 인물이다.

"회사에는 별 영향이 없지만 당분간 사회는 더 혼란 상태가 될 것 같습니다."

안학태가 그늘진 표정으로 보고했다. 그렇다. 회사 근로자는 여전히

50

열심히 일했고 수출 신용장도 끊이지 않고 도래하고 있다. 이광이 머리를 끄덕였다.

"계획대로 출장을 가지."

"예, 회장님."

안학태가 출장 계획서를 집어 들면서 말을 이었다.

"지금까지 민주화 운동과 경제 발전 운동은 제각기 따로 진행이 되었으니까요."

데모를 하다가도 수출용 컨테이너 트럭이 지나가면 경찰과 데모대가 길을 비켜주었던 것이다. 수출이 잘되어야 데모대도 먹고 운동하고 경찰도 월급을 받게 되기 때문이다. 컨테이너 트럭이 지나갈 동안은 잠깐 휴전이 되었다.

그날 밤, 이광은 강은서의 집에서 저녁을 먹고 나서 응접실의 소파에 비스듬히 앉아 있다. 밤 9시 반, 오늘도 강은서는 아들 상철이를 아래층 어머니한테 맡겨놓아서 집에는 둘뿐이다.

"상철이 데려와 봐."

커피 잔을 든 이광이 불쑥 말했지만 방에 있던 강은서는 대답하지 않았다.

"상철이 데려오라니까? 아직 안 잘 거 아냐?"

상철이는 이제 가끔 이광을 보면 '아저씨' 하고 인사를 한다. 착하고 영리한 아이다. 그때 강은서가 손에 넥타이를 한 묶음 쥐고 방에서 나왔다.

"5개만 골라 봐."

"알아서 해."

그래 놓고 이광이 다시 말했다.

"상철이 데려와, 같이 자게."

그때 몸을 돌리려던 강은서가 이광을 보았다.

"놔둬, 그게 아이한테도 편해."

"상철이를 내 자식으로 하자."

"쓸데없는 소리."

방으로 들어선 강은서의 뒤를 이광이 따라갔다. 방의 침대 위에는 여행 가방이 펼쳐졌고 이광의 옷이 담겨지는 중이었다. 가방 옆에 아직도 내복, 양말이 쌓여 있다. 내일 이광이 다시 출장을 떠나고 출장 전 날에 강은서가 여행 가방을 챙겨주는 것이다. 이광이 옷을 담는 강은서의 뒤로 다가가 허리를 껴안았다.

"놔."

강은서가 몸을 흔들었지만 이광은 더 세게 껴안았다.

"은서야, 넌 도망가지 마."

"그래, 안 갈게."

몸을 빼는 건 포기한 채 강은서가 그 자세대로 가방에 옷을 담으면서 말했다.

"그냥 이렇게 와, 와서 손님처럼 자고 가. 내가 다 챙겨줄 테니까."

"난 네 손님이냐?"

"손님이고 애인이고 남편이지."

강은서의 목소리에 웃음이 띠어졌다.

"거기서 하나씩 삭제되고 손님 하나만 남아도 돼. 그때도 받아줄 테니까."

"내 애는 낳지 않을래?"

불쑥 이광이 묻자 강은서가 허리를 폈다. 지금까지 이광은 피임을 하지 않았다. 그때 강은서가 몸을 돌리더니 이광과 마주 보고 섰다. 이광이 다시 허리를 껴안았기 때문에 가슴이 닿았고 숨결이 턱에 닿는다. 강은서가 더운 숨을 뱉으면서 말했다.

"그래, 아이 아빠도 만들어 줄게."

카이로에 도착했을 때는 오후 2시 반, 공항에서 나영찬이 이광을 맞았다. 이제 나영찬은 리스타 카이로 법인 사장이다.

"어서 오십시오, 형님."

반가운 나머지 나영찬이 형님이라고 불렀다. 비서실장 안학태가 뒤쪽에 처져 있었기 때문에 그랬을 것이다. 드문드문 만나면 옛 생각이 나는 법이다. 이광도 환하게 웃으며 나영찬의 어깨를 감싸 안았다. 나영찬은 실적 면으로도 뛰어난 법인 사장이다.

"유람선 2척을 발주했다고?"

"예, 회장님."

안학태가 다가왔기 때문에 나영찬이 정색하고 대답했다. 그들은 이제 공항건물 앞에 대기시킨 리무진으로 다가가고 있다.

"3만 톤급으로 이집트 최대의 호화 유람선이 될 것입니다."

지금까지 나일 강을 오가는 유람선 6척을 운영했다가 리스타 관광은 유럽과 이집트를 오가는 유람선을 발주한 것이다. 유럽 관광객들을 대상으로 하는 적극적인 관광 사업이다.

"넌 사업가가 적성에 맞아."

차에 올랐을 때 이광이 나영찬에게 말했다. 리무진에는 안학태까지 셋이 탔는데 뒷좌석이 마주 보는 좌석 배치여서 나영찬과 나란히 앉았다. 이광이 말을 이었다.

"화염병을 던지던 네가 이집트 최대의 여행사를 만들어 놓을 줄 누가 상상이라도 했겠냐?"

"그러게 말입니다."

나영찬이 정색하고 맞장구를 쳤다.

"편의공작대 출신 제대파 형님이 이렇게 보스가 되실 줄 누가 상상이라도 했겠습니까?"

"너, 지금 보스라고 했어?"

이광이 묻자 나영찬이 커다랗게 머리를 끄덕였다.

"예, 보스. 회장님 다음에는 보스지요."

"내가 조폭 보스라고 하는 거지?"

"보스에는 그보다 더 광범위한 뜻이 있습니다."

나영찬이 말을 이었다.

"더 넓고, 더 친근한 의미의 보스입니다."

"말 붙이기 나름이지."

그때 앞쪽의 안학태가 거들었다.

"회장님은 보스가 더 어울리십니다."

"그런가?"

"앞으로 보스 호칭에 익숙해지시지요."

비서실장 안학태가 이광의 구상을 가장 잘 아는 인물이 될 것이다. 잠자코 의자에 등을 붙인 이광에게 이번에는 나영찬이 말했다.

"보스 이상의 호칭은 없습니다, 보스."

저녁 식사를 마치고 이광과 나영찬은 호텔 베란다에 나란히 앉아 나일 강을 내려다보고 있다. 오후 9시 반, 나일 강변에 세워진 아트라스호텔의 객실이다. 앞쪽 탁자에는 술병과 안주가 놓여 있었는데 둘은 자작으로 술을 따라 마신다. 안학태도 제 방으로 돌아갔고 지금은 둘이 남았다.

"너도 이제 결혼해야 되는 것 아니냐?"

불쑥 이광이 물었더니 나영찬이 머리를 끄덕였다.

"예, 어머니가 서둘기도 하지만 그래야 될 것 같습니다."

"결혼은 필요한 것 같더라. 상대가 있으면 하는 것이 낫지."

"지난달에 서울에서 온 여자를 만났습니다."

"잘됐어?"

"예, 저만 한 신랑감이 없죠."

"이 자식이 웃지도 않고 말하는군."

"여자 부친이 의학박사고 병원장입니다. 진주 명문가 집안이죠. 여자는 제일대 불문과 졸업하고 박사 학위 받았습니다. 진주대 전임강사죠."

"좋구나."

"저 같은 5류대 출신에 운동권으로 감옥에 두 번이나 갔다 온 놈이 감히 쳐다보지도 못 할 상대였지요."

"지금은 네가 굽어보는 입장이냐?"

"제가 성공한 CEO라고 하더군요, 그 여자가 말입니다."

"맞는 말이지."

"긍지를 느낍니다."

"당연하지."

"저는 사업으로 애국할 겁니다."

"잘 생각했다."

"동지, 선후배들이 귀국하라고 연락해오지만 거절했습니다."

길게 숨을 뱉은 나영찬이 술잔을 들고 이광을 보았다.

"전 형님을 도와 꿈을 이룰 겁니다."

"네 꿈이 뭐냐?"

한 모금 술을 삼킨 이광이 똑바로 나영찬을 보았다. 사원으로부터 시작해서 온갖 곡절을 겪은 후에 리스타를 펼쳐놓은 이광이다. 그동안의 경험으로 판단하면 회사가 커질수록 조직과 갖가지 규칙, 제약이 따르는 경향이 많아지기 마련이다. 그러고 나서 매너리즘에 빠지게 되고 회사가 침체되기 시작하는 것이다. 그것을 막고, 개선하는 과업을 바로 CEO들이 맡아야 한다. 나영찬은 바로 그런 CEO였다. 조직에 활력을 불어넣고, CEO의 업무를 스스로 창안해내는 경영자인 것이다. 그때 나영찬이 대답했다.

"보스의 측근이 되는 겁니다."

"이 자식, 무임승차를 하려는 수작이군."

"보스의 테두리를 벗어나지 않겠다는 말씀입니다."

그것이 가장 듣고 싶은 말이었기 때문에 이광은 심호흡을 했다. 나영찬도 같은 배를 탄 입장이었고 CEO인 터라 이광과 비슷한 높이에서 앞이 보이지 않겠는가? 따라서 앞에 어떤 것이 펼쳐져 있는지는 어렴풋하게라도 볼 수 있을 것이다. 그곳을 향해 같이 가겠다는 뜻이다, 이광의 영향력에서 벗어나지 않고.

"누나가 다음 달에 결혼합니다."

나영찬이 생각난 것처럼 문득 말했을 때 이광이 쓴웃음을 지었다.

"자식, 어렵게 말 꺼냈구나."

"말씀드려야 할 것 같아서요."

"네가 짐을 하나 내려놓은 기분이겠다."

"정말 그렇습니다."

따라 웃은 나영찬이 말을 이었다.

"누나가 형님한테 미련이 남아 있는 것 같아서요."

"그건 나도 그랬지."

"말씀만이라도 고맙습니다. 하지만 누나는 마음 정리하고 서울로 갔습니다."

"남자는 누구냐?"

"대전에서 슈퍼마켓을 하는데 지방에서는 부자라네요."

"잘됐다."

"그쪽도 재혼인데 아이가 없습니다. 어머니도 잘했다고 하세요."

"어머니가 제일 마음 놓으시겠다."

"이제 다 정리가 됐습니다."

이광이 한 모금 술을 삼켰다. 나영찬의 누나 나은현과는 첫사랑이 될 것이다. 제대파로 복학했을 때 첫 미팅에서 만난 여자가 나은현이다. 그때 여지없이 차였지만 얼마 되지 않아서 사랑을 받게 되지 않았던가?

"네 결혼식에는 내가 꼭 가지."

이광이 그렇게 두 남매와의 인연을 정리했다.

카이로에서 요르단 암만으로 날아간 이광 일행은 리스타 암만 사장 타미란의 영접을 받았다. 타미란의 리스타 암만의 주업무는 군수품 거래다. 그중 거래액의 90퍼센트가 무기인 것이다. 그동안 타미란은 이라크와 리비아의 무기 오퍼를 받아 꾸준히 공급해왔는데 연간 물량은 1억 불 정도였다.

"회장님, 중동 전쟁이 일어날 것 같습니다."

시내로 들어가는 차 안에서 타미란이 말했다.

"이스라엘과 시리아, 거기에다 이집트와 요르단까지 끼어들 것 같습니다."

이스라엘과 중동 각국과의 긴장 상태는 오래전부터 계속되어 왔지만 전쟁이 임박하다는 말을 듣자 이광이 긴장했다. CIA로부터 어떤 정보도 없었기 때문이다.

"분위기가 어때?"

"예, 요르단은 이미 군 수뇌부에서 작전 계획까지 다 수립해놓은 것 같고 이집트가 먼저 시나이 반도를 칠 것 같습니다."

이광은 방금 이집트에서 온 길이지만 전쟁 분위기는 느끼지 못했다. 리스타 카이로는 관광사업 위주로 정부 당국자들과의 교류가 없는 것이다.

"이집트 내부는 평온하던데, 관광사업은 늘어나는 상황이고."

"당연히 비밀로 하겠지요, 하지만 아랍전쟁은 속전속결로 끝납니다. 장기전이 될 수가 없습니다."

타미란이 말을 이었다.

"이스라엘이 국토는 작지만 전력이 막강하거든요. 전쟁이 길게 이어지면 이스라엘이 유리합니다. 더구나 미국이 배후에 있거든요."

그렇다. 미국 정관계는 말할 것도 없고 경제계도 모두 유태계가 지배하고 있다. 장기전이 되면 미국이 나서게 되고 전력이 우세한 이스라엘이 중동을 장악하게 될 가능성이 있다. 배후의 미국도 그것까지는 감당할 수 없을 것이다.

사무실에서 일을 마칠 무렵에 타미란이 다가와 말했다.

"회장님, 전수현 씨가 인사를 하려고 왔습니다."

이광이 머리를 끄덕이자 타미란이 나가더니 전수현을 데려왔다.

"안녕하셨어요?"

이제는 세련된 옷차림에 얼굴도 화사해진 전수현이 이광에게 인사를 했다. 그러나 얼굴은 조금 상기되었고 눈이 반짝였다.

"아, 전수현 씨, 몰라보겠는데."

이광이 눈을 둥그렇게 떴다.

"예뻐졌어, 눈이 부시군."

"아유."

전수현이 선 채로 몸을 꼬았는데 교태가 저절로 풍겨 나왔다. 마치다 익은 감이 떨어질 것처럼 흔들리는 것 같다. 타미란이 한국말을 모르는 터라 둘의 분위기는 자연스럽게 은근해졌다. 전수현이 앞쪽 자리에 앉았을 때 이광이 물었다.

"남자가 생긴 거야?"

"아뇨, 없어요."

그때 타미란이 이광에게 묵례를 하고 방을 나갔기 때문에 둘이 남았다. 그동안 전수현은 암만의 한국인 유아원과 한국어 학원을 중동지역의 모델로 만들어 놓았다. 현재 유아원에는 한국인뿐만 아니라 외국계 유아들까지 2백여 명을 수용했고 한국어학원의 수강생은 4백 명 가깝게 된다. 유아원과 학원의 교사들까지 모두 20여 명이나 되는 것이다. 요르단 한국 대사관의 위대한 업적이 되었지만 실상은 유아원과 한국어학원 건물도 이광이 얻어 놓은 데다 원장 전수현과 교사들의 임금, 교재비용까지 모두 리스타 암만에서 지급하는 것이다. 한국 대사관은 업무편의만 도와줄 뿐이다. 이광이 지그시 전수현을 보았다. 사기꾼들에게 속아 파리에서 암만까지 끌려온 후에 오갈 데 없었던 전수현이다. 이제는 정부에서 상까지 받은 유명인사가 되었다. 그리고 무엇보다도 전수현은 꿈을 이룬 것이다.

"타미란한테서 보고받았어."

이광이 전수현의 검은 눈동자를 응시한 채 말을 이었다.

"열성적으로 일한다니, 나도 보람을 느껴. 열심히 해."

상기된 얼굴로 전수현이 시선만 주었기 때문에 이광이 물었다.

"나한테 부탁할 일 있어?"

"네, 있어요, 회장님."

"그래, 말해."

이광이 머리부터 끄덕였다.

"내가 가능한 한 들어줄 테니까."

"그럼 오늘 저, 술 사주세요."

불쑥 말한 전수현의 얼굴이 더 붉어졌다.

"저하고 둘이요."

컨티넨탈호텔의 베란다 밖으로 암만의 야경이 펼쳐져 있다. 밤 11시 반, 베란다의 탁자에 술과 안주를 펼쳐놓고 이광과 전수현이 술을 마시고 있다. 밤이 깊을수록 도시의 소음이 줄어들면서 별빛은 더욱 밝아졌고 어둠은 더 짙어졌다. 바람결에 도시의 냄새가 맡아지면서 옆에 앉은 전수현의 이마 위로 머리칼이 흩어져 내렸다. 아름답다. 술잔을 내려놓은 이광이 저도 모르게 손을 뻗어 전수현의 이마 위에 흐트러진 머리칼을 쓸어 올렸다. 전수현이 시선을 내리더니 움직이지 않는다. 손을 뗀 이광이 의자에 등을 붙이면서 웃었다.

"아름답다."

전수현이 입만 달싹였지만 말은 뱉어지지 않았다. 호텔 식당에서 저녁을 먹고 방으로 올라온 것이다. 이광이 말을 이었다.

"다시 말하지만 부담 느끼지 않아도 돼, 어학원으로 리스타의 사회 활동 선전도 되었으니까."

위스키를 반병쯤 나눠마셨기 때문에 달아오른 피부를 밤바람이 시원하게 훑고 지나갔다.

"여기서 자고 가."

이광이 말하자 전수현이 머리를 끄덕이더니 자리에서 일어섰다. 얼굴이 붉어져 있었지만 반짝이는 눈으로 이광을 보았다.

"옷 갈아입어도 되죠?"

"아, 그럼."

전수현의 얼굴에 웃음이 떠올랐다.

"집에 가라고 하실 것 같아서 불안했어요."

"그게 무슨 말이야?"

"부담 느끼지 않아도 된다고 하셔서요."

"그건 맞아."

"옷 갈아입고 올게요."

"옷장에 가운이 있을 거야."

전수현이 수줍은 성격인 줄 알았더니 지금 보니까 대담했다. 쓴웃음을 지은 이광이 전수현의 뒷모습에 시선을 주었다. 지금까지 이광은 수많은 여자를 거치면서 지켜온 나름대로의 룰이 있다. 첫째로 가는 놈 잡지 않고 오는 놈 막지 않는다는 것, 둘째는 절대로 '조건'을 내밀지 않는다는 것이다. 술잔을 든 이광이 한 모금에 술을 삼켰다. 전수현에게 자신은 은인이나 같을 것이다. 사기꾼들에게 속아 요르단 암만까지 끌려온 전수현에게 꿈을 이루도록 해주었기 때문이다. 마치 지옥에서 천국으로 옮겨간 것이나 같다. 그래서 어떻게든 그 보답을 하고 싶겠지. 그때 전수현이 가운 차림으로 다가왔다. 이광의 시선을 받은 전수현이 두 손으로 볼을 감싸고 옆에 앉는다.

"이젠 제가 물을 차례군요, 옷 갈아입지 않으세요?"

"서둘 것 없어, 난 지금도 즐기고 있으니까."

"무엇을요?"

"이 달콤한 분위기."

"전 심장이 뛰고 불안해요."

"이리 와, 내가 가라앉혀 줄게."

이광이 손을 벌리자 전수현이 옆에 붙어 앉더니 가슴에 안겼다. 가운의 끈을 푼 이광의 얼굴에 웃음이 떠올랐다. 전수현은 가운 밑에 아무것도 걸치지 않은 것이다. 이광의 손이 전수현의 가슴을 감싸 쥐었다. 풍만하고 탄력이 강한 젖가슴이다.

"아!"

짧은 탄성을 뱉은 전수현이 서두르며 이광의 바지 허리띠를 풀기 시작했다. 전수현의 가쁜 숨결에서 달콤한 향내가 맡아졌다. 우유 냄새 같기도 하다.

다음 날 아침, 이광이 커피 냄새에 잠을 깼다. 침대 쿠션은 편안했고 나른한 피로가 기분 좋게 느껴지는 아침, 눈을 뜨기도 전에 커피 냄새를 맡은 것이다. 이광의 얼굴에서 저절로 웃음이 떠올랐다. 전수현이 커피를 만들고 있는 것이다. 조용한 방에 달그락거리는 커피 잔 소리, 낮고 조심스러운 슬리퍼 발자국 소리가 울리고 있다. 전수현이 다가오고 있다. 팔을 쭉 뻗어 기지개를 켜면서 눈을 뜬 이광이 전수현을 보았다. 전수현은 옆모습을 보이며 옆쪽 탁자에 커피 잔을 내려놓은 참이었다.

"부지런하네."

이광이 낮게 말하자 전수현이 얼굴을 펴고 웃었다. 전수현은 가운 차림이다.

"깨셨어요?"

"응, 커피 냄새로."

"아직 7시예요, 조금 더 주무세요."

커피 잔을 든 전수현이 눈웃음을 쳤다. 그 웃음에 교태가 섞여 있었기 때문에 이광의 심장 박동이 빨라졌다. 어젯밤의 격렬하고 뜨거웠던 전수현의 반응이 떠올랐기 때문이다. 수줍고 부끄러움을 타다가도 성난 고양이처럼 대들었고 그러다가 가엾은 노루처럼 움츠러들었다가 다시 표범이 되어서 엉켰다. 뜨겁고 탄력이 강했던 몸이었다.

"이리 와."

이광이 팔을 벌리자 전수현이 자리에서 일어나 가운을 벗었다. 가운이 발밑으로 흘러 떨어진 순간 실오라기 하나 걸치지 않은 몸이 드러났다. 이광의 시선을 받은 전수현이 수줍게 웃었다. 시트를 들치고 이광의 품에 안긴 전수현이 긴 숨을 뱉었다. 전수현의 숨결이 가슴을 타고 흘러갔다.

"오전 11시에 대사하고 담당 영사가 내 방으로 온다고 했으니까 나하고 같이 만나자."

이광이 전수현의 몸을 쓸면서 말했다.

"전수현 씨가 내 여자라는 것을 알려줘야겠어."

전수현이 커다랗게 머리를 끄덕였다. 담당 영사 고지환이 전수현에게 자꾸 치근거렸기 때문이다. 이광은 이 기회에 그 버릇을 뿌리 뽑을 계획이다.

"드릴 말씀이 있는데요."

응접실에서 전수현과 나란히 앉은 이광이 대사 한근복에게 말했다.

"사우디에서도 교민들을 위한 유아원 어학원 요청이 있어서요."

이광이 한근복을 똑바로 보았다. 54세, 요르단이 첫 대사 임지가 되었고 작년에 '우수 대사관'으로 대통령 표창을 받았는데 그것이 유아원, 어학원 운영 때문이었다. 그런데 내막을 알고 보았더니 대사 한근복이 유학원, 어학원을 유치하기 위해서 적극적으로 리스타 그룹을 설득했다고 보고했다. 실상은 다 설치해놓고 대사관에 알려주었을 뿐인데도 수십 번을 찾아가서 부탁을 했다고 보고한 것이다. 이 업적으로 한근복은 내년에 영전이 될 예정이었다. 이광이 말을 이었다.

"그래서 요르단의 어학원, 유학원 문을 닫고 사우디에 투자할 예정입니다."

"아니."

한근복의 얼굴이 순식간에 노랗게 굳어졌다. 옆에 앉은 담당 영사 고지환은 숨도 못 쉬고 있다.

"이 회장님, 그, 그것은……."

한근복이 이광을 노려보았다.

"그렇게 하시면 곤란한데요."

"저는 곤란한 일 없습니다."

의자에 등을 붙인 이광이 얼굴을 펴고 웃었다.

"외무부 장관을 만났더니 대사님께서 저를 수십 번 만나 설득을 해서 유아원, 어학원을 설립하게 되었다는 보고서를 읽어주시더군요."

그 순간 한근복의 얼굴이 시뻘겋게 변했다. 이광이 말을 이었다.

"내가 이번에 외무장관하고 이라크 후세인 대통령을 만납니다. 알고 계시지요?"

"예."

한근복의 목소리가 떨렸다. 머리를 돌린 이광이 옆에 앉은 고지환을 보았다.

"담당 영사는 영사대로 어학원 원장한테 만나자는 전화나 하고, 행정 편의는 제대로 해준 것도 없이 귀찮게만 하는 것 같더군요."

그때 방문이 열리더니 비서실장 안학태가 들어섰다.

"회장님, 외무장관 전화가 왔는데요."

"나중에 전화하시라고 해, 내가 지금 보다시피 바빠."

"예, 알겠습니다."

안학태가 뒤를 따라 들어온 비서에게 말했다.

"회장님께서 바쁘시니까 나중에 전화하시라고 해."

비서가 몸을 돌렸을 때 이광이 한근복과 고지환을 번갈아 보았다.

"내가 그동안 관직에 있는 분들을 존중해 드렸습니다. 그런데 두 분은 구제불능 같습니다. 어떻습니까? 두 분은 이곳에서 없어도 될 분들 같은데 내일까지 귀국하시겠습니까? 아니면 이곳에 계시다가 체포되어 파면을 당하시겠습니까?"

이광의 시선이 안학태에게로 옮겨졌다. 그러자 안학태가 말을 이었다.

"대사께선 지난달에 암시장에 나이지리아산 상아를 16개 구입해서 밀반출하려다가 적발되셨더군요."

한근복이 숨만 쉬었고 안학태의 말이 이어졌다.

"대사 신분이라 경찰이 눈을 감아줬지만 무마비로 5천 불이 들었더군요."

"……."

"고지환 영사는 호텔에서 마약을 먹은 상태로 창녀 2명과 섹스파티를 벌이다가 적발되셨고."

고지환이 눈을 크게 떴지만 입을 열지는 못 한다. 갑자기 고지환이 몸을 떨기 시작했기 때문에 모두의 시선이 모여졌다. 쓴웃음을 지은 안학태가 말을 이었다.

"이건 CIA 자료입니다. 그래서 바로 한국 정부에 넘겨줄 수도 있는 걸 우리가 보류시켜 놓았습니다."

그러고는 안학태가 어깨를 펴고 둘을 번갈아 보았다.

"자, 어떻게 하시겠소?"

이제 말투도 거칠어졌다.

둘이 나갔을 때는 10분쯤 후다. 안학태도 따라 나갔기 때문에 방에는 둘이 남았다. 전수현이 잠자코 이광을 보았다. 입을 조금 벌리고 있는 것이 할 말이 많지만 먼저 하라는 시늉 같다. 이광이 쓴웃음을 짓고 말했다.

"이 문제는 전부터 알고 있었어. 나라가 혼란한 때이고 나도 바빠서 놔두었는데 네 이야기를 듣고 나니까 가만두면 안 될 것 같았어."

전수현이 한숨만 쉬었다. 한근복과 고지환은 오늘 자로 사직서를 내기로 한 것이다. 내지 않는다면 요르단 당국에서부터 처벌을 받게 될 테니 사직서를 내고 끝난다면 그보다 나을 일이 없다.

"사우디에 유아원과 어학원을 설립하실 건가요?"

전수현이 묻자 이광이 머리를 끄덕였다.

"그럴 생각이야."

"요르단은 문을 닫고요?"

"요르단도 계속 운영해야지."

이광이 웃음 띤 얼굴로 전수현을 보았다.

"어때? 수현이가 사우디 교육 시설을 맡아주지 않을래? 리스타의 해외 교민과 주재원 가족을 위한 사회사업이야."

"같이요?"

"그래, 여기 경험이 있으니까 사우디에 설립하는 교육 시설에 도움이 될 거야. 우선 두 곳의 원장을 맡는 게 어때?"

"사우디 어디인데요?"

"제다에 리스타 법인이 있어, 제다에 설립할 예정이야."

"할게요."

전수현이 머리를 끄덕였다.

"보람을 느낄 수 있겠어요."

"맡기겠다."

이광이 손을 뻗어 전수현의 어깨를 당겨 안았다.

"이것을 일석이조라고 한다. 돌 한 개를 던져서 새 두 마리를 잡은 것이나 같지."

그리고 정의는 불의를 이긴다는 간단한 논리도 된다.

"이또 올시다."

이또가 허리를 꺾고 절을 했다. 정색한 표정, 두 손을 몸에 딱 붙였고 반듯이 섰다. 도쿄 프린스호텔 스위트룸 안, 샌디는 박태규의 안내로 들어선 이또 간스케를 맞는다.

"샌디입니다."

샌디가 손을 내밀며 말했다. 일본 남자들은 여자한테 지지 않으려는 본능이 강하다. 샌디의 옛 애인 노부사다가 말해주었다. 이또는 오야붕 6명을 데려왔는데 모두 긴장하고 있다. 스위트룸 회의실은 넓다. 장방형 테이블의 한쪽에 이또와 6명의 오야붕들이 좌우로 벌려 앉았고 이쪽은 샌디와 박태규 둘이다. 샌디가 입을 열었다.

"축하합니다. 이나카와회가 새롭게 시작하는 것 같습니다. 이렇게 저한테 와주신 것 기쁘게 생각합니다."

이번에는 일본어로 말했기 때문에 모두 놀란 듯 표정이 밝아졌다. 그들이 샌디가 2년 동안 노부사다라는 일본 남자한테서 일본어를 배웠다는 것을 알 리가 없다.

"아, 일본어를 하시는군요."

이또가 웃음 띤 얼굴로 샌디를 보았다.

"반갑습니다."

이또는 옆에 통역까지 데리고 왔던 것이다. 그때 샌디가 생각난 듯 물었다.

"니시무라 씨 문제는 잘 해결되었습니까?"

"예, 은퇴하시고 지금은 여행 중이십니다."

이또가 정색하고 말을 이었는데 시치미를 뚝 떼고 있다.

"당분간은 연락이 힘들 겁니다."

"오래 쉬셔야죠."

머리를 끄덕인 샌디의 시선이 오야붕들을 훑고 지나갔다.

"오야붕들이 모두 여섯이 오셨군요."

"예, 나머지 여섯은 맡은 일이 있어서……."

이또가 똑바로 샌디를 보았다. 샌디가 리스타유통의 일본 지역 책임자라는 것을 안다. 샌디는 이또가 쿠데타를 일으켜 주군(主君)을 살해하고 정권을 탈취하도록 배후에서 지원해준 것이다. 경호 팀장 나까노 그리고 경호팀 소속 요원 셋까지 포섭해준 것도 샌디의 리스타 일본팀이었다. 그런데 이또는 오늘 샌디를 처음 만난다. 지금까지 전화 통화도 하지 않았다. 박태규를 통해 연락을 주고받았던 것이다.

"그런데 샌디 대표님, 우리 이나카와회와 리스타와의 관계에 대해서 상의를 해야 될 것 같습니다만."

이또가 한마디씩 분명하게 말을 이었다.

"한국에 진출한 사업체와 지금까지의 거래 관계에 대해서 부탁할 일이 많습니다."

바로 이것 때문에 온 것이다. 이나카와회가 해운대파를 이용해서 한국에 반입시켰던 마약 사업과 신용금고 사업이 지금 붕괴 상태다. 마약 사업은 이미 궤멸되었고 신용금고 사업은 언제 문을 닫을지 전전긍긍하는 상황이다. 한국의 파트너가 절실한 것이다. 그때 샌디가 머리를 끄덕였다.

"그 조건을 상담해야 되겠지요."

원래 파트너였던 해운대파 회장 백기춘이 실종되고 박영태가 실권을 쥐면서 리스타의 휘하에 들어간 상황이다. 키는 리스타가 쥐고 있는 것이다.

"지금 리스타 책임자를 만나고 있는 거지?"

기요타가 묻자 오베가 바짝 다가섰다.

"예, 프린스호텔에 리스타 경호팀이 꽉 차있습니다."

"리스타 경호팀?"

이맛살을 찌푸린 기요타가 오베를 보았다. 지금까지 리스타는 형체가 없는 이름뿐인 존재였던 것이다. 그래서 경호팀이라는 말에 형체가 드러난 느낌을 받은 것이다. 오베가 대답했다.

"예, 대부분이 한국인인데 어느새 재일 동포를 꽤 포섭해 놓았습니다."

"그래야겠지."

"거기에다 아랍계, 멕시코계까지 섞여 있습니다."

"뭐? 아랍계?"

"예, 회장님."

"그것들 인터내셔널이네."

기요타의 얼굴이 굳어졌다.

"가만, 리스타의 기반이 중동이지?"

"그렇습니다, 회장님."

"이광이 후세인, 카디피하고 친하다고 소문이 났지 않냐?"

"그걸 모르는 사람이 없지요."

후세인에게 멕시코의 톱 탤런트 소피아를 소개시켜 줬다는 것도 이제는 공공연한 비밀이 되었다. 그만큼 후세인과 긴밀한 사이라는 증거도 될 것이다.

"아랍계 놈들은 혹시 후세인, 카다피한테서 빌려온 놈들이 아냐?"

"글쎄요, 니시무라 씨가 아랍계 테러단 무사크파한테 이광 씨를 제거해 달라고 용역을 주었다가 대리인 오카다 겐지가 당했지 않습니까? 그리고 홍콩에서 몰사한 놈들도 무사크파라는 소문이 있으니까요."

"어차피 이나카와는 리스타 손아귀에 들어갔어."

기요타가 결론을 내렸다.

"우리 조센징한테는 고무적인 일이다."

오베도 조센징인 것이다. 오베는 3가지 조센징 유형 중 끝까지 '나는 아니다'라고 오리발을 내는 스타일이지만 기요타에게만은 안 된다. 어렸을 적에 기요타와 같은 동네에서 살았기 때문이다. 그러나 선조 고향은 북한 쪽이다. 기요타가 길게 숨을 뱉었다.

"이제 일본 야쿠자도 변혁이 일어나게 되겠군. 그럴 때도 되었지, 너무 오래 물이 고여 있으면 썩어."

트리폴리에 도착한 이광이 호텔방에 들어간 것을 기다리고 있었던 것처럼 전화가 왔다. 멕시코 아카풀코에 있는 오금봉한테서다. 소파에 앉으면서 이광이 안학태가 건네주는 전화기를 받았다.

"회장님, 가다니스 총리가 대통령 후보 지명을 받았습니다."

오금봉이 밝은 목소리로 말했다. 이제 배후는 굳혀진 셈이다. 후보 지명이 되면 천재지변이 일어나지 않는 한 대통령에 당선되기 때문이다. 오금봉이 말을 이었다.

"아카풀코는 장악했습니다. 페르난도, 산체스, 로메로의 기존 3개 조직을 재편성하고 각 조직에 고문관을 셋씩 파견해서 관리하도록 했습니다."

이광은 듣기만 했다. 오금봉은 20년이 넘도록 안기부에서 경륜을 쌓아온 조직통인 것이다. 아카풀코의 3대 패밀리는 소멸되었고 그 조직을 리스타유통이 인수했다. 페르난도 등 투항한 보스들은 바지 역할로 내세우고 전체 조직이 재편성되어서 리스타유통 소속이 된 것이다. 오금봉이 말을 이었다.

"CIA 해밀턴을 어제 만났습니다. 굉장히 고무적인 일이라면서 축하하고 갔습니다. 그런데……"

잠깐 뜸을 들였던 오금봉이 목소리를 낮췄다.

"보고 드릴 일이 있는데요, 어디가 좋겠습니까? 제가 당장 비행기를 타려고 합니다. CIA에서 회장님을 만나자고 합니다."

"내가 트리폴리에서 중국으로 갈 예정이었는데……"

말을 멈춘 이광이 잠깐 생각하다가 말했다.

"내가 면담 끝나고 연락하지요."

"알겠습니다. 기다리겠습니다."

오금봉과의 통화를 끝낸 이광이 안학태를 보았다.

"이제 시작이군."

이광이 말하자 안학태가 어깨를 늘어뜨렸다.

"예, 회장님."

"어서 오게."

무하마드 카다피는 이광에게 허물없이 대한다. 평소에는 엄격한 표정을 짓고 있다가 이광을 보면 얼굴을 허물어뜨리듯이 웃는 것도 그렇다. 27세에 중위 신분으로 쿠데타를 일으켜 정권을 잡은 때문인지도 모른다. 더구나 무혈 쿠데타였으니 웃을 여유도 없었을 것이다. 국가 원수실에는 정보국장 무바라크가 동석하고 있었기 때문에 비서실장 하타까지 넷이 둘러앉았다. 열린 베란다를 통해 지중해의 바닷바람이 시원하게 밀려 들어왔다. 푸른 하늘에는 구름 한 점 보이지 않는 맑은 날씨, 오전 11시 반이다. 그때 카다피가 이광에게 물었다.

"CIA하고 멕시코를 점령해가고 있다면서?"

"예?"

당황한 이광의 눈동자가 흔들렸다. 표현이 거칠었지만 맞는 말이다. 이광의 표정을 본 카다피가 빙그레 웃었다.

"리, 내 말이 틀렸나?"

"아닙니다. 맞습니다, 각하."

이광이 순순히 시인했다. 카다피의 시선을 받은 이광이 말을 이었다.

"아카풀코에 대규모 공장을 건설하게 되자 CIA가 우리를 이용하게 된 것입니다. 마피아가 방해를 했고요."

"알고 있어."

카다피의 얼굴에 웃음이 떠올랐다.

"멕시코를 통해 대규모의 마약이 반입되는 터라 미국 정부가 갖가지 방법을 썼지만 모두 실패했지."

"……."

"그렇다고 미국 당국이 멕시코 내정에 간섭할 수도 없고 말이야, 경찰과 군은 마약 조직과 결탁한 데다 정치권도 썩었으니까."

카다피가 말을 이었다.

"리스타가 한국 조직을 석권하는 것을 보고 멕시코에 미국 정부의 선봉군 역할을 시키는 방법을 기획했겠지, 그리고 그 방법이 대성공을 했더군."

"아닙니다. 아직 시작 단계입니다, 각하."

"아카풀코는 석권했고 멕시코시티의 5대 조직도 바짝 긴장하고 있더군, 라리슨 조직의 보스도 이미 사라졌고 말이야."

카다피도 내막을 정확하게 파악하고 있는 것이다. 이광이 웃음 띤 얼굴로 머리를 끄덕였다. 숨길 이유도 없고 그러고 싶지도 않다. 이런 때의 카다피는 조언자가 된다.

"미국은 저를 통해서 미국으로의 마약 반입을 조절할 것 같습니다."

"그렇지, 바로 그거야."

카다피가 얼굴을 활짝 펴고 웃었다.

"그래서 자네를 밀어주는 거야."

"CIA 측에서 만나자는 연락이 왔더군요. 그래서 리스타유통 사장하고 먼저 만나기로 했습니다. 자세한 이야기를 들으려고요."

"멕시코에서 미국으로 넘어가는 마약의 양이 미국에서 밀수입되는 마약 양의 45퍼센트나 돼, 내가 의회에 낸 CIA 보고서도 보았네."

"그렇습니까?"

"그 양을 모두 정지시키면 미국에서 폭동이 일어날 거야."

"그렇겠지요."

"아카풀코에서 미국으로 가는 양이 얼마나 된다고 하나?"

"멕시코 물량의 25퍼센트 정도입니다."

"그것만 해도 엄청난 양이군."

"멕시코시티 5개 패밀리까지 합하면 60퍼센트 정도가 됩니다."

"금액은?"

"멕시코 전체는 340억 불 정도입니다, 각하."

그때 카다피의 시선을 받은 무바라크가 바로 대답했다.

"아카풀코는 85억 불, 멕시코시티까지 포함시키면 204억 불 물량입니다."

머리를 끄덕인 카다피가 가라앉은 표정으로 이광을 보았다.

"리, CIA의 계획을 짐작하겠나?"

"압니다, 각하."

"마약 공급 주도권을 쥐겠다는 거야."

"그렇습니다."

이광이 소리 죽여 숨을 뱉었다. 카다피 말대로 마약 공급을 갑자기 대폭 줄이기라도 하면 가격이 폭등하고 금방 폭동이 일어날 것이다. 그만큼 마약 중독자가 많은 것이다. 따라서 상황에 따라서 공급량을 관리하는 것이 절실하다. 그렇게 되면 엄청난 자금을 쥐게 될 수도 있다. 그때 심호흡을 한 이광이 카다피를 보았다. 카다피가 할 이야기가 있다면서 이광을 부른 것이다. 이광의 표정을 본 카다피가 다시 이를 드러내며 웃었다.

"리, 바로 이 이야기 때문에 자네를 보자고 한 거네."

로마의 시저호텔 15층은 정원이 딸린 독채 구조로 침실이 7개, 응접실과 회의실, 별도 엘리베이터까지 설치되어 있다. 이광 일행이 이곳에 투숙했을 때는 오후 4시경, 트리폴리에서 곧장 로마로 날아온 것이다. 14층에는 이미 오전에 오금봉 일행 20여 명이 도착해서 투숙하고 있었기 때문에 2개 층은 리스타 전용이 된 것이나 같았다. 옷만 갈아입은 이광이 응접실로 들어섰을 때 기다리고 있던 오금봉이 자리에서 일어섰다. 이광과 함께 들어선 수행원은 둘, 비서실장 안학태와 리스타 리비아 법인장이 되어 있는 조백진이다. 오금봉은 유통의 중역인 하동일과 린드버그를 대동하고 있다. 모두 원탁에 둘러앉았을 때 오금봉이 입을 열었다.

"해밀턴이 다음 달부터 마약 공급량과 공급선, 단가까지 조정을 해서 반입하자고 합니다."

그때 하동일이 이광 앞에 프린트 된 서류를 갖다 놓았다. 아카풀코에서 반입될 마약량과 미국 측에서 받을 5명의 수취인 그리고 단가까지 적혀 있다. 시선을 든 이광에게 오금봉이 말을 이었다.

"정상적인 거래이고 전혀 위험 부담이 없습니다, 우리는 CIA 측이 지정해준 수취인에게 전달만 해주면 자금이 입금되니까요."

"……"

"그러면 현 상태에서 한 달에 3억 불 거래에다 우리에게는 모든 경비를 다 제하고도 2억 6천만 불의 이익이 남습니다."

"……"

"멕시코시티 조직을 정비하게 되면 지금보다 3배 물량, 3배의 이익을 갖게 되겠지요."

"……"

"CIA는 우리가 멕시코 전역 그리고 남미지역 전체까지 장악하기를 바란다고 합니다. 그럼 그 이익금은 천문학적인 금액이 되겠지요."

"……"

"CIA는 회장님이 대국적인 견지에서 CIA와 함께 사업을 하기를 바라고 있습니다. 이것이 결국은 미국인, 나아가 세계인의 마약 중독을

76

조절하고 소멸시키는 방법이라고 하더군요.”

그러고는 오금봉이 길게 숨을 뱉었다.

“이것이 그들이 회장님께 전해달라는 내용입니다.”

입을 다물고 오금봉의 눈에서 시선을 떼지 않은 채 듣기만 하던 이광이 앞에 놓인 생수병을 들었다. 지금까지 오금봉은 한국어로 말했다. 린드버그는 열심히 듣는 시늉을 했지만 그의 한국어 실력으로는 10퍼센트도 알아듣지 못했을 것이다. 그러나 무슨 내용인지는 대충 알 것이다. 그때 이광이 입을 열었다.

“미국 대통령도 허가한 작업이라고 합니까?”

“그건 말하지 않았습니다.”

쓴웃음을 지은 오금봉이 말을 이었다.

“묻지도 못 했습니다, 회장님.”

머리를 끄덕인 이광이 다시 물었다.

“합의는 나하고 CIA 부장이 하는 겁니까?”

“그렇습니다, 회장님.”

이광의 시선이 린드버그에게로 옮겨졌다.

“어떻게 생각하나?”

영어로 묻자 린드버그가 어깨를 늘어뜨리면서 되물었다.

“무엇을 말씀입니까?”

그때 안학태가 영어로 요점을 정리해서 짧게 설명했다. 모두의 시선을 받은 린드버그가 입을 열었다.

“대통령이 그런 작업을 승인했을 리는 없습니다.”

이광은 물론 안학태, 오금봉까지 머리를 끄덕였고 린드버그가 말을 이었다.

"이건 리스타가 멕시코에 진출한다는 것을 알았을 때부터 CIA 측에서 세웠던 계획입니다."

린드버그의 얼굴에서도 희미하게 쓴웃음이 떠올랐다.

"그래서 CIA가 리스타를 적극 지원해준 것이지요, CIA는 리스타에서 거부하리라고는 생각하지 않을 것입니다."

"다 알고 있어."

불쑥 이광이 말하자 방 안이 조용해졌다. 이광이 말을 이었다.

"카다피 의장이 만나자고 해서 난 용병 문제인 줄 알고 갔었어."

정색한 이광이 좌우를 둘러보았다.

"그랬더니 바로 이 이야기를 하더군. 나와 CIA와의 거래 문제, 마약 공급에 대한 비즈니스."

"……."

"카다피 의장이 그러더군, 멕시코에서 흘러들어 가는 마약 거래 내역은 아프리카에서도 알 수가 있다고 말이야, 미국의회의 보고서가 전 세계로 보도되는 상황이니까."

"……."

"하지만 아프리카산 마약, 특히 리비아산은 아무도 모른다고 하더군, CIA도 말이야."

지금 이광은 영어로 말하고 있다. 이광의 시선을 받은 린드버그가 머리를 끄덕였다.

"저도 리비아에서 마약이 생산되는 줄은 모르고 있었습니다, 회장님."

"멕시코에서 미국으로 들어가는 양만큼 생산하고 있다는군."

놀란 린드버그가 숨을 들이켰을 때 이광이 말을 이었다.

"비축분까지 합하면 앞으로 5년간 멕시코 물량을 중지시키고 공급할 수 있다고 했어."

이광의 얼굴에 쓴웃음이 번졌다.

"세상은 넓다는 것이 실감나더군, 리비아에서 난데없이 마약이 튀어나올 줄이야."

그때 오금봉이 물었다.

"카다피가 마약 거래에 끼겠다는 것입니까?"

"멕시코 물량은 위험 부담이 클 테니까 줄이고 리비아산을 가져가면 아무도 모를 테니까 안전하고 또 가격도 대폭 할인해 줄 수도 있다는 거요."

이광이 주위를 둘러보며 말을 이었다.

"카다피 의장은 그것으로 CIA 측과 은밀한 거래를 맺고 싶은 거요, 겉으로는 미국과 적대적이지만 말이오."

모두 입을 다물고 있다. 노력만 한다면 생존의 조건을 얼마든지 찾을 수 있다는 것을 모두 실감하고 있는 것이다.

회의를 마치고 응접실에는 이광과 오금봉, 안학태와 조백진까지 넷이 남았다. 회의가 끝나면 오금봉은 카다피의 제의를 전하려고 다시 해밀턴을 만나러 갈 예정이었고 이광은 중국으로 떠날 것이었다. 이광이 입을 열었다.

"이제 새 시장을 열게 되었는데 앞으로의 목표를 말씀드려야 될 것 같아서."

이광의 시선이 오금봉, 조백진과 차례로 부딪쳤다. 둘은 긴장으로 몸을 굳혔고 안학태는 잠자코 기다리고 있다. 그렇다. 이것이 리더, 즉 보스의 일이다. 업무는 전문 경영인에게 맡기면 된다. 리더는 끊임없이 새로운 목표를 제시해서 조직에 활력을 불러일으켜야만 한다. 이것이 지금까지 이광이 경험으로 익혀온 리더의 소명인 것이다. 이광이 말을 이었다.

"리스타가 세계 각국에 기업체를 세우고 각 지역에 기반을 굳히면서 세계적 기업을 지향하게 되었지요."

이광의 시선이 오금봉에게 옮겨졌다.

"이어서 한국을 시작으로 일본, 멕시코 등 조직에 자의 반 타의 반 진출하게 되었는데 리스타유통은 앞으로 더 확장되어야 할 겁니다."

오금봉이 커다랗게 머리를 끄덕였고 이광이 말을 이었다.

"그리고 리스타유통이 리스타의 핵 역할을 하게 될 겁니다. 리스타는 곧 전 세계의 조직을 장악하고 전 세계에 사업장을 소유한 세계적 기업, 그 이상이 될 것입니다."

"알겠습니다."

오금봉이 심호흡을 하고 나서 이광을 보았다.

"실현 가능한 대망이라고 생각합니다. 최선을 다하겠습니다."

세계적 기업은 전 세계에 유통망이나 사업체를 가진 기업일 것이다. 그러나 리스타는 리스타유통으로 기업체 이상의 '정보화 팀'을 갖게 된 것이다. 이광의 얼굴에 웃음이 떠올랐다. 이것은 CIA 같은 조직이 공식적인 사업장을 전 세계에서 운용하는 것이나 같다. 그것을 CIA가 지원해주었다. 이광이 말을 이었다.

"자, 머릿속에 목표를 심었으면 행동합시다."

조백진을 데려온 것은 CIA가 리비아로부터 마약을 들여가기로 결정했을 때에 대비하기 위해서다. 조백진을 리비아산 마약의 반출 책임자로 세우자는 카다피의 요청을 받았기 때문이다. 조백진은 오금봉과 함께 LA로 날아갔고 이광은 로마에서 홍콩으로 떠났다.

"회장님, CIA에서 받아들일까요?"

전용기 안에서 안학태가 조심스럽게 물었을 때는 홍콩에 도착하기 한 시간쯤 전이다. 이광의 얼굴에 쓴웃음이 번졌다.

"카다피 의장은 돈이 필요해서 그런 게 아냐, 미국 측과 은밀한 관계를 유지하고 싶은 거야."

"국가 간 관계는 알면 알수록 정답이 없습니다. 복선을 깔지 않은 관계가 없군요."

"자국의 이익을 위해서는 가차 없이 배신을 해도 그 나라에서는 애국자고 충신이고 유능한 인물로 칭송을 받게 되니까."

"타국 국민들에게 배신자, 위선자, 거짓말쟁이라고 비난받는 건 상관하지 않겠지요."

"당연하지."

정색한 이광이 안학태를 보았다.

"나도 마찬가지야, 한국을 위해서라면 어떤 욕을 얻어먹어도 돼. 그건 카다피도, CIA 부장도 마찬가지 입장일 거야."

심호흡을 한 이광이 안학태가 조금 전에 물은 대답을 했다.

"CIA는 카다피 의장의 제의를 받아들일 거야, 하지만 멕시코산 마약도 가져가겠지."

"넉넉하게 모아놓고 배급을 하려는 것일까요?"

"CIA가 그 자금을 과연 미국 정부에 제대로 보고할지 그것도 의문이야."

이광의 얼굴에 웃음이 떠올랐다.

"비정상적인 돈거래는 틀림없이 썩는다. CIA 내부에서 돈 문제로 분란이 일어날 거야."

숨을 죽인 안학태를 향해 이광이 눈을 치켜뜨고 말했다.

"두고 봐라, CIA도 썩는다. 그렇게 되면 주도권을 우리가 쥐게 되는 거야, 매수를 하건 협박을 하건 CIA 놈들을 끌어들이고 나중에는……."

숨을 들이켠 이광이 입을 다물었다. 안학태가 입안에 고인 침을 삼키고는 자리에서 일어섰다.

"저는 감히 그 이후를 말씀드리지 못하겠습니다. 오 사장 말대로 최선을 다할 뿐입니다."

"누구라고?"

이맛살을 찌푸린 기요타가 오베를 보았다. 대륙건설의 회장실 안, 오후 2시 반, 점심을 마치고 돌아온 기요타가 결재 서류를 보고 있다가 오베가 손에 들고 있는 전화기를 노려보면서 묻고 있다.

"예, 샌디라고 했습니다. 리스타유통 일본 지역 책임자라면서 회장님께 인사드리겠답니다."

오베가 열심히 말을 마쳤을 때 기요타는 손을 내밀어 전화기를 받았다. 샌디가 누군지 이미 알고 있는 것이다. 전화기를 건네준 오베가 서둘러 덧붙였다.

"일본말을 좀 하는데요."

전화기를 귀에 붙인 기요타가 말했다.

"예, 기요타올시다."

"샌디 길포드입니다. 리스타유통 일본 책임자로 회장님께 인사를 드

82

리려고 전화했습니다."

서툴지만 또박또박 말해서 귀에 쏙쏙 들어왔다.

"아, 인사 안 하셔도 되는 건데, 어쨌든 반갑습니다."

"도와주셔서 감사합니다, 회장님."

샌디가 말을 이었다.

"제가 우리 사장, 회장님을 대신해서 고맙다는 말씀을 드립니다."

"잘되어야지요."

기요타의 목소리에 웃음기가 섞여졌다.

"아시지요? 다른 조직들이 잔뜩 긴장하고 있는 것 말입니다. 지금부터 시작입니다, 샌디 씨."

"알고 있습니다."

샌디가 정중하게 대답했다.

"제가 이나카와회에 개입한 것은 어쩔 수 없는 일이었지요. 회장님을 살해하려고 테러단의 킬러까지 고용한 니시무라를 용서할 수 없었기 때문입니다."

"허어."

기요타가 탄성을 뱉었다. 전화상으로 구체적인 내용을 뱉는 샌디에게 놀란 것이다. 도청을 조심해서 야쿠자들은 일 이야기는 전화로 안 해왔기 때문이다.

"아, 그러십니까?"

기요타가 맞장구를 쳤다. 재미있다는 생각이 들었기 때문에 얼굴에 웃음이 떠올랐다.

"그런 내막이 있었군요. 그래서요?"

말단 야쿠자도 아는 사건이었지만 '어디까지 가는가 보자'는 생각에 기요타가 부추겼다. 경시청이 전화를 도청하고 있다고 믿어온 기요타는 숨을 죽이고 기다렸다. 그때 샌디가 말을 이었다.

"이나카와회는 이또 씨를 중심으로 운영이 될 것 같습니다. 기요타 회장님 덕분입니다."

"아, 저야……."

"이번에 이나카와회하고 동맹을 맺었던 사카유메회와 쿄쿠토회를 어떻게 하면 좋겠습니까?"

"에?"

놀란 기요타가 어깨를 부풀렸다. 이건 샌디가 물귀신처럼 자신을 끌고 들어가려는 느낌이 들었기 때문이다. 그래서 서둘러 말했다.

"아니, 난 그런 일에 끼어들지 않겠습니다."

"회장들을 호출할까요?"

"아니, 그건 내가……."

"이나카와에서 이탈한 놈들하고 두 조직 회장이 자주 만난다고 합니다."

"아, 그거야……."

"그래서 저는……."

"아, 잠깐만."

전화기를 고쳐 쥔 기요타가 눈을 부릅떴다. 이년이 물귀신인 것이다. 도청을 이용해서 이쪽을 끌고 들어가고 있다.

"샌디라고 하셨던가?"

"예, 회장님."

"그런 일은 난 모르는 일이니까 알아서 하시고."

"예, 회장님."

"앞으로 이런 전화는 하지 맙시다."

"이 전화는 도청이 안 됩니다, 회장님."

"무, 무슨 말입니까?"

"내가 전화기에 도청 방지 장치를 부착시켰기 때문이죠, 회장님의 목소리도 도청되지 않습니다."

"아, 아니……."

"CIA에서 최근에 개발된 장치죠. 참, 제가 CIA 출신이라고 말씀드렸던가요?"

"아니, 그것이……."

기요타는 이제 자신이 수세로 몰리고 있다는 것을 깨달았다. 그러나 왠지 나쁜 기분이 아니다. 그때 샌디가 말했다.

"조만간 한번 뵈었으면 하는데요, 회장님. 사카유메와 쿄쿠토회를 아무래도 합병시켜야 될 것 같아서요."

이게 무슨 말인가? 그야말로 모골이 송연해진 기요타가 심호흡부터 했다. 지금까지 300년이 넘는 야쿠자 역사에서 이런 말을 하는 두목은 없었다. 오다 노부나가가 살아 있어도 이런 말은 못 한다.

"어서 오세요."

입국장 앞에서 기다리던 양명이 두 손을 모으고 인사를 했다. 이광이 웃음 띤 얼굴로 머리만 끄덕이자 얼굴을 붉힌 양명이 뒤에 선 안학태와 눈인사를 했다. 오후 3시 반, 홍콩 공항은 오늘도 혼잡했다. 이광일행이 10여 명이나 되는 데다 양명이 데려온 인원도 7, 8명이다. 공항건물 앞에 주차시킨 리무진에는 이광과 안학태, 양명까지 셋이 탔다. 뒷좌석이 마주 보도록 배치된 이 리무진은 린린이 구입해 놓은 차다.

"다음 달 초에 등소평 국방위 주석과 미국 닉슨 대통령과의 회담이 결정되었습니다."

양명이 말하자 이광은 머리만 끄덕였다. 화오방한테서도 들은 것이다. 양명이 말을 이었다.

"그 일 때문에 화 서기께서 만나자고 하십니다."

"내가 왜?"

이광이 웃음 띤 얼굴로 그렇게 물었지만 짐작하고는 있다. 그것도 화오방한테서 언질을 받았기 때문이다. 중국인들은 엉큼하다고 하지만 이쪽이 대비를 하지 않았기 때문에 그런 인상을 받는 것이다. 상담을 하거나 회의를 할 때 이쪽에서 준비를 갖추고 있으면 놀랄 일이 없기 때문이다. 양명이 말을 이었다.

"이번에는 화 서기께서 이곳으로 오실 겁니다."

"홍콩으로?"

"홍콩도 중국령이거든요."

"아직 영국이 반환하지 않았어, 양명."

"홍콩의 중국인 관리들은 모두 중국에 협조적입니다. 은밀히 오가시는 데 전혀 지장이 없습니다."

이광이 머리를 끄덕이면서 한국어로 말했다.

"급하신 모양이군."

다음 달 초에 미중 정상회담이 열리는 것이다. 장소는 처음에 베이징으로 결정했다가 중국 측의 요청으로 푸저우로 변경되었다고 했다. 그때 이광이 양명에게 물었다.

"내 호텔로 오신다는 건가?"

"네, 회장님."

"이런."

입맛을 다신 이광이 쓴웃음을 지은 얼굴로 옆에 앉은 안학태를 보았다.

"린린은 나한테 미리 알려주었는데, 내가 놀라지 않도록 배려를 해주었어."

안학태는 숨만 쉬었고 이광이 말을 이었다.

"남편이 있었지만 나하고 둘이 있을 때는 나를 사랑하는 남편처럼 대했지, 양측에서 인정받는 뛰어난 전문가였어."

의자에 등을 붙인 이광이 앞에 앉은 양명을 보았다. 양명은 차분한 표정으로 이광의 시선을 받는다. 양명을 응시한 채 이광이 한국어로 말했다.

"린린을 죽게 한 원인을 제공한 것이 나야, 내 무절제한 여자관계가 원인이었어."

화오방이 방으로 들어섰을 때는 밤 10시 반이다. 이광을 본 화오방이 주름진 얼굴을 펴고 웃었다.

"자넨 우리 중화민국의 은인이야, 잊지 않겠네."

다가온 화오방이 이광의 손을 두 손으로 감싸 쥐며 말했다. 중국인이 미사여구를 잘 응용하고 과장을 잘하지만 화오방이 이러는 경우는 드물었다.

"천만의 말씀입니다. 전 부족합니다."

이제는 이광의 중국어 실력도 일상대화에 지장이 없을 정도다. 화오방은 양명과 국방위 비서 위영을 대동했다. 위영은 국방위 주석 등소평의 비서인 셈이다. 이광은 안학태와 둘이다. 인사를 마친 다섯이 둘러

앉았을 때 화오방이 입을 열었다.

"밤이 늦었으니 용건을 말하겠네. 이번 중미 정상회담에서 경제 원조 이야기가 구체적으로 진행될 것이네."

앞에 놓인 찻잔의 뚜껑도 열지 않은 채 화오방이 말을 이었다.

"정상회담 전에 비공개 비밀 예비회담이 네 번 있었고 원조 금액과 방법까지 합의를 했어. 이제 등 주석과 닉슨 대통령은 사인만 하면 되네."

정상회담은 대개 그렇게 진행된다. 정상들이 만나서 문제를 제의, 회의, 결정을 하는 것이 아니다. 사전에 다 준비해 놓고 회담에서 일사불란하게 결정, 발표하는 것이다. 이광의 시선을 받은 화오방이 빙그레 웃었다.

"이번 회담에서 미국은 공식적으로 중국 정부에 1억 8천만 불 상당의 시멘트와 철근, 석유, 건설 기계를 원조해 주기로 결정할 거네."

화오방이 길게 숨을 뱉더니 말을 이었다.

"그리고 비공식적으로 25억 불을 투자해 주기로 했네."

이광의 심장 박동이 빨라졌다. 이 대목에서 리스타가 개입되는 것이다. 이것도 화오방과 여러 번 상의를 한 사항이다. 화오방과의 만남도 정상회담이나 같아서 이미 실무진들까지 여러 번 의견 조율을 거친 상황이다.

"그 25억 불을 리스타가 중국에 투자하는 것으로 모양새를 갖추고 2년 안에 집행하기로 했어."

"……"

"물론 그 25억 불은 미국 측에서 리스타로 지급해줄 것이지만 그 내용은 우리가 알 필요가 없는 것이고."

정색한 화오방이 이광을 보았다.

"그래서 자네는 우리 중화민국의 대은인이라는 것이지. 리스타는 중국에 25억 불을 투자해서 경제기반을 굳혀주는 셈이니까 말이네."

그러더니 서둘러 덧붙였다.

"리스타가 푸저우에 세계 최대 공장을 건설하고 운영 중이라는 건 세계인들이 알아. 리스타의 25억 불 투자는 세계사에 남을 것이네."

이광의 얼굴에 쓴웃음이 번졌다. 동서냉전 시대인 것이다. 소련을 견제하기 위해서 미국은 아직 경제력으로는 빈약하지만 거대한 인구를 가진 중국을 대항마로 키우고 있다. 그러나 공식적으로 지원하기에는 눈치가 보이기 때문에 이런 편법을 쓰는 것이다. 그러다가 중국이 위협적으로 된다면 소련과 동맹을 맺는 것도 주저하지 않을 것이다. 이광이 입을 열었다.

"알겠습니다, 서기님. 제가 합의서에 서명을 해드리지요."

"고맙네."

어깨를 늘어뜨린 화오방이 부드러운 시선으로 이광을 보았다. 정상회담에서 이광의 합의서를 근거로 25억 불짜리 비공식 투자 합의서도 결의가 될 것이다.

합의서까지 작성한 회의가 끝났을 때는 밤 12시 반이었다. 화오방을 배웅하고 돌아온 이광에게 안학태가 말했다.

"멕시코 마약 대금이 비공식 원조금으로 전용될 가능성이 있습니다."

이광이 쓴웃음을 지었고 안학태가 말을 이었다.

"CIA 비자금이니까 의회의 소속위원, 각료 몇 명, 대통령과 측근들만 알고 있게 되겠지요."

"결국 멕시코 마야 대금도 리스타를 거치게 되니까 미국과 중국 양국은 리스타에 의존하는 셈이야."

이광이 정색하고 안학태를 보았다.

"안 실장, 조직을 강화시켜."

숨을 들이켠 안학태를 향해 이광이 말을 이었다.

"알았나? 미국, 중국, 이 양대국을 상대할 수 있도록 비서실 기능을 강화시키란 말이야."

"예, 회장님."

긴장한 안학태의 목소리가 굳어졌다.

"무슨 말씀인지 알겠습니다."

"양대국뿐만이 아냐, 안 실장."

"전 세계를 상대로 해야 될 것입니다."

"유능한 인사는 국적을 불문하고 기용해."

"미래에 대한 세부 계획도 수립해나가야 할 것입니다."

"지금부터 포섭하고."

이광의 시선을 받은 안학태가 커다랗게 머리를 끄덕였다.

"힘이 없으면 아무리 거대 기업이라도 정치권이나 국가의 노리개가 될 뿐입니다."

"느꼈으면 됐어."

"보람을 느끼고 있습니다, 회장님."

"보스야."

이광이 웃음 띤 얼굴로 정정했다.

"보스가 어울린다."

"그렇습니다."

손목시계를 본 이광이 자리에서 일어섰다. 침실로 들어가려는 것이다. 몸을 돌린 이광의 뒤에 대고 안학태가 허리를 굽혀 절을 했다.

"예, 접니다."

오금봉이 호텔방에서 이광의 전화를 받는다. 오전 7시 10분, 이곳은 뉴욕 맨해튼의 리츠호텔이다. 그때 이광이 바로 물었다.

"약속이 언제지요?"

CIA 측과의 약속을 묻는 것이다.

"예, 오전 11시입니다, 회장님."

오금봉의 목소리는 굳어져 있다. 이광이 지금 홍콩에 있는 줄을 알고 있는 것이다. 중국 측과 만난다는 것도 알고 있는 오금봉이다. 그때 이광이 말했다.

"CIA 조건은 다 받아들이도록 해요."

"예, 알겠습니다, 회장님."

눈치 빠른 오금봉은 이유도 묻지 않았다. 이광이 말을 이었다.

"나는 일본으로 갈 거요."

"예, 그럼 샌디한테 연락하겠습니다, 회장님."

통화가 끝났을 때 오금봉이 혼잣소리를 했다.

"중국 측과 일이 빨리 진행된 것 같군."

사카유메회의 회장 가토 다다시는 48세, 회원 1,200여 명의 중급 야쿠자 조직의 회장이었지만 자부심은 제1위의 조직 야마구치조 조장보다 높았다. 선조가 히데요시의 측근 무장이며 조선 정벌의 선봉대장이었던 가토 기요마사인 것이다. 가토의 집무실에는 가토 기요마사의 초상화와 일본도가 진열되어 있다. 오전 11시 반, 가토가 점심을 먹으려고 나갈 준비를 하고 있을 때 비서실장 호소가와가 들어섰다.

"회장님, 오오모리한테서 전화가 왔습니다. 보고드릴 것이 있다는데요."

호소가와가 탁자 위에 놓인 전화기를 집어 들고 가토에게 다가왔다.

"이번 달 수금액에 대해서랍니다."

잠자코 전화기를 받은 가토가 귀에 붙이더니 대뜸 물었다.

"오오모리, 수금액이 어쨌다고?"

"예, 회장님."

오오모리는 도쿄 긴자 지역을 맡은 간부 중의 하나로 사카유메회의 5인방이다. 42세, 가토는 부친 가토 세이치한테서 조직을 물려받았지만 오오모리는 20세부터 사카유메회에 가입, 수많은 공적을 올린 후에 입신(立身)했다. 물론 7년 전에 죽은 가토 세이치로부터 인정을 받아 출세한 것이다. 오오모리가 서두르듯 말했다.

"예, 회장님, 이번 달 수금액이 절반도 안 됩니다. 큰일 났습니다."

"무슨 일이야?"

"이나카와 때문입니다."

"왜?"

"가게 업주들이 모두 몸을 사리고 있습니다. 이나카와에서 수금을 해간다고 통보를 했답니다."

"뭐야?"

"이대로 가면 긴자는 이나카와한테 다 빼앗깁니다. 니시무라가 죽고 나서 지난번 합의는 무효가 되었다는 것입니다."

가토가 어금니를 물었다. 오오모리의 지역은 이나카와 지역과 겹쳤기 때문에 가토가 재작년에 니시무라와 합의하에 교토 서부 지역과 구역을 바꿨던 것이다. 교토 서부 지역을 니시무라에게 내주는 대신 긴자 한쪽 구역을 받아 오오모리에게 맡겼지만 문서로 정리하지는 않았다. 보스끼리 구두 합의를 한 것이다.

"이또, 이놈이……."

가토가 악문 이 사이로 말을 뱉고는 머리를 들고 호소가와를 보았다. 새로 이나카와 회장이 된 이또 간스케가 이것을 모를 리가 없는 것이다.

"알았다. 기다려."

전화를 끊은 가토가 심호흡을 하고 나서 호소가와에게 말했다.

"이또 놈을 바꿔."

호소가와가 잠자코 전화기를 들었다. 이또가 이나카와회의 회장이 된 지 오늘 자로 나흘째다. 그런데 가토는 아직 신고 전화를 받지 않았다. 물론 축하 전화도 하지 않았는데 그것은 이또가 당연히 먼저 인사를 해야 예의에 맞기 때문이다.

일본 제1의 조직은 야마구치조다. 조장은 시노다 고이노, 거점은 고베이며 조직원은 16,000명, 전국에 48개의 지점을 가진 거대 조직이다. 조직원 3,000명 정도인 이나카와회의 5배가 넘으며 사카유메 조직의 10배 이상의 공룡 군단이다.

그 시간에 시노다의 저택 응접실에는 7명의 자문관이 둘러앉아 있었는데 이른바 원로 회의다. 응접실은 다다미방으로 옛날 영주의 청과 비슷했다. 상석에 앉은 시노다는 54세, 제6대 조장으로 야마구치조를 가장 성장시켰다는 평을 듣고 있다. 실제로 시노다가 조장이 되기 전인

18년 전에는 야마구치조는 조직원 1,600명으로 수십 개 조직의 하나였을 뿐이다. 시노다가 검은 얼굴을 들고 자문관들을 보았다.

"어떻게 생각하나? 이또 간스케를 그대로 놔두는 것이 낫겠나?"

오늘은 중대한 결정을 내리는 회의다. 바로 신임 이나카와회 회장이 된 이또 간스케를 인정해주느냐 아니냐를 결정해야만 하는 것이다. 이또는 분명히 반역을 했다. 그러나 그 명분이 확실하면 상관할 수 없는 것이다. 그것이 야쿠자 조직의 전통이다. 그때 원로 중 연장자인 고이스케가 입을 열었다.

"명분은 있습니다. 니시무라가 개인적으로 마약 사업을 했고 한국에서 받은 이익금을 착복했다는 증거가 있는가 봅니다."

"그건 이또가 얼마든지 만들어 놓을 수 있어요."

차석 연장자인 노무라가 반대 의사를 냈다. 노무라는 62세, 고이스케는 67세다.

"죽은 놈은 입이 없는 겁니다, 고이스케 씨."

"당신은 니시무라하고 골프를 자주 치더니 이또를 나쁜 놈으로 모는구면."

"이또하고 당신은 같은 조센징이지요?"

노무라가 고이스케에게 대들었을 때 시노다가 혀를 찼다.

"당신들 둘은 입만 열면 쌈이야?"

그 시간에 가토와 이또 간에 전화 연결이 되었다.

"아, 이또."

가토가 대뜸 이또의 이름만 불렀다. 당연히 둘은 안면이 있고 조장, 회장의 모임에서 이또가 니시무라를 수행하고 만났을 때 가토에게 허

리를 기역 자로 꺾어서 절을 해왔다. 가토가 갑자기 이또의 신분이 상
승했다고 바로 '예' 하는 성품도 아닌 데다 아직 인정을 받은 상태도 아
니지 않는가? 그때 이또가 대답했다.

"아, 가토 씨, 웬일이오?"

"뭐라고?"

가토의 얼굴이 대번에 붉어졌고 목소리가 높아졌다. 옆에 서 있던
호소가와가 숨을 들이켰다.

"이또, 너 지금 누구한테 말하는 거냐?"

가토가 소리치듯 물었을 때 이또가 되물었다.

"가토, 너, 나한테 시비 거는 거냐?"

"뭐라고?"

"네 앞가림이나 제대로 해, 병신 새끼야."

"뭐야?"

"너, 사카유메회가 이나카와회하고 붙겠다는 거냐? 그럴 각오로 그
렇게 말하고 있어?"

"뭐야?"

"이 개새끼, 사카유메 회장 놈이 이나카와 회장한테 너라고 해?"

"이, 이봐."

"이 개새끼, 너 조금 전에 뭐라고 했어?"

"이또."

"이 개새끼야, 전쟁할 거냐?"

"이또."

가토 다다시는 이성을 찾으면서 겁이 나기 시작했고 이 대목까지 와
서는 온몸이 굳어졌다. 전쟁? 이나카와회와 전쟁이 일어나면 백전백패

다. 첫째 병력이 3분의 1에 불과하며 지점의 수도 6개다. 이나카와는 21개인 것이다. 더구나 지금까지 가토 다다시는 조직 간 전쟁을 치러본 적이 없다.

"이또, 잠깐, 잠깐만."

"가토 다다시, 내가 네 수하냐?"

"이또, 무슨 말을."

"이 병신아, 그럼 왜 반말을 해?"

"이또, 그것은……."

"용건이 뭐냐?"

소리치듯 이또가 물었기 때문에 가토는 숨이 막혔다. 그때 옆에 서 있던 호소가와가 헛기침을 했다.

"회장님, 일단 전화를 끊으시지요."

가토가 그 말을 듣자마자 전화기를 내려놓았다. 호소가와는 옆에서 이또의 말까지 다 듣고 있었던 것이다. 전화기를 내려놓은 가토가 외면한 채 자리에 앉았다.

"저, 잠깐 나갔다 오겠습니다."

호소가와가 말하더니 그도 외면한 채 몸을 돌렸다.

제3장
야쿠자의 배후

야마구치조 원로 회의에서 이또 간스케에 대한 결론은 나지 않았다. 고이스케와 노무라의 언쟁에 다른 원로들이 끼어들었고 결국 두 패로 갈라져서 갑론을박으로 이어졌기 때문이다.

노인들의 말은 긴 데다 서로 감정까지 섞여서 언쟁은 끝도 없이 이어졌는데 두 시간이 넘도록 끝나지 않았다. 그것은 조장 시노다 고이노가 듣기만 하고 끼어들지 않았기 때문이다. 아니, 들으면서 가끔 픽픽 웃었기 때문에 싸우는 고이스케와 노무라는 점점 더 열이 났다.

조장이 비웃는 것으로 보였을 것이다. 이것이 시노다 고이노의 성격이다. 부하들의 의견을 존중하고 하극상이 아닌 범위에서 마음대로 발언하도록 하는 것이다. 그래서 시노다 앞에서 부하들끼리 멱살잡이로 싸우는 경우도 많다.

이윽고 저녁 무렵이 되었다. 논쟁은 격해져서 이또 간스케는 이미 논쟁 중심에서 사라지고 조직에서 조센징의 위치에 대한 토론이 되어 있다. 고이스케는 조센징이 공(功)에 비해 차별을 받는다는 것이고 노무라는 조센징이 파당을 만들고 있다는 주장이다.

"그만!"

이제는 눈을 감고 조는 것 같던 시노다가 눈을 뜨고 소리쳤다. 마침 열변을 토하던 노무라가 찔끔하더니 입을 다물었고 모두의 시선이 시노다에게 집중되었다. 그때 시노다가 입을 열었다.

"리스타가 한국을 평정하고 있어."

난데없는 말이었지만 모두 숨을 죽였다.

"니시무라가 앞뒤 재지도 않고 덤볐다가 그야말로 탱크에 깔린 개구리 짝이 났지."

"……."

"리스타가 리스타유통을 세워놓고 본격적으로 덤비고 있어."

시노다의 얼굴에 웃음이 떠올랐다.

"이나카와회는 마침 잘 걸린 거야, 더구나 한국에다 마약까지 뿌려놓아서 리스타는 명분까지 갖추고 덤벼들었지."

머리를 돌린 시노다가 고이스케를 보았다.

"영감, 고향이 어디야?"

"예, 시모노세키 아닙니까? 회장님도 잘 아시면서."

"거기 말고, 한국 말이야."

"한국요? 전 거기서 태어나지 않았습니다. 시모노세키에서 출생했다니까요."

"영감 아버지 고향 말이야!"

시노다가 소리를 지르자 고이스케가 어깨를 부풀렸다가 내렸다.

"전라도 순천이라는 곳입니다. 남쪽이죠."

"이또 간스케는 북한이야, 북쪽이라고."

"그렇습니까? 전 몰랐는데요."

"스미요시 기요타는 남쪽 남원이라는 곳이야, 그쪽도 남쪽이라는군."

"아, 그렇습니까?"

"모른 척 마, 영감."

시노다가 눈을 흘겼다.

"그래서 기요타가 이또를 인정해준 첫 야쿠자 오야붕이 되었잖아?"

고이스케가 숨만 쉬었을 때 시노다가 헛기침을 했다.

"우리가 리스타하고 전쟁을 할 필요가 없어."

모두 숨을 죽였을 때 시노다가 말을 이었다.

"이또 뒤에는 리스타가 있다는 것, 알고들 있지? 리스타는 CIA를 등에 업고 있다는 것도."

"어서 오세요."

샌디가 한국어로 말했기 때문에 이광의 얼굴에 웃음이 떠올랐다. 도쿄의 제국호텔방, 밤 11시 10분, 일본에 도착한 이광이 호텔에서 기다리고 있는 샌디와 만나고 있다.

"샌디, 고생 많았어."

이광이 샌디의 손을 쥐면서 말했다. 이광도 한국말을 쓴다.

"시작이 반이라는 한국 속담이 있지, 이제 절반은 온 셈이야."

"그것도 한국인의 성격 같군요."

샌디가 한국어와 영어를 섞어 쓰면서 대답했다.

"시작하면서 벌써 절반을 왔다고 하다니요, 아직 5퍼센트도 안 되었습니다."

자리에 앉은 이광이 얼굴을 펴고 웃었다.

"유머를 모르는군, 속담은 과장이 좀 섞이는 법이야."

분위기는 밝다. 따라온 안학태는 웃음 띤 얼굴로 듣기만 했다. 특실이어서 방에 딸린 응접실 안이다. 소파에 둘러앉은 사람은 넷, 샌디와 안기부 일본 주재원 출신의 박태규 그리고 이광과 안학태다. 자리 잡고 앉았을 때 샌디가 정색하고 보고했다.

"스미요시회의 회장 기요타가 이또를 지원해 주고 있어서 당분간은 조직을 정비하는 데 노력할 계획입니다."

이광이 머리만 끄덕였고 샌디의 말이 이어졌다.

"야쿠자 조직은 멕시코 패밀리와 달라서 단결이 잘되어 있고 외부 세력에 대한 반발이 강합니다. 그래서 재일 동포 출신 야쿠자들을 결속시키려고 했더니 조국보다 조직이 우선입니다."

이광의 시선을 받은 샌디가 쓴웃음을 지었다.

"이또와 기요타의 경우도 같은 조센징이라 일본계에 대항하는 것이 아닙니다. 조직을 위해서 조국을 버리라면 둘 다 가차 없이 버릴 것입니다."

"조국이 해준 것이 없으니까."

이광이 말을 이었다.

"인연을 끊은 형제보다 돌봐준 이웃 친구가 더 정이 가는 법이야."

"사카유메회와 쿄쿠토회는 이번에 이또가 이나카와를 장악한 기세를 타고 흔들어볼 계획입니다."

"야마구치 동향은 어때?"

이광이 묻자 샌디의 시선을 받은 박태규가 서류를 들고 보고했다. 긴장으로 굳어져 있다.

"오늘 원로 회의가 열렸는데 시노다 회장이 이번 이나카와 사건은 간여하지 않기로 결정을 내렸습니다."

이광은 소파에 등을 붙였고 박태규의 말이 이어졌다.

"시노다는 리스타를 직접 거론하면서 이또의 배후에 리스타가 있으며 리스타의 배후는 CIA라고 했습니다."

"……"

"7인 원로 중 하나인 아베가 저희들에게 매수된 정보원입니다. 야마구치 내부의 사정을 손바닥을 보듯이 알 수 있습니다."

"아베도 재일 동포인가?"

"아닙니다. 가장 고령인 고이스케가 재일 동포지만 매수될 위인이 아닙니다."

이광의 시선이 샌디에게로 옮겨졌다.

"너한테 맡기겠다."

"곧 기요타를 만날 계획입니다."

샌디가 바로 대답했다.

오금봉이 한 모금 커피를 삼키고는 앞에 앉은 해밀턴을 보았다. 해밀턴은 부장 보좌관 윌슨을 대동하고 있었는데 둘 다 굳어진 표정이다. 오전 9시 반, 이곳은 뉴욕 맨해튼의 호건빌딩 사무실 안, CIA의 위장 사무실로 21층 전체가 CIA 안가로 사용되고 있다.

오금봉은 조백진과 둘이어서 방에는 넷이 원탁에 둘러앉았다. 방금 오금봉은 카다피의 제의를 해밀턴에게 전한 것이다. 자세히 말하면 카다피가 이광에게 말한 내용을 전해주었다. 이윽고 해밀턴이 어깨를 늘어뜨리면서 말했다.

"알겠습니다. 바로 부장께 보고하지요."

"그리고 우리 보스께선 CIA의 조건을 다 받아들이겠다고 하셨습니다."

"알겠습니다."

해밀턴이 머리를 끄덕였다.

"감사합니다. 그런데……."

오금봉의 시선을 받은 해밀턴이 물었다.

"이 회장께서는 리비아 측의 제의에 어떤 생각인지 말씀 안 하셨습니까?"

"안 하셨습니다. 그대로 전하기만 하셨습니다."

"알겠습니다."

해밀턴의 시선이 조백진에게 옮겨졌다.

"만일 리비아 마약을 우리가 가져오면 리스타 리비아 법인을 통하게 되는 겁니까?"

"그것도 리비아 측 요구입니다."

조백진이 대답했다.

"리스타 리비아 법인은 리비아에 각종 건설 부자재, 특산물을 수출입하니까요."

"그렇군요."

해밀턴이 잠깐 조백진을 응시하다가 시선을 떼었다. 조백진이 용병단 대리인인 것도 알고 있는 것이다. 해밀턴이 자리에서 일어서면서 말했다.

"즉시 보고하겠습니다."

따라 일어선 오금봉은 대답하지 않았다. 급한 것은 너희들이지 우린 그렇지 않다는 표시가 난다.

건물을 나온 둘이 기다리고 있던 수행원에게 둘러싸여 차에 올랐다. 차가 출발했을 때 조백진이 오금봉에게 물었다.

"오 사장님, 윌슨이 놀라는 것 같던데요."

"해밀턴도 시치미를 떼고 있었지만 놀랐을 거야, 카다피가 그런 제안을 하리라고는 전혀 예상하지 못했을 테니까."

쓴웃음을 지은 오금봉이 조백진을 보았다.

"조 사장, 이렇게 얽히고 들어가는 것이 차라리 낫다는 생각이 들어."

오금봉이 목소리를 낮췄다.

"당분간은 우리가 득을 볼 테니까 말이네."

가토 다다시가 전화기를 귀에 붙이고는 먼저 심호흡부터 했다. 상대는 쿄쿠토회의 회장 호리 마사요시, 이번에 이나카와회의 동맹 요청에 호응했던 2개 조직 중 하나다. 바로 가토와 호리인 것이다. 오후 5시 반, 가토는 아직 사무실에 남아 있다.

"아, 호리 씨, 웬일이오?"

호리가 직접 전화를 해온 것이다.

"가토 씨, 별일 없지요?"

밑도 끝도 없이 호리가 그렇게 묻는 바람에 가토는 옆에 선 호소가와를 보았다. 호소가와는 외면하고 있다. 가토가 되묻는다.

"뭐가 말이오?"

"내가 듣기로 긴자 영업장을 이또 씨한테 모두 돌려 주셨다던데, 맞습니까?"

"무슨 말씀을."

어깨를 편 가토가 이 사이로 말했다.

"니시무라 씨하고 맞바꿨던 교토 서부 지역을 우리가 되찾을 거요. 그래서 지금 교토를 접수하려고 우리 애들이 내려갑니다."

"아, 그럼 시끄러워지겠는데."

호리가 혀 차는 소리를 내더니 목소리를 낮췄다.

"가토 씨, 이또 씨하고 만나보지 그러시오?"

"아니, 이또 그놈이……."

숨을 들이켰던 가토가 힐끗 호소가와를 보았다. 격한 말다툼이 있었던 때가 이틀 전이다. 그동안 호소가와가 이또 측과 대화를 시도했다가 비서실장이 되어 있는 하라다로부터 가토가 직접 사과하러 오라는 통보를 받은 것이다. 그것은 무조건 항복을 의미하는 것이다.

그 말을 들은 가토는 전쟁을 하기로 마음을 굳히게 되었다. 가토가 말을 이었다.

"장기전이 될 것 같습니다. 호리 씨, 간단히 끝날 일이 아니오."

"그래요? 난 전혀 예상도 못 했는데."

호리가 놀란 듯 말했지만 가토는 무시했다.

"그런데 호리 씨는 어떻습니까? 이또한테서 연락이 왔습니까?"

"연락이라뇨?"

"아, 호리 씨하고 내가 니시무라를 돕기로 했지 않았습니까? 그러니까 이또가 저 지랄을 하는 건데……."

"난 어제 이또 씨하고 술 한잔했습니다. 마침 기요타 씨도 참석해주셔서 아주 뜻 깊은 자리가 되었지요."

"누구요? 누가 참석했다고요?"

"아, 폭탄 기요타 씨 말이오."

"스미요시회 회장 말이오?"

"예, 기요타 씨가 노래를 잘 부르더구먼, 놀랐어요."

"……."

"우리 자주 만나기로 했습니다."

"……."

"어쨌든 스미요시회는 업계 2위, 이나카와는 3위 아닙니까? 2, 3위 회장들하고 같이 있으니까 내가 뭐라도 된 것 같더구먼, 핫핫핫."

"……."

"술 마시다가 기요타 씨가 야마구치조 시노다 조장한테 전화를 겁디다. 우리 셋이 마신다고 말이오."

"……."

"그랬더니 다음에 같이 마시자고 했다는군."

그러더니 호리가 말을 이었다.

"어제 이또 씨는 전쟁 이야기를 전혀 하지 않던데, 가토 씨가 오해하신 것 아닙니까?"

"아니, 그것이……."

"난 이또 씨한테 사과했어요, 이또 씨는 이나카와회 회장이 된 겁니다. 그걸 인정해야지요."

그리고는 호리가 바쁜 일이 있는 것처럼 서두르며 전화를 끊었다.

"이런 개자식."

어깨를 부풀린 가토가 초점이 멀어진 눈으로 호소가와를 보았다.

"이놈은 다 알고 있으면서도 시치미를 떼는 거야."

"그런 것 같습니다."

"이 개새끼도 벌써 이또한테 붙었어, 기요타까지 끼었다는군."

호소가와가 대답 대신 손목시계를 보더니 가토에게 말했다.

"회장님, 오오모리가 기다리고 있습니다."

가토가 머리를 끄덕였다. 오오모리가 특공대 40명을 인솔하고 오늘 밤 교토를 내려갈 예정인 것이다. 호소가와가 방을 나가자 가토는 뒤쪽에 걸려 있는 일본도를 보았다. 500년 전, 선조인 가토 기요마사가 조선 정벌 때 차고 갔다는 명검(名劍)이다. 가토는 그 일본도를 볼 때마다 기운이 솟는 느낌을 받는다. 전쟁 결심도 일본도를 보면서 했다.

그 시간에 샌디 길포드는 스미요시회의 기요타와 마주 앉아 있다. 이곳은 기요타의 영업장인 긴자의 요정 하루에 다다미방이다. 둘은 방석에 앉아 있었는데 샌디도 앉은 자세가 동양인처럼 익숙하다. 샌디의 뒤쪽에는 박태규와 서울에서 날아온 윤방철이 앉아 있었는데 고문으로 소개되었다. 기요타의 뒤쪽에는 비서실장 오베와 원로 둘이 앉았기 때문에 셋이다. 샌디가 만나자고 했지만 이곳 주인은 기요타인 터라 먼저 기요타가 말을 꺼낸다.

"내가 조센징이라고 이또 씨를 도와준 게 아니오, 니시무라 씨가 좀 나쁜 사업을 했기 때문이지."

샌디가 일본어를 사용했기 때문에 기요타는 일본어를 쓴다.

"이또의 배후에 누가 있다는 것이 영향을 끼치기는 했지. 솔직히 말해서 리스타하고 전쟁을 벌이기에는 좀 벅차거든."

기요타의 얼굴에 웃음이 떠올랐다.

"리스타의 배후에 누가 있다는 것도 세상이 다 알고 있으니까 말이오."

"어쨌든 감사합니다, 기요타 씨."

샌디가 말을 시작했다.

"우리가 일본에 오면서 가장 VIP로 생각한 분이 바로 기요타 씨였습니다."

"일본 야쿠자는 멕시코 패밀리나 한국 조직과도 다릅니다, 샌디 씨."

이제 기요타의 표정도 엄숙해졌다.

"야쿠자는 곧 일본이고 일본 국민의 자존심이기 때문이오."

기요타가 한마디씩 힘주어 말했다.

"야쿠자의 행태에 일본 국민이 분노하는 경우도 있지만 만일 야쿠자가 외국 세력과 전쟁을 벌인다면 어떻게 될 것 같습니까?"

기요타가 묻자 샌디의 얼굴에 웃음이 떠올랐다.

"야쿠자를 응원하겠지요."

"그렇소, 바로 야쿠자가 일본의 얼굴, 일본의 힘, 일본의 자랑, 일본의 전통으로 스며들어 있기 때문이오."

샌디는 입을 다물었고 기요타의 목소리가 방을 울렸다.

"그래서 리스타는 멕시코에서처럼 일본에서 싸울 수 없을 겁니다."

"충고, 고맙습니다."

샌디가 두 손을 방바닥에 짚고 머리를 숙여 감사 인사를 했다.

"우리도 야쿠자와 전쟁을 할 생각은 없었습니다, 기요타 씨."

"리스타는 이미 야쿠자 3위 조직인 이나카와회를 장악했고 11위인 쿄쿠토도 움켜쥐었소."

기요타의 눈빛이 강해졌다.

"니시무라를 돕겠다고 나섰던 2개 단체 중 사카유메를 곧 흔들겠지. CIA 출신답게 빈틈없는 작전이오."

샌디는 웃음만 짓는다.

"그렇게 되면 3위, 11위, 12위 조직을 리스타가 장악하게 되고 영향력은 야마구치조 다음인 2위가 되지. 우리 스미요시회는 여지없이 밀려나고 말이오."

기요타의 스미요시회는 조직원 3,500으로 업계 2위다. 이또가 장악한 이나카와회는 3,000으로 3위, 그러나 이나카와, 쿄쿠토, 사카우메를 합치면 5,500이다. 숫자 놀음이지만 야마구치조의 16,000에 이어서 2위가 된다. 그때 샌디가 말했다.

"스미요시회가 한국에 진출하신다면 우리가 적극 지원하겠습니다."

순간 숨을 들이켠 기요타를 향해 샌디가 웃어 보였다. 가슴이 서늘해질 만큼 요염한 웃음이었기 때문에 기요타는 침을 꿀꺽 삼켰다. 그사이에 샌디가 말을 이었다.

"니시무라의 마약 사업을 말하는 것이 아닙니다."

"그건 알고 있소."

"한국 조직은 우리 리스타가 거의 장악하고 있지요."

"그것도 압니다."

"하지만 한국은 아직 경제 개발 단계입니다."

"……."

"풍부한 노동력 그리고 놀랄 만한 손재주, 뛰어난 머리를 가져서 금방 기술을 익히고 생산성을 높일 수 있습니다."

"그거, 샌디 씨가 공부한 겁니까?"

"아닙니다. 리스타상사의 자료를 본 겁니다."

쓴웃음을 띤 얼굴로 샌디가 기요타를 보았다.

"기요타 씨, 이쯤 되면 제가 무슨 말씀을 드리려는지 아시겠지요?"

"과연 리스타는 스케일이 크군."

마침내 기요타가 탄복한 표정으로 머리를 끄덕였다.

"내가 속이 좁았소, 샌디 씨."

"스미요시회의 자금을 한국에 투자하시면 1년 안에 이익을 낸다는 보장을 해 드리지요."

"그거, 나한테만 하는 제안입니까?"

"스미요시가 주관하시라는 말씀입니다."

"리스타와 동맹을 맺어야겠지."

"그러면 스미요시가 이나카와, 쿄쿠토, 사카유메까지 이끌고 갈 수 있지요."

그때 기요타의 뒤쪽에서 잔뜩 긴장하고 있던 누군가 숨을 들이켜는 소리를 내었다. 그렇게 되면 4개 조직의 병사 수는 8천이다. 병사는 야마구치보다 적지만 각 지역에 박아놓은 지점 숫자는 야마구치의 2배다. 그쯤 계산이야 금방 되는 것이다. 그때 기요타가 어깨를 펴고 대답했다.

"고려해보지요. 어쨌든 오늘 회담, 나, 기요타는 감동했습니다."

"오오모리, 교토에서 죽을 각오를 해라."

가토가 눈을 치켜뜨고 말했다. 살벌한 표정이다. 숨을 고른 가토가 말을 이었다.

"내가 교토의 아사다 씨한테 이야기 해놓았다. 아사다 씨는 상관하지 않겠다고 했으니까 밀어붙여, 알았어?"

"예."

"이또 같은 놈한테 밀릴 수는 없단 말이다."

"회장님."

옆에 서 있던 호소가와가 부르는 바람에 가토가 머리를 들었다. 회장실에 호소가와까지 셋뿐이다.

"뭐냐? 호소가와."

"이또 씨한테 사과하시고 이나카와회와 관계를 유지하시지요."

"뭐라고?"

버럭 소리친 가토가 주먹으로 소파 팔걸이를 내려쳤다. 얼굴이 붉게 상기되어 있다.

"호소가와! 이 개자식! 내 성격을 제일 잘 아는 놈이 그런 말을 해!"

고래고래 소리친 가토가 삿대질을 했다.

"너, 이 새끼, 이또하고 내통했지?"

"아닙니다. 승산이 없는 싸움에 회장님께서 자존심만 내세우시는 것 같아서 말씀입니다."

"뭐? 승산이 없어? 자존심만 내세워?"

"지금까지는 그럭저럭 지냈지만 조직이 최대의 위기에 몰린 상황입니다. 판단이 흐려지셨습니다."

"이 개자식이!"

그 순간이다. 가토는 등에서 뜨거운 불덩이가 꽂힌 느낌을 받고 입을 짝 벌렸다. 다음 순간 가토는 숨을 들이켰다. 가슴으로 칼끝이 한 뼘이나 빠져나온 것이다. 칼끝에서 피가 떨어지고 있다. 바로 선조 가토 기요마사가 조선정벌 때 차고 간 명검, 그것을 뒤에서 누가 찔렀는지 볼 필요도 없다.

"가토 다다시가 자살했습니다."

소파에 앉은 샌디가 날씨 이야기를 하는 것처럼 자연스럽게 말했다. 오전 9시 반, 이광은 시선만 주었고 샌디가 말을 이었다.

110

"조상이 쓰던 칼을 사무실에 걸어놓고 있었는데 칼로 가슴을 찔러 칼끝이 등을 뚫고 나갔습니다. 실로 장렬한 자살이라고 부하들이 말한 다는군요."

"그런가?"

"조상 중에 한국을 정복했던 가토 기마요사라는 유명한 장군이 있었 다고 하는군요. 그가 쓰던 칼로 자살했답니다."

"기마요사가 아니라 기요마사야."

"그렇습니까? 이름이 좀 이상해서."

"칼을 세게 박은 모양이군, 등으로 칼날이 빠져나왔다니."

"예, 한 뼘이나 나왔다고 합니다."

샌디가 반짝이는 눈으로 이광을 보았다.

"비서실장 호소가와가 자살한 시체를 발견했답니다."

이광이 입술 끝을 올렸고 샌디의 말이 이어졌다.

"사카유메회는 오오모리가 회장 대리로 추천되었습니다. 호소가와 와 자문관 2명이 추천했기 때문에 절차상 하자가 없습니다."

"……."

"호소가와는 2인자로 고문을 맡았습니다. 일사불란하게 끝냈지요. 가토의 장례식은 내일 거행되는데 그때 야쿠자 단체 회장 대부분이 참 석할 것입니다."

"니시무라는 비밀리에 장례를 치렀는데 대조적이군."

"야마구치조는 중립을 선언했지만 긴장하고 있는 것 같습니다. 오늘 도 원로 회의를 소집했고 간부들에게 비상근무를 시키고 있습니다."

샌디의 시선을 받은 이광이 머리만 끄덕였다. 오오모리와 호소가와 는 가토를 제거하기로 마음을 굳히고 나서 자문관 둘을 포섭한 것이다.

자문관들도 가토가 막상 위기에 부딪히자 쩔쩔매는 것을 보고 나서 마음을 돌린 것이다. 부하들의 철저한 배신이다. 샌디가 말을 이었다.

"기요타가 한국에 진출하면 야마구치조도 방관만 할 수 없을 것입니다."

"이제는 서둘 것 없어, 샌디."

이광이 부드러운 시선으로 샌디를 보았다.

"일본 진출은 성공했다고 봐도 돼, 우리는 직접 손을 대지 않고 기반을 만든 셈이니까."

그렇다. 아직 리스타는 별개 조직을 만들지 않았지만 이또의 이나카와회를 기반으로 사카유메, 쿄쿠토를 차례로 포섭했다. 그리고 제2의 조직 스미요시를 끌어들이는 중이다. 이광이 말을 이었다.

"우리는 야쿠자들의 썩은 물을 흘러내리도록 해준 거야."

이광이 서울에 도착했을 때는 오후 6시 반이다. 공항에서 바로 장충동 저택으로 향하는 이광에게 안학태가 말했다.

"회장님, 회사로 어머님이 여러 번 전화를 하셨습니다."

"……."

"전화를 하셔야 될 것 같습니다."

결혼 문제 때문이다. 지난번에 만난 여자가 누구인지도 기억나지 않는다. 그전에는 말할 것도 없다. 연락을 한다고 해놓고 나서 잊어버린 여자가 10명도 넘는다. 그때마다 어머니는 속이 상했을 것이다. 처음에는 그것이 어머니에게 미안했지만 이제는 만성이 되어서 곧 잊어버린다. 이광이 머리를 들고 안학태를 보았다. 안학태는 결혼 6년 차였고 5살짜리 아들이 있다.

"이봐, 안 사장. 내가 결혼 생활을 제대로 할 인간 같으냐?"

"예."

바로 대답한 안학태가 정색하고 이광을 보았다.

"회장님은 결혼하시면 가정을 잘 이끌어 가실 겁니다."

"책임감이 강하면 가정이 화목해지나?"

"중요한 요인 중 하나지요."

"난 아직 상대를 찾지 못했어."

안학태는 입을 다물었다. 승용차 안에 잠깐 정적이 흐른 후에 이광이 말을 이었다.

"어머니가 돌아가시기 전에 내 자식을 보고 싶으신 거야."

"그것이 부모님의 기쁨입니다. 제가 겪었기 때문에 잘 압니다."

"강은서는 어떻게 생각하나?"

불쑥 이광이 묻자 안학태가 똑바로 시선을 주었다.

"어머님께서 반대하실 것 같습니다."

"당연히 그러시겠지, 하지만……."

"강은서 씨도 제가 보기에는 원하시지 않는 것 같습니다."

"어떻게 아나?"

"실은 저한테 자주 연락을 하셨습니다."

안학태가 시선을 받자 심호흡부터 했다.

"술 드시고 나서 오실 데가 여기 한 곳뿐이냐고 물으신 적이 있습니다."

"……."

"술김에 여기로 가자고 하신다면 다른 곳으로 가시는 것이 어떠냐고 물어보라고 하시더군요."

"……."

"그 말씀을 듣고 회장님이 가시는 것이 불편하시느냐고 물었습니다."

"……."

"그랬더니 그건 아니라고 하시더군요. 강은서 씨 자신 말고도 얼마든지 좋은 여자가 많은데 회장님이 너무 안타깝다고 하셨습니다."

"잠깐만."

안학태의 말을 막은 이광이 미간을 모으고 물었다.

"안 사장, 사랑이라는 게 뭐냐?"

"예, 그건 말장난입니다. 잠깐의 감정이죠."

이번에도 안학태가 바로 대답했다.

"잠깐 홀리는 순간이 있는데 유효 기간이 3분쯤 될 겁니다."

가화만사성(家和萬事成)이란 말은 중국 고사성어에도 나오지 않는 말이다. 언놈이 집안이 화목해야 만사가 잘 풀린다면서 지어낸 말이다. 언뜻 보면 백번 지당한 말인데 그 말을 믿고 죽자 살자 가화만사성을 부르짖는 인간들이 있다. 대부분 순수하고 착한 성품의 사람들이다. 그러다 보니 집안부터 돌보느라고 회사 빠지고, 계약 어기고, 멀쩡한 사내가 육아휴가를 내는 현실에 이르렀다.

그렇다면 머리가 '트인' 인간이라면 한 번쯤 생각을 하게 된다. 그놈의 가(家), 즉 집안을 만들지 않고 호텔 생활을 하면 어떨까? 물론 집안이란 '집'을 말하는 것도 아니다. 가족이겠지, 그렇다면 내 '가족'을 만들지 않으면 되는 것 아니냐? 그래서 '가화만사성'을 안방에 붙여놓고서 만날 들여다보지 말고 바깥일만 열심히 할 수 있지 않겠는가? 집안일에 신경 쓸 필요가 없으니 바깥일은 더 열심히, 더 잘될 수도 있을 것이다. 이것이 이광이 사원, 대리 시절 때까지 머릿속에 박아놓았던 생각이다. 물론 많은 모순, 허점이 있는 생각이겠지만 나름대로 일리는 있다.

인간은 모순 덩어리 존재이며 제 나름대로 자신을 합리화시키면서 사는 것이다. 그러나 세월이 흐르면서 이광의 생각도 조금씩 변했는데 이것도 자연스러운 현상이다.

낮 12시 반, 이광은 소공동의 고려호텔 한식당 방에서 강은서를 맞는다.

"별일이야, 밥 먹자고 불러내고."

웃음 띤 얼굴로 들어선 강은서가 자리에 앉으면서 말을 잇는다.

"그냥 밥이나 먹어, 이상한 소리는 하지 말고."

따라 들어온 종업원에게 한정식을 시킨 이광이 강은서를 훑어보았다. 아름답다. 그동안 수없이 몸을 섞은 사이인데도 볼 때마다 새롭고 욕정이 솟는다. 같이 살게 되면 이런 감정이 없어지게 될까?

"뭘 봐? 또."

강은서가 눈치를 챈 듯이 눈을 흘겼는데 요염했다. 짧은 웨이브 머리, 옅게 화장을 했지만 분홍 루주는 발랐다. 얼굴은 조금 상기되었고 눈이 반짝인다. 은색 투피스 정장 차림이 날씬한 몸매에 어울린다. 이광이 물끄러미 강은서를 보았다.

"난 널 놓아주려고 여러 번 결심을 했었어."

강은서의 얼굴이 굳어졌다. 이광이 말을 이었다.

"네가 그러는 게 나을 것 같다고도 했고."

"……."

"하지만 내 자신을 돌아보니까 내가 오히려 더 형편없는 인간이야,

특히 여자관계에 있어서는 말이지.”

“…….”

“널 놓아주면 후회를 할 것 같았어.”

“…….”

“그래서 후회하고 사느니 너하고 같이 살면서 극복하기로 결심했어.”

심호흡을 한 이광이 똑바로 강은서를 보았다.

“다 결점이 있고 지난날의 실수가 있어, 너도 나하고 같이 살면서 극복하자.”

“아유, 그만.”

겨우 강은서가 그렇게 말하더니 눈을 흘겼다.

“오늘은 심각하네?”

“응, 그런 날이야.”

그때 문이 열리더니 이광의 어머니가 들어섰다. 웃음 띤 얼굴로 들어선 어머니의 시선이 이광을 지나 강은서에게 머물다가 옮겨졌다.

“어머니.”

일어선 이광이 말하자 놀란 강은서가 서둘러 일어섰다. 얼굴이 순식간에 하얗게 굳어졌다.

“아이구, 애야!”

다가온 어머니가 이광의 손을 쥐었지만 시선은 강은서에게서 떼어지지 않는다.

“이런 아가씨를 숨겨두고 있었구나.”

그때 이광이 강은서에게 말했다.

“우리 어머니셔, 인사해.”

"안녕하세요."

강은서가 이제는 빨갛게 된 얼굴로 허리를 꺾어 절을 했다. 놀라고 당황해서 목소리가 떨렸다.

"강은서라고 합니다."

"그래, 독일 유학까지 다녀왔다지? 이야기 들었어."

강은서는 숨만 쉬었고 어머니가 다가가 손을 쥐었다.

"아이구, 이렇게 예쁜 아가씨를 네가 데려오다니, 난 이제 바랄 게 없다."

"자, 앉으세요."

이광이 어머니와 강은서를 떼어두고 자리에 앉혔다. 지배인이 들어와 다시 주문을 받고 돌아갔을 때 어머니가 강은서에게 물었다.

"지금 학원을 운영하고 있다면서?"

"네."

강은서가 빨개진 얼굴로 겨우 대답했을 때 어머니가 머리를 끄덕였다.

"결혼하고 나서도 학원해도 되겠지, 저 애는 만날 외국 돌아다닐 테니까 말이야. 애만 낳으면 외롭지는 않아."

"어머니, 결혼식은 좀 천천히 하는 게 낫겠어요. 내가 또 외국에 나가야 해서."

"아, 나가거라."

어머니가 그까짓 것 상관없다는 표정으로 손까지 저었다.

"난 얘하고 같이 있으면 된다. 은서라고 했지?"

"네."

"어머니라고 불러."

"네, 어머님."

"아이구, 반갑다."

어머니가 손을 뻗어 강은서의 손을 쥐더니 눈물이 고인 눈으로 강은서를 보았다.

"내가 사람을 볼 줄 알아. 이렇게 예쁘고 선한 얼굴이 다 있을까? 난 너한테 첫눈에 반했다."

이번에도 강은서가 숨만 쉬었고 어머니의 말이 이어진다.

"그래, 우리 잘해보자. 곧 네 부모님도 뵙고, 귀한 딸을 주실 테니 인사를 올려야지. 내 아들보다 열 배는 나은 며느리를 얻게 되었구나. 너 일성여대 나왔다면서? 아이구, 광이는 복도 많지. 너 광이가 오성대 나온 거 알지? 오성대 나온 놈이 일성대 나온 여자를 각시로 얻다니, 저놈 복이 터졌지."

어머니의 말이 끝없이 이어졌다.

끝없이 이야기를 펼치려는 어머니하고 헤어졌을 때는 오후 3시가 되어갈 무렵이다. 동생 이철이 어머니를 모시고 올라왔기 때문에 강은서를 이철한테까지 소개해주었다. 둘이 남았을 때 이광이 강은서를 보았다.

"집에 들어갈 거지?"

강은서가 아직도 붉어진 얼굴로 숨만 쉬었다. 흥분이 가라앉지 않은 것이다. 이광이 말을 이었다.

"내가 6시쯤 집에 갈 테니까 어머니께 말씀드려."

"……."

"어머니한테 인사드리러 간다고 해. 점심때 우리 어머니 만나서 인사드렸다고 말씀드리고."

"……."

"나 내일 또 나가니까 오늘 중으로 인사 다 끝내야 돼."

"……."

"상철이는 내 아들로 이야기를 하려고 했는데 아무래도 그런 거짓말
은 좋지 않을 것 같아서 말이야."

"……."

"결혼하고 나서 말씀드리는 것이 낫겠어."

이광이 손을 뻗어 강은서의 손을 두 손으로 감싸 쥐었다.

"노력할게."

그때 강은서가 말했다.

"우리 집에서 기다릴게."

오후 6시 정각, 이광이 현관으로 들어서자 응접실에 앉아 있던 강은
서의 어머니가 일어섰다.

"아이구, 어서 와요."

"어머니, 인사가 늦어서 죄송합니다."

허리를 꺾고 절을 한 이광이 다가섰다.

"제가 은서하고 결혼하겠습니다. 허락해 주시지요."

"아이구, 둘이 좋으면 그만이지."

어머니의 얼굴에 민망한 웃음이 번졌다.

"내가 무슨 말을 해?"

강은서는 옆에 서서 웃음만 띠었는데 얼굴이 상기되어 있어서 금방
울 것 같기도 했다. 이광이 소파에 앉았을 때 방에서 나온 상철이가 주

춤거리며 다가와 이광에게 꾸벅 인사를 했다. 가끔 만나서 안면은 있다.

"안녕하세요?"

"오냐, 상철이 많이 컸네."

이광이 손짓으로 상철이를 불러 손을 잡아 옆에 앉히고는 어머니에게 말했다.

"제가 여러 가지로 부족한 놈입니다. 어머니, 은서한테 물어보시면 잘 아실 것입니다."

"내가 뭘?"

강은서가 눈을 흘겼고 어머니는 갑자기 후드득 눈물을 떨어뜨렸다.

"이 사람아, 지금까지 은서한테 해준 거 내가 다 아네, 그런 소리 마."

"어머니, 열심히 살겠습니다."

"아이구, 내가 고맙지."

"상철이는 제가 잘 키우겠습니다."

이광이 쥐고 있던 상철이의 손을 흔들었다. 긴장한 상철이 강은서의 눈치를 보더니 결국 웃었다. 강은서가 웃었기 때문이다. 어머니가 손등으로 눈물을 닦으면서 말했다.

"내가 이제 원이 없어."

"이제부터 재미있게 사셔야죠."

이광이 상철의 어깨를 당겨 안으면서 말했다.

"내일 제 주택으로 옮기시지요, 제가 다 이야기해놓았으니까 우선 몸만 옮기시면 됩니다."

"아유, 너무 그러지 마."

질색을 한 강은서가 눈을 흘겼다.

"우리 정신 좀 차리게 좀 놔둬."

"정신은 무슨."

이광이 고집했다.

"내일 직원들이 올 거야. 그러니까 필요한 건 이야기만 해. 비서실 장 전무가 맡아서 하기로 했어."

강은서가 가쁜 숨만 뱉었다. 그렇다. 일단 지금은 정신을 차리지 못 하게 해놓고 일을 끝내야 한다. 절차 따지고 체면 세우고 하다 보면 세 월만 간다. 이런 오더는 밀어붙이고 나서 뒤처리를 깨끗하게 하는 것이 다. 그때 문에서 벨 소리가 났기 때문에 강은서가 놀라 이광을 보았다. 강은서를 찾아올 손님은 없는 것이다.

"어, 상철이 장난감을 가져오라고 했어."

이광이 말하면서 일어났다.

"아유, 나 몰라."

강은서가 따라 일어서면서 눈을 흘겼지만 앞장을 섰다. 정신 못 차 리게 만드는 작업 중 하나다.

그날 밤, 어머니는 아래층 아파트로 내려갔고 오늘 밤 상철이는 제 방에서 잔다. 할머니 따라서 안 간 것이다.

"내일 당장 옮길 수는 없어."

한바탕 폭풍우가 휩쓸고 지난 것 같은 방 안은 아직도 열기가 가시 지 않았다. 침대에 누워 이광의 가슴에 볼을 붙인 강은서가 그때서야 현실적인 말을 내놓았다.

"며칠 준비를 해야지, 어떻게 몸만 가?"

"무슨 준비?"

뻔히 알면서도 이광이 강은서의 어깨를 당겨 안으면서 물었다. 강은서의 알몸은 땀에 젖어 끈적였지만 부드럽고 따뜻했다. 강은서가 다리 한쪽을 이광의 다리 위에 얹더니 말을 이었다.

"상철이 옮길 유치원도 알아봐야 돼."

"그런가?"

"내가 먼저 집에 가서 집 구조도 봐야 하고, 집이 어떻게 생겼는지도 모르면서 가?"

"그렇구나."

이광이 강은서의 허리를 당겨 안았다. 됐다, 이제는.

"좋습니다. 리비아산 상품을 받아들이기로 하지요."

해밀턴이 말하고는 쓴웃음을 지었다. 이곳은 지난번에 만난 맨해튼의 호건빌딩, 21층의 넓은 회의실에는 지난번처럼 넷이 둘러앉았다. 장방형의 테이블에 의자가 수십 개 놓였지만 넷이 중앙에 마주 보고 앉은 것이다. 마침내 CIA는 리비아산 마약을 받는다. 벽시계가 오전 10시 반을 가리키고 있다. 해밀턴이 웃음 띤 얼굴로 말을 이었다.

"리비아 상품은 조 사장이 멕시코로 보낸 후에 리스타 상품으로 미국에서 받는 것으로 하겠습니다."

오금봉이 머리를 끄덕였다. 리스타 쪽에서도 그 방법이 가장 편리했기 때문이다. 멕시코 리스타에서 선적되는 상품으로 위장시켜 미국으로 보내는 것이다. 아카풀코의 공장은 지금 건설 중이지만 임가공 공장은 이미 가동 중이다. 임가공 공장이란 기존 멕시코의 소규모 의류 공장에 오더를 줘서 생산하는 공장을 말한다. 그때 해밀턴이 옆에 앉은 윌슨을 눈으로 가리켰다.

"앞으로 윌슨이 그쪽 상품을 관리하기로 했습니다."

오금봉과 조백진의 시선을 받은 윌슨이 웃음 띤 얼굴로 입을 열었다.

"리비아 상품을 먼저 구입하기로 내부 결정이 났습니다. 현재 리비아에 상품 재고가 얼마나 있습니까?"

"당장 수출 가능한 양이 75톤입니다."

조백진이 바로 대답하자 해밀턴과 시선을 마주친 윌슨이 말했다.

"톤당 2천만 불에 전량을 구입하지요."

"멕시코, 콜롬비아산이 도매가격으로 톤당 4천만 불로 미국에 들어간다고 알고 있습니다."

조백진이 마약상처럼 바로 대답했다. 오금봉까지 세 쌍의 시선을 받은 조백진이 어깨를 폈다.

"톤당 3천만 불로 해주시지요."

"리스타는 중개 역할인데 리비아 측 제시 가격을 말씀하시는 겁니까?"

윌슨이 묻자 조백진이 정색했다.

"그렇습니다. 톤당 3천만 불 이하로는 어렵다고 했습니다."

"알겠습니다. 곧 연락드리지요."

머리를 끄덕인 윌슨이 조백진에게 손을 내밀었다.

"곧 다시 만나기를 바랍니다."

빌딩을 나와 차에 올랐을 때 오금봉이 조백진에게 물었다.

"조 사장, 리비아 측 제시 가격이 톤당 3천만 불이야?"

"아뇨."

간단하게 대답한 조백진이 오금봉을 보았다.

"2천5백만 불 정도에서 결정을 하라고 했습니다."

"저런, 그런데 5백만 불을 올린 거야?"

놀란 오금봉이 묻자 조백진이 피식 웃었다.

"그래도 멕시코, 콜롬비아산 마약보다 싸지 않습니까?"

조백진은 동남아산 마약 가격까지 조사를 해놓은 것이다. 조백진이 말을 이었다.

"2천5백만 불 이상으로 받은 차액은 리스타 몫으로 떼어준다는 계약서를 작성해놓았습니다."

"조 사장도 장사꾼 다 되었군."

"용역업이 진짜 사업입니다. 사람이 상품이니 만치 계약이 철저해야 됩니다."

"과연 그렇겠다."

오금봉이 조백진의 어깨를 손바닥으로 치면서 웃었다. 조백진은 오금봉에게도 용병을 공급해 주면서 계약을 하고 있는 것이다.

이광이 두바이에서 조백진의 전화를 받았다. 두바이 리스타법인에는 회장실이 마련되어 있다.

"회장님, 톤당 3천으로 결정했습니다."

조백진이 소리치듯이 보고했다.

"다음 주부터 1주일에 25톤씩 아카풀코 리스타 법인으로 선적하기로 했습니다."

"수고했어."

이광의 얼굴에 웃음이 떠올랐다. 톤당 5백만 불이 남는 장사다. 75톤이면 3억 7천5백만 불이 남는 장사를 했다. 아카풀코 리스타 법인은 '섬유류 원부자재'로 표시된 마약 컨테이너를 받아 놓았다가 다시 미국으로 선적하는 것이다. 이광이 한마디 덧붙였다.

"네가 진짜 장사꾼이다."

통화를 끝낸 이광이 앞에 앉아 있는 진남철을 보았다.

"리스타상사가 리스타 그룹의 핵심이야, 명심해."

"예, 회장님."

진남철이 굳어진 얼굴로 대답했다. 회장실에는 두바이 리스타 법인 사장 진남철과 그룹 비서실장 안학태, 그룹기조실 소속으로 회장 수행 비서인 권기수까지 넷이 모여 있다. 이광이 말을 이었다.

"리스타상사의 본사는 두바이로 정했으니까 이곳에서 각 법인을 관리하도록."

숨을 들이켠 진남철에게 이광이 말을 이었다.

"진 사장, 자네가 리스타상사 사장이 된 거야. 리스타 두바이 법인장은 두바이 영업장 사장 배선희가 맡도록 하고, 알겠나?"

"예, 회장님. 최선을 다하겠습니다."

진남철의 목소리가 떨렸다. 리스타상사는 리스타 그룹의 핵심인 것이다. 리스타상사는 해외 12개 법인을 관리하고 영업을 총괄한다. 리스타상사 본사를 서울에서 두바이로 옮기면서 사장으로 진남철을 임명한 것이다. 지금까지 리스타상사는 이광이 사장을 맡고 있었기 때문에 이광은 실무에서 손을 뗀 셈이다.

호텔로 돌아오는 차 안에서 안학태가 이광에게 말했다.

"인재가 더 필요합니다, 회장님."

이광이 머리만 끄덕였고 안학태가 말을 이었다.

"하나씩 만나 보시지요."

세계 각국의 인재가 필요한 것이다. 회사는 결국 사람이 운용한다.

두바이에서 쿠웨이트는 비행기로 한 시간 거리지만 시차가 한 시간이어서 같은 시간에 도착한다. 쿠웨이트 공항에는 하사드가 마중 나와 있었는데 이광을 보더니 활짝 웃었다. 리스타의 CEO 중에서 사주인 이광한테 이렇게 활짝 웃을 수 있는 사람은 하사드뿐일 것이다. 그것은 하사드가 바그다드 대학생일 때부터 이광을 만났던 인연 때문이기도 하다. 하사드의 누나 마르카와 이광의 인연도 작용을 했겠지. 더구나 하사드 가족을 바그다드에서 탈출시켜준 것이 이광이다. 거기에다 하사드에게 투자 금융 공부를 시켜 오늘날 수백억 불의 재산 가치를 가진 투자회사를 키우게 만든 것이 바로 이광 아닌가? 이런 인연은 혈연보다도 더 두텁고 깊다.

"이제 멕시코에 이어서 미국에 진출하게 되었네요."

공항에서 시내로 들어가는 차 안에서 하사드가 말했다. 리무진에는 안학태까지 셋이 뒷좌석에 앉아 있다. 하사드가 말을 이었다.

"리스타투자 지점이 현재 5개에서 내년까지는 세계 각국에 17개까지 늘어날 것입니다. 계획에 차질은 없습니다."

이광이 머리만 끄덕였다. 쿠웨이트 리스타투자에서 시작한 리스타투자는 뉴욕 증시에 상장되었고 현재 재산까지 380억 불의 대형 투자사로 성장했다. 세계 각국의 리스타투자는 다방면의 금융업에 진출할 것이었다. 이제 리스타투자는 리스타 그룹의 젖줄 역할을 하고 있다. 리스타상사가 간판이라면 리스타투자는 자금원인 것이다. 이광이 입을 열었다.

"리스타 그룹을 3개 핵심 본부로 나누려고 한다. 그것은 '상사' '유통’ 그리고 ‘금융’ 본부야.”

긴장한 하사드가 시선만 주었고 이광의 말이 이어졌다.

“상사는 진남철이, 유통은 오금봉 그리고 금융은 하사드, 네가 맡아라.”

“제가 그렇게 큰 조직은…….”

놀란 하사드의 얼굴이 굳어졌다. 이광이 웃음 띤 얼굴로 하사드를 보았다.

“금융은 네가 일으킨 것이나 같다. 조직이 갖춰지면 참모들이 도와줄 거야.”

리스타의 핵심본부 3개와 사장 셋이 결정된 것이다.

응접실로 들어선 윤방철은 자리에서 일어서는 사내들을 보았다. 모두 8명, 그 중심에 선 사내가 이또 간스케일 것이다.

“안녕하십니까?”

윤방철이 깍듯한 태도로 인사를 했을 때 뒤에 붙어 있던 통역이 서둘러 일본어로 말했다. 이곳은 도쿄 긴자의 오리엔트호텔 특실이다. 과연 윤방철이 눈여겨본 사내가 이나카와회의 새 회장이 된 이또 간스케였다. 윤방철은 국제그룹의 유통 사장으로 자신을 소개했는데 리스타 유통이 발족되고 나서 유통사업부로 분리되었기 때문이다. 제일그룹의 백갑상도 제일유통의 사장이 되어 있다. 이또는 비서실장 하라다와 나까노 등 오야붕들을 대동했고 윤방철도 간부들을 인솔하고 일본으로 날아온 것이다. 인사를 마친 양측은 자리를 잡고 앉았다. 윤방철도 간부 6명을 데려왔기 때문에 넓은 응접실에 사내들이 꽉 찼다. 오늘 회담은 이나카와회가 한국에 투자해놓은 기업체에 대한 정리 문제다. 죽은 니시무라는 해운대파의 백기춘하고만 상의를 했기 때문에 그동안 이나카와회가 투자해 놓은 금융회사, 유흥업소, 가게는 문을 닫거나 주인 없는 회사가 되어서 관리가 엉망이었다. 이또는 그것을 정리하려고 샌디에게 부탁했던 것이다. 그리고 부탁을 한 지 사흘 만에 한국에서 오야붕들이 날아왔으니 샌디의 영향력이 드러난 셈이다. 먼저 이또가 입을 열었다.

"이렇게 와 주셔서 감사드립니다."

"아니, 천만에요."

통역을 들은 윤방철이 바로 대답했다. 사업장이 한국에 있다고 이또가 오야붕들을 데리고 갈 수도 없는 노릇이다. 갔다가 기분이 상한 '한국 야쿠자'하고 충돌이 일어날 수도 있기 때문이다. 일본이 36년간 한국을 '정복'했다가 해방된 상황인 것이다. 사업장을 되찾겠다고 우 몰려간다면 눈을 치켜뜰 게 뻔하다. 이또가 말을 이었다.

"우리가 이제야 겨우 투자한 윤곽을 파악했는데 사업장이 17곳에 투자금이 130억쯤 됩니다."

이또가 서류를 들고는 쓴웃음을 지었다.

"모두 니시무라 씨가 부산 해운대파의 백기춘 씨하고 둘이서 진행시킨 사업이지요, 그런데 둘 다 죽는 바람에 전체를 파악하기에 힘이 들었습니다."

윤방철이 머리를 끄덕였다.

"해운대파에서도 거의 모르고 있더군요."

"그래서 저희들이 샌디 씨한테 부탁을 한 겁니다."

이또가 정색하고 윤방철을 보았다.

"사업체를 공개하고 공동 운영을 했으면 좋겠는데 어떻습니까?"

윤방철이 옆에 앉은 일행을 둘러보고 나서 입을 열었다.

"조건은 어떻게 하실 겁니까?"

"투자를 우리가 했으니까 한국 측과 공동으로 관리하되 이윤 배분을 6 대 4로 했으면 합니다. 물론 우리 몫이 6이고 말입니다."

"이윤 배분을 5 대 5로 하지요."

윤방철이 웃음 띤 얼굴로 이또를 보았다.

"앞으로의 사업을 위해서도 우리가 모범을 보여야 될 것 같아서요."

"좋습니다."

예상하고 있었는지 이또가 금방 동의하더니 테이블 위로 손을 뻗어 악수를 청했다.

"자, 그럼 계약서를 작성하고 일·한 친선 파티를 하십시다. 연회장을 준비시켰습니다."

"오늘 저녁에 리츠클럽으로 갈 예정입니다."

박태규가 말을 이었다.

"리츠클럽을 하루 휴업 상태로 만들고 한국 손님을 접대한다는데요."

"대단하네."

웃음 띤 얼굴로 샌디가 박태규를 보았다.

"일본식 접대를 하겠다는 모양이지?"

"예, 리츠클럽에 아가씨들이 50명 정도 있습니다. 모두 특급 아가씨들이죠."

박태규의 얼굴에도 웃음이 떠올랐다.

"한·일 야쿠자들의 친선 파티가 될 겁니다."

"야쿠자 역사는 일본이 길지."

소파에 등을 붙이고 앉은 샌디가 말을 이었다.

"내가 기요타 씨한테서 야쿠자에 대한 교육을 받았어."

"저도 들었습니다."

윤방철도 함께 들었다. 도쿄 긴자의 사쿠라호텔 안이다. 이곳에서 지금 윤방철 일행이 이또 측과 만나는 오리엔트호텔은 직선거리로 2백 미터 거리밖에 안 된다. 박태규가 말을 이었다.

"야쿠자들 정보력이 대단합니다. 아마 지금 오리엔트호텔의 미팅도 알고 있을 것입니다."

샌디가 잠자코 머리를 끄덕였다. 오늘 저녁의 연회도 소문이 다 났을 것이었다. 그때 문에서 노크 소리가 났으므로 박태규가 일어나 문으로 다가가 문을 열었다. 그 순간이다.

"퍽! 퍽!"

둔탁한 발사음이 울린 순간 샌디는 펄쩍 뛰어 일어섰다. 소음기를 낀 권총 발사음이다. 샌디는 몸을 비틀면서 침실 쪽으로 내달렸다. 침실 서랍에 호신용 브라우닝을 넣어두었기 때문이다. 그러나 그것은 마음뿐이었다.

"퍽! 퍽! 퍽!"

연달아 세 발의 발사음이 울렸고 내달리려던 샌디는 한 발자국을 떼자마자 가슴에 두 발을 맞았다. 잠깐 세상이 정지된 것 같은 순간에 샌디의 시선이 문 쪽으로 돌려졌다. 그때는 박태규가 막 방바닥으로 쓰러지는 중이었다. 그러자 손에 권총을 쥐고 선 사내가 보였다. 동양인, 눈동자가 고정된 차가운 표정, 그 표정을 본 순간 샌디의 심장 박동이 빨라졌다가 멈췄다. 심장이 멈추기 전에 먼저 절망감이 덮였기 때문에 샌디의 어깨가 늘어졌다. 그때 샌디의 눈앞에 이광의 얼굴이 떠올랐다.

웃음 띤 얼굴이다. 언젠가 한번 웃었는데 그 모습을 머릿속에 박아놓고 있었던 것 같다. 다음 순간 샌디는 눈을 뜬 채 방바닥에 쓰러졌다.

이광은 15분 후에 오금봉으로부터 보고를 받았다. 빠른 보고다. 오금봉의 목소리는 차분했지만 말끝이 떨렸다. 충격을 받은 것이다.

"침입자는 셋입니다. 총에 맞아 중상을 입은 경호원이 보고를 했습니다."

오금봉은 지금 멕시코에서 쿠웨이트로 전화를 하고 있다.

"엘리베이터 앞쪽 경호원부터 복도와 비상계단의 경호원 여섯을 순식간에 사살하고 방으로 들어가 샌디와 박태규를 쏘았습니다."

"……."

"중상을 입은 경호원은 엘리베이터 앞에 있던 곽기철이라는 재일 동포입니다. 셋은 모두 평범한 얼굴, 차림으로 처음 보는 놈들이었다고 합니다."

"……."

"근처에 있던 윤방철한테 연락하도록 했습니다."

"알았어요."

마침내 이광이 마른 목소리로 말했다.

"맡기겠습니다."

사건 발생 15분밖에 지나지 않았다. 지금 갑론을박할 때가 아니다. 오금봉에게 맡겨 일사불란하게 처리해야만 한다. 전화기를 내려놓은 이광의 머리에 샌디의 웃음 띤 얼굴이 떠올랐다. 샌디가 죽다니, 일본 야쿠자와의 작업이 예상외로 순조롭게 진행되는 것이 은근히 불안하기는 했다. 그런데 그것이 샌디의 피살로 반전되다니.

샌디의 피살로 가장 충격을 받은 사람이 윤방철이다. 윤방철은 샌디의 능력을 신임하고 있던 유통의 간부 중 하나였다.

"될 수 있는 한 빨리 보내."

백갑상에게 다짐하듯 말한 윤방철이 눈을 치켜뜨고 방 안을 둘러보았다. 오후 4시, 샌디의 피살 소식을 듣자마자 회의장을 박차고 나온 윤방철이 이곳 긴자의 뒷골목 여관에서 작전 지시를 하고 있다. 방 안에는 간부들이 둘러서 있었는데 모두 황당한 표정이다. 그때 수화구에서 백갑상의 목소리가 울렸다.

"오 사장은 거기 오신다고 했어?"

"아니. 당분간 나한테 이곳을 지키라고만 했어."

"알았어. 내가 오늘 중으로 추려서 내일까지는 도착하도록 할게."

백갑상이 서두르듯 말했다. 윤방철은 지원군을 부탁한 것이다.

"개새끼들, 이젠 전쟁이다."

백갑상이 이 사이로 말하고는 통화를 끝냈다.

전화기를 내려놓은 윤방철에게 나까노가 다가와 섰다. 나까노는 이또가 붙여준 이른바 동맹군이다. 회의 중에 샌디의 피살 소식을 들은 이또도 놀라 나까노를 딸려 보낸 것이다. 나까노가 통역을 통해 말했다.

"경시청이 이번 사건으로 긴자 일대 숙박업소를 대대적으로 검문한답니다. 장소를 옮겨야 될 것 같습니다."

맞는 말이어서 윤방철이 한숨을 쉬면서 대답했다.

"부탁합시다, 나까노 씨."

어쩔 수 없다.

도쿄 경시청 강력부장 모리가 제1과장 시모세 총경에게 지시했다.

"이나카와회, 사카유메회 놈들이 유력해. 의심 가는 놈들은 다 잡아들여."

"예, 부장님."

부동자세로 선 시모세가 충혈된 눈으로 모리를 보았다.

"미국 대사관은 어떻게 처리할까요? 샌디 길포드의 시신을 가져가겠다는데요."

"아직 검사가 안 끝났어, 기다리라고 해."

모리가 주름진 눈을 부릅떴다.

"이 새끼들이 여기가 미국인 줄 아나? 무시해."

"예, 부장님."

경시청의 강력부장실이다. 오후 7시 반, 사건 발생 5시간이 지났다. 백주에 도쿄 한복판 긴자의 호텔에서 발생한 살인 사건이다. 더구나 8명이 사살되고 1명이 중상을 입은 초대형 사건인 것이다. 피살자 신원은 미국 국적의 여자 1명, 한국 국적이 3명, 일본 국적이 4명인데 일본 국적의 4명 모두 조선계다. 모리는 그들이 야쿠자와 관련이 있다는 것을 호텔에 투숙했을 때부터 보고받고 있었다. 그 근처에서 이나카와회의 신임 회장이 된 이토와 간부들이 한국에서 온 조폭 일당과 만나고 있다는 것도 알고 있었던 것이다. 그런 상황에서 피살 사건이 터진 것이다. 그때 시모세가 말했다.

"중상자가 유일한 목격자인데 입을 열지 않습니다. 사쿠라호텔 종업원들을 하나씩 개별 조사를 해보았지만 쓸 만한 진술이 나오지 않습니다."

야쿠자와 연관된 사건은 보고도 안 봤다고 하는 것이 이롭다. 이것을 보통 시민들도 아는데 산전수전 다 겪은 호텔 종업원들이 진술을 할 리가 없는 것이다.

"샌디 길포드가 리스타유통의 간부입니다."

시모세가 모리 앞에 놓인 샌디의 사진을 손으로 짚으며 말을 이었다.

"리스타유통이 곧 리스타 그룹의 폭력 조직을 관리하는 회사지요. 한국 조폭에서부터 멕시코 패밀리에 이어서 일본에까지 진출해온 것입니다."

시모세는 경시청에서 야쿠자만을 담당하는 전문가다. 50대 초반의 시모세와 50대 중반의 모리는 강력부에서만 20년 가깝게 같이 일해 온 터라 서로의 방귀 냄새까지 식별해낸다는 소문이 났다. 그러나 사이는 나쁘다. 모리가 도쿄 토박이인데 시모세는 후쿠오카 촌놈인 데다 성격도 판이했다. 모리가 도쿄대 출신으로 치밀한 성품인데 반해 시모세는 후쿠오카대를 나왔고 거친 성격이다. 경위 때 피의자를 때려서 두 번이나 징계를 받은 적도 있고 경감 때는 야쿠자 오야붕으로부터 접대를 받아서 1개월 정직을 당한 적도 있다.

"샌디가 한국 조폭을 데려와 이또하고 만나게 해준 건 이나카와의 죽은 니시무라가 한국에 투자한 사업체 때문이지?"

"그렇습니다. 이또가 회장이 된 건 샌디의 도움이 컸기 때문이지요."

시모세가 말을 이었다.

"샌디 길포드가 젊은 나이에, 그것도 여자가 이렇게 리스타유통에서 두각을 나타낸 건 리스타의 사주 이광과의 인연 때문인 것 같습니다."

"이광의 여자이기 때문이라는 거야?"

"이광의 여자가 많습니다. 대부분 CEO로 앉혀놓았지요. 푸저우 리스타 공장 사장도 이광의 여자고 두바이의 리스타 법인 사장도 이광의 여자입니다."

"그것까지 조사했나?"

"니시무라가 피살된 것도 리스타와 관계가 있습니다. 아마 이광의 지시가 있었을 겁니다."

시모세가 가는 눈을 크게 뜨고 모리를 보았다.

"니시무라가 한국 부산의 해운대파 보스 백기춘하고 밀착되어 있었거든요. 리스타는 그때 백기춘과 대결 상태였습니다. 백기춘이 당하면 니시무라의 한국 사업체까지 위험해질 것이거든요."

"……."

"더구나 니시무라는 마약을 한국에 공급하고 있었기 때문에 이광을 제거해야만 했던 것 같습니다."

"그러다가 당했군."

"이광을 과소평가한 것이죠."

"이광 배후에 CIA가 있어."

손끝으로 탁자를 두드리면서 모리가 지그시 시모세를 보았다.

"이건 고위급 정보야, 시모세."

고위급 정보란 정치권이나 고위층 간 외교 채널을 통해 전달해오는 정보를 말한다. 대부분이 비공식, 간접적으로 전해지지만 막강한 영향력이 나온다. 그래서 잘못 건드렸다가는 시모세 같은 중급간부 모가지가 하루아침에 날아갈 수도 있는 것이다. 은근한 협박 내지는 과시로 들렸기 때문에 시모세가 어깨를 폈다.

"아, 부장님, 그렇습니까? 조심하지요."

모리의 시선을 정면으로 받은 시모세가 말을 이었다.

"아직 이광까지는 혐의가 닿지 않습니다."

은근히 비꼬고 있다.

"정보원을 풀었지만 아직 쓸 만한 정보가 없습니다."

오베가 목소리를 낮추고 말했다.

"종업원들이 잔뜩 몸을 사리고 있어서요, 하지만."

"하지만 뭐냐?"

기요타가 거칠게 묻자 오베가 숨부터 골랐다.

"사건이 일어난 현장 주변에 종업원이 여섯 있었습니다. 그중 현장을 목격했을 것 같은 종업원이 둘입니다."

"그놈들 잡아라."

"그런데 둘은 이미 시모세 부하들이 데려갔습니다. 지금 데려간 지두 시간이 되었는데 나오지 않습니다."

"시모세가?"

쓴웃음을 지은 기요타가 손목시계를 보았다. 오후 8시가 되어가고 있다.

"시모세가 털어내지 못하면 그 두 놈은 나오자마자 죽겠군."

증거를 없애려고 피의자가 해치우는 것이다. 기요타가 오베에게로 몸을 돌렸다. 두 눈이 번들거리고 있다.

쿠웨이트에서 홍콩으로 날아온 이광이 구룡섬의 안가에서 린드버그와 만나고 있다. 린드버그는 뉴욕에서 날아온 것이다. 사건 발생 20시간이 지났다. 그동안 사쿠라호텔 사건은 전 세계로 보도되었고 일본 정부의 부인에도 불구하고 '야쿠자 간 전쟁'으로 기사가 나갔다. 피살된 샌디와 박태규 등의 신분이 리스타유통 소속이란 것도 밝혀졌고 한국

136

의 '조폭'과 일본 '야쿠자' 간 갈등이라는 추측 기사를 보도한 언론매체도 있다.

"의도적으로 소문을 내는 배후가 있습니다."

린드버그가 모아온 신문 뭉치를 눈으로 가리키며 말했다. 탁자 위에는 10여 종의 신문이 펼쳐져 있다. 일본, 미국, 한국 신문도 보인다. 응접실 안에는 이광과 안학태, 린드버그까지 셋이 둘러앉아 있다. 린드버그가 말을 이었다.

"해밀턴 국장은 이 사건 배후에 신일본회가 있는 것 같다고 합니다."

"신일본회?"

이광이 머리를 기울였다.

"그것도 야쿠자 조직인가?"

"아닙니다."

쓴웃음을 지은 린드버그가 말을 이었다.

"일본의 극우비밀단체입니다."

"처음 듣는데."

"일본의 정치, 경제, 자위대의 전현직 거물들, 거기에다 야쿠자 보스까지 낀 거대한 비밀결사 조직이지요."

"……."

"CIA도 그들의 윤곽을 파악한 지 얼마 되지 않았습니다. 철저하게 비밀로 운용이 되는 데다 원체 세력이 막강해서요."

"……."

"지금 일본의 정치, 경제는 신일본회가 장악하고 있다고 해도 과언이 아닙니다. 야쿠자도 신일본회의 지시에 복종하는 하급 전위 부대 역할이지요."

"무엇을 위한 단체인가?"

"친미 성향으로 '동맹국인 미국과 함께 아시아의 질서를 유지한다'는 것이 신일본회의 강령입니다."

린드버그가 말을 이었다.

"미국 비위를 맞추려는 것이지만 실제로는 패전국 일본을 다시 대일본제국으로 돌려놓겠다는 의도지요."

"미국도 알고 있나?"

"알고 있지만 당분간은 놔두고 있지요, 신일본회를 이용해서 일본 정부를 조종하는 경우도 있으니까요."

같은 맥락이다. 공식적으로 적대국 관계인 이라크와 리비아에 무기를 팔고 마약을 구입하고 있지 않은가? 이광이 어깨를 부풀리며 말했다.

"린드버그, 그럼 내 상대는 신일본회란 말인가?"

"그럴 가능성이 많습니다, 회장님."

"의도적으로 이 사건을 폭로하고 있는 것도 신일본회란 말이지?"

"예, 회장님. 그럴 가능성이……."

"CIA의 입장은?"

마침내 이광이 물었다. 린드버그는 CIA 출신으로 지금은 리스타유통의 중역이다. 사건이 일어나자 린드버그는 CIA 해외작전국장이며 리스타 담당인 해밀턴을 만나고 온 것이다. 머리를 든 린드버그가 초점이 먼 눈동자로 이광을 보았다.

"신일본회를 상대로 하는 것은 일본 정부를 상대로 하는 것보다 더 어렵습니다. 왜냐하면 비밀조직인 데다 검찰, 경찰, 야쿠자까지 지배하고 있으니까요."

"······."

"해밀턴 국장은 리스타가 일본에서 떠나는 것이 낫겠다고 했습니다."

"······."

"신일본회는 리스타의 일본 진출을 적극 저지하기로 결정한 것 같다고 합니다."

"그럼 해밀턴 씨는 신일본회의 구성원을 어느 정도까지는 안다는 말이군."

이광이 말하자 린드버그가 숨을 들이켰다.

"그것은 CIA에서도 특급 정보에 속합니다. 최고위층만 알고 있는 정보지요."

이광이 소파에 등을 붙였을 때 린드버그가 머리를 저으면서 말했다.

"저도 모르고 있었습니다, 회장님."

"무슨 말이야?"

이맛살을 찌푸린 윤방철이 전화기를 고쳐 쥐었다.

"어디로 가라고?"

"서울."

불쑥 말한 사내는 백갑상이다. 지금 윤방철은 도쿄 변두리의 안가에서 백갑상의 전화를 받고 있다. 밤 10시 40분, 윤방철의 옆에는 간부급 3명이 서 있었는데 모두 긴장하고 있다.

"갑자기 서울은 왜? 누가 그래?"

윤방철이 묻자 백갑상은 서두르듯 대답했다.

"오늘 밤 기차를 타고 시모노세키까지 간 다음에 배를 타고 한국으로 와."

"뭐? 시모노세키?"

"그래, 철수하란 말이야. 지금 당장."

"왜?"

"회장님 지시야, 직접 나한테 연락이 왔어."

"회장님이?"

숨을 들이켠 윤방철이 눈을 치켜떴다.

"회장님이 너한테 직접 연락을 했다고?"

"그렇다니까."

"여긴 놔두고?"

"그래, 완전 철수야, 놔둬."

"이게 무슨……."

"이유는 묻지 마, 나도 물어보지 못했어."

"……."

"서울에서 말씀해주시겠지. 회장님은 지금 홍콩에 계셔, 서둘러."

백갑상이 전화를 끊었으므로 윤방철이 자리에서 일어섰다.

"철수다. 서둘러라. 다 돌아간다."

"어떻게 된 일이야?"

시모세가 머리를 들고 부하 이찌베를 보았다. 밤 11시 반, 시모세는 방금 윤방철의 통화 내용을 일본어로 통역해서 들은 것이다.

"리스타 회장이 홍콩에서 직접 서울로 연락해서 이곳 병력들을 철수시키려는 것이죠."

부하가 다 듣고 뭘 묻느냐는 표정으로 말했다.

"하긴 한국인은 3명 죽었으니까."

시모세가 지친 얼굴로 이찌베에게 말했다.

"그리고 일본에 투자를 한 것도 없지 않아? 리스타에 고용된 미국인 샌디 길포드하고 조센징이 4명인가? 걔들은 외국인이고."

1명이 죽은 미국 측은 대사관 직원을 보내 시신 부검을 자기들이 하겠다느니 조사 결과를 내놓으라느니 하면서 귀찮게 굴고 있지만 한국은 대사관 직원이 병원에 얼굴도 비치지 않았다. 지금 한국은 데모로 나라가 난리 속이어서 이쪽 사건은 금방 묻혔다.

"그런데 좀 이상하긴 해, 리스타 이광이 금방 꼬리를 내리다니. 멕시코에서는 패밀리들하고 전쟁을 치러 이겼는데 말이야, 그렇지 않나?"

녹음기를 내려다보면서 시모세가 묻자 이찌베의 검은 얼굴에 웃음이 떠올랐다.

"야쿠자가 더 무서운 모양입니다."

"그럴 리가, 이렇게 끝낼 놈들이 아냐."

머리를 기울였던 시모세가 녹음기를 집어 들었다. 한국 조폭들이 까노의 안내로 장소를 옮겼지만 그곳은 이미 곳곳에 도청 장치를 해놓은 함정이었다. 그런 상황에서 일찍 철수를 한다니 아쉽다.

이광이 손끝으로 탁자를 두드리다가 머리를 들었다. 홍콩은 오전 2시, 도쿄와 1시간 시차가 있어서 도쿄는 지금 오전 3시일 것이다. 이광의 시선을 받은 안학태가 기다리고 있었던 것처럼 입을 열었다.

"회장님, 쉬시지요."

머리를 끄덕인 이광이 말을 열었다.

"CIA 고위층에서도 신일본회 지지 세력이나 회원이 있는 것 같군."

"그럴 가능성이 있습니다, 회장님."

"신일본회가 우리보다 CIA와 더 밀착된 것 같은 느낌이 들어."

"제 생각도 그렇습니다, 회장님."

"우리는 CIA에 이용당하는 반면에 신일본회는 CIA를 조종하고 있는 것 같고."

그때 안학태는 입을 다물었고 이광의 말이 이어졌다.

"그리고 신일본회는 뚜렷한 국가관을 갖추고 있어. 그래서 고위층이 구성원으로 모였겠지."

"……."

"내가 일본을 쉽게 보았어, 방심했다고."

이광이 심호흡을 했다.

"리스타는 아직 기업관도 갖추지 못했어. 사업 확장에만 정신을 쏟았어."

한동안 방에 정적이 덮였다. 일본에 파견되었던 리스타유통의 지휘부가 몰사하고 야쿠자와 협상 중이던 한국의 유통 간부들도 전원 철수하는 상황이다. 이것은 전쟁과 비유하면 대패한 후에 전면 퇴각하는 것과 같다. 그때 머리를 든 이광이 안학태를 보았다.

"이번 사건으로 나는 시야가 확 트인 느낌을 받았어."

안학태는 눈만 크게 떴고 이광의 말이 이어졌다.

"리스타도 확고한 국가관을 갖춘다는 것이지. 신한국회의 필요성이 절실하다는 것을 깨달았어."

오전 9시 반, 경시청 강력부장 모리가 시모세의 보고를 받는다.

"뭐야? 모두 출국했어?"

"예, 조금 전에 시모노세키에서 배를 탔습니다. 모두 31명입니다."

"배를 탔다고?"

눈을 치켜떴던 모리가 머리를 기울였다.

"갑자기 왜?"

"이걸 들어보시지요, 한국 놈들이 안가에서 통화한 내용입니다."

시모세가 탁자 위에 녹음기를 내려놓고 버튼을 눌렀다. 그러자 한국 말에 이어서 통역한 일본어가 이어졌다. 녹음기가 멈췄을 때 모리의 얼굴에 쓴웃음이 번졌다.

"일본에서 한국 조직이 발을 뻗을 수는 없지, 여기가 어디라고."

"그런데 좀 이상합니다."

"뭐가?"

"너무 싱겁게 물러나는 것 같습니다. 이광 스타일이 아닙니다."

"네가 이광에 대해서 뭘 안다고 그래?

"부장님은 아십니까?"

"너, 나한테 시비 거는 거냐? 건방진 놈."

"물어보는 겁니다."

"그럼 대답해주지. 이광은 겁이 덜컥 난 거야. 지금까지 이런 경우가 없었거든, 멕시코 패밀리하고 야쿠자가 근본적으로 다르다는 것을 알게 된 거라고."

"그렇습니까?"

"그렇습니까라니? 이 자식 말버릇 좀 봐."

"부장님, 저도 50이 넘었습니다. 부장님하고 3살 차이밖에 안 납니다."

"이 자식아, 난 두 살 아래인 차장한테 부동자세로 서서 보고한다.

너, 똑바로 서.”

그러자 똑바로 선 시모세가 모리를 쏘아보았다.

“차장은 고시 패스를 했지 않습니까?”

“아, 잔소리 말고 샌디 시신이나 미국 측에 넘겨줘!”

버럭 소리친 모리가 의자를 돌려 앉았을 때 시모세가 등에 대고 말했다.

“이나카와회와 사카유메회, 쿄쿠토회와 리스타유통과의 관계가 아직 끊어지지 않았거든요. 한국 놈들이 철수한다고 다 끝난 것이 아니지 않습니까?”

모리는 대답하지 않았고 시모세도 기대하지 않은 듯이 몸을 돌렸다.

제4장
신일본회(新日本會)

"샌디조(組)라고 하지."

이광이 말하자 앞에 앉은 오금봉이 머리를 끄덕였다.

"알겠습니다. 앞으로 샌디조(組)로 부르겠습니다."

"그리고 샌디조는 당분간 내가 직접 오 사장하고 관리할 테니까 보고를 해주도록."

"명심하겠습니다."

오금봉이 정색하고 대답했다. 홍콩의 안가, 오후 4시 반, 오금봉이 홍콩으로 날아와 이광의 지시를 받고 있다. 방에는 그룹 비서실장 겸 사장 안학태와 유통 사장 오금봉, 수행비서 권기수까지 넷이 둘러앉아 있다. 방금 이광은 일본 내 리스타유통 비밀조직의 이름을 지은 것이다. 당분간은 일본에서 리스타유통 이름으로 사업할 수 없다고 판단했기 때문이다. 그때 오금봉이 말을 이었다.

"경찰청 소속으로 일본 주재 한국 대사관에 근무하는 김필성이란 총경이 있습니다. 그 사람이 일본을 잘 알고 수사력, 추진력도 좋은데요."

"문제가 있어요?"

이광이 묻자 오금봉은 쓴웃음을 지었다.

"공금을 횡령해서 이번에 귀국 조치 당하고 해직될 것 같습니다."

"……."

"그런 약점을 가진 사람을 영입한다는 것이 걸립니다. 더구나 고위급으로 말입니다."

지금 샌디조(組)를 이끌어 갈 인물을 찾고 있는 것이다. 한국의 조직에서 뽑는다면 간부급에서 금방 수십 명을 추릴 수 있겠지만 일본을 알고 일본어에도 능숙한 인물이 필요하다. 샌디를 암살할 만큼 위험한 상황인 데다 아직 범인의 실체도 모른다. 이광이 혼잣소리처럼 말했다.

"이런 상황에서 샌디조를 맡을지도 알 수가 없지, 우리도 좋은 환경이 아니오."

"연락해 보겠습니다."

"내가 직접 만나겠어."

이광이 굳어진 얼굴로 말했다.

"어떤 인간인가를 직접 보겠다는 말이오."

"이또, 리스타유통이 다 철수했지만 일본을 포기할 것 같지는 않아."

기요타가 웃음 섞인 목소리로 말했다.

"첫째, 스미요시회가 한국에 투자해놓은 재산을 포기하지 않는 한 말이지."

"그렇겠군요."

수화구에서 이또의 목소리가 울렸다.

"윤방철이 떠날 때 계약도 유효하다고 하더군요. 샌디하고는 상관없는 일이라고도 했습니다."

"그나저나 안타까운 일이야. 그 여자 미인인 데다 잘 빠졌던데, 나이도 젊었지?"

"서른하나였습니다."

"아주 좋은 나이인데, 그 나이 때가 가장 좋아, 몸이 말이야."

"……."

"리스타 이광이 아마 손댔겠지?"

"기요타 회장님."

"뭔가?"

"배후가 누군 것 같습니까?"

"지금 전화로 그걸 묻는 건가?"

"아, 죄송합니다, 회장님."

"내 생각에는 야마구치조 시노다 회장인 것 같네."

"……."

"아니, 교세이회 호리베일지도 몰라. 그 자식이 죽은 니시무라하고 단짝이었으니까, 의형제였지?"

"……."

"아니, 일본 총리인 것 같아. 지금 뇌물 사건 때문에 골치가 아프니까 주의를 다른 곳으로 돌리려고 말이야."

"회장님, 그만 하지요."

"어쨌든 이 짓을 한 놈들은 우리까지 노리고 있을 거야, 아마 이 전화도 도청하고 있을걸?"

"전화 끊읍시다."

"그래, 도청하는 개새끼들한테 욕이나 한번 하고. 에이, 개 구멍으로 나온 놈들아!"

녹음기의 정지 버튼을 누른 시모세가 어깨를 부풀렸다가 내렸다.

"기요타, 이 빌어먹을 자식, 나한테 욕했어."

"기요타가 우리한테 욕한 건 아닙니다, 과장님. 그냥 한 거죠, 의심이 많은 놈이니까요."

이찌베가 위로하듯 말했지만 시모세가 눈을 치켜떴다.

"기요타 놈이 우리가 도청하고 있는 걸 모르고 있는 것 같으냐? 이 새끼는 우리한테도 욕한 거다."

"아, 그럼 잘 들었다고 연락하시든지요."

정색하고 말했던 이찌베가 손으로 이마를 덮었다. 어느새 시모세가 담뱃갑을 던졌기 때문이다. 이마를 맞고 떨어진 담뱃갑에서 담배가 흩어졌다. 그때 시모세가 주위를 둘러보았다. 어느새 정색한 표정이다. 강력부 1 과장실에는 둘뿐이다.

"기요타 전화를 우리 외에 도청하는 놈이 있을까?"

불쑥 시모세가 묻자 시선을 주었던 이찌베가 입안에 고인 침을 삼켰다.

"과장님, 그렇다면……."

"샌디 일당을 습격한 놈들은 이미 종업원들도 매수해 놓았어, 아주 철저해."

호텔 종업원 중 현장을 목격했을 가능성이 많은 둘을 데려와 집중적으로 추궁했지만 아무것도 나오지 않았다. 이찌베의 시선을 받은 시모세가 말을 이었다.

"야쿠자 이상의 조직이야."

"그럼 뭡니까?"

이찌베가 물었지만 시모세는 외면했다.

"샌디 길포드가 죽은 건 리스타의 큰 손실이 되겠군."

후버 부장이 입술만 달싹이며 말했다. CIA 별관이 위치한 랭글리 북쪽의 산림지대는 마치 시베리아 툰드라 지역 같다. 창밖으로 짙은 침엽수만 보이기 때문이다. 머리를 든 해밀턴이 후버를 보았다.

"이광한테 일본에서 철수하라고 했더니 바로 따르더군요."

"그래야지, 별수 있나?"

후버가 커피 잔을 들더니 한 모금 삼키고 내려놓았다.

"이광이 일본을 포기할 것 같나?"

"처음에는 만만히 보았고 일본에 순조롭게 기반을 굳혔다고 생각했다가 벼락을 맞은 셈이지요."

해밀턴의 얼굴에 희미하게 웃음이 떠올랐다.

"린드버그로부터 신일본회에 대해서 이야기를 듣고 충격을 받았을 것입니다."

"신일본회 이야기를 하지 않았다면 떠나지 않았을 거야."

"그럴 가능성이 많습니다."

"이광이 조사를 할까?"

"무엇을 말씀입니까?"

"신일본회에 대해서 말이야."

"누구를 대상으로 합니까? 린드버그는 내가 이야기하기 전까지 알지도 못했습니다."

"그렇군, 이광이 지금 홍콩에 있지?"

"예, 오금봉도 홍콩으로 불렀습니다."

"이광이 우리 CIA에서는 대단히 중요한 놈이야, 일본에 갔다가 샌디처럼 당하면 안 된다고."

“그렇지요.”

“이광한테 문제가 일어나면 이라크, 리비아, 중국은 말할 것도 없고 마약 문제로 대혼란이 일어나, 우리가 보호해 줘야 돼.”

“그렇습니다.”

“그런데……”

후버가 흐린 눈동자로 해밀턴을 보았다. 눈동자가 흐려지면 초점이 뚜렷해지지 않아서 무엇을 보는지 알 수가 없다. 오래 후버를 겪어본 해밀턴은 이때 후버가 딴생각을 하고 있다고 믿었다. 이러다가 꼭 딴소리를 했기 때문이다. 그때 후버가 말했다.

“해밀턴, 너를 이번에 진급시키기로 했어, 부장보로 말이야.”

“예, 저를 말씀입니까?”

숨을 들이켠 해밀턴이 상반신을 세웠다. 부장보는 후버 부장 다음 서열이다. 현재 부장보는 2명, 국장은 6명이 있기 때문에 부장보로 진급이 되면 CIA 서열 4위가 된다. 현재 6위에서 2계단이 오르는 것이다. 특진이다.

“감사합니다, 부장님.”

해밀턴이 앉은 채로 허리를 꺾어 절을 했다.

“기대에 어긋나지 않도록 열심히 일하겠습니다.”

“진급할 때가 되었지.”

“모두 부장님이 배려해주신 덕분입니다.”

“우리에게는 러시아 업무가 가장 중요해.”

“그렇습니다.”

“우리가 중국하고 비밀 거래를 하는 것도 러시아 놈들이 눈치챈 것 같아.”

그렇다. 방대한 정보력을 가진 군사 강국이며 미국의 경쟁자가 그것을 모를 리 없다. 그때 후버가 다시 흐린 눈으로 해밀턴을 보았다.

"해밀턴, 너는 진급하면서 러시아를 맡아. 해외작전국장은 윌슨에게 넘기고 말이야, 윌슨이 리스타도 처리하도록 해."

숨만 들이켠 해밀턴을 향해 후버가 말을 이었다.

"윌슨이 멕시코, 리비아 마약 문제까지 맡고 있으니 다른 건 크게 문제 될 일이 없을 거야, 알겠지?"

해밀턴은 숨만 쉬었다. 영전인 데다 러시아 담당 부장보는 제2인자나 같다. 그리고 후버의 말은 지당하다. 그런데…….

이광이 방으로 들어서자 사내가 벌떡 자리에서 일어섰다.

"처음 뵙습니다. 김필성입니다."

허리를 꺾고 절을 한 김필성이 다가온 이광이 손을 내밀자 다시 허리를 꺾으면서 손을 쥐었다.

"반갑습니다."

이광이 웃음 띤 얼굴로 그렇게만 말했다. 이광 뒤를 따라 들어온 오금봉과는 김필성이 안면이 있었기 때문에 둘은 웃음 띤 얼굴로 악수만 나누었다. 비서실장 안학태는 오금봉이 소개를 시켜 주었다. 이곳은 홍콩 지엔사쥐의 안가, 응접실에 넷이 둘러앉았다. 안학태가 미리 좌석 배치를 해서 상석에 이광, 좌우에 안학태와 오금봉, 이광 건너편 마주 보는 자리에 김필성이 앉았다. 김필성은 도쿄에서 날아온 것이다. 먼저 오금봉이 입을 열었다.

"김 총경, 내가 보자고 한 이유를 짐작하고 계실 테니까 그건 말 안 하겠고, 여기까지 온 것은 의사가 있다고 봐도 되겠지요?"

"예."

김필성이 짧게 대답했다. 어젯밤 오금봉이 직접 김필성에게 연락한 것이다. KCIA가 사용하는 비밀접선 방식이어서 노출되지 않았을 것이다. 그때 이광이 입을 열었다.

"지금 리스타가 일본에서 어떤 상황이 되어 있는지 아는 대로 말해 봐요."

세 쌍의 시선이 김필성에게 집중됐다.

그때 김필성이 입을 열었다.

"리스타유통을 습격한 것은 야쿠자가 아닌 것 같습니다."

김필성이 부리부리한 눈으로 이광을 보았다. 신상명세서를 보면 44세, 경찰 경력 16년으로 대학을 졸업하고 경찰 간부 시험에 합격했다. 정보부서에 6년 근무했고 강력부에 5년 그리고 일본 근무는 5년째다. 일본통이라고 할 만하다. 김필성이 말을 이었다.

"배후가 있습니다. 리스타유통에 대해서 잘 아는 배후 세력이 일본 상륙을 저지시키려는 것 같습니다."

"그 배후가 뭐요?"

이광이 묻자 김필성이 시선을 들었다.

"신일본회라고 들어보셨습니까?"

"계속해요."

"일본의 전현직 지도층으로 구성된 비밀 결사 조직입니다. 이들이 배후인 것 같습니다."

그때 오금봉이 물었다.

"그것을 어떻게 알게 된 거요?"

152

"제 정보원을 통해서입니다."

"극비 조직인데 용케도 알아내셨군."

"극비 조직이더라도 심부름하는 말단은 있습니다. 다리 없는 짐승은 없거든요."

"신일본회에 대해서 아는 대로 말해 봐요."

"극우세력입니다. 미국 CIA와 맥을 통하고 있을 것입니다. 일본 정관계를 배후에서 조종하여 친미, 반소련 정책을 밀어붙이고 국내 반대 세력을 소탕하는 것이지요."

김필성의 목소리가 방을 울렸다.

"야쿠자 중 거물급 보스들도 이 신일본회에 가입해 있을 것입니다. 이번 사건이 일어났을 때 바로 신일본회가 떠올랐습니다."

"……."

"리스타가 일본에 기반을 굳히게 되면 야쿠자를 이용한 '밤 거래'는 타격을 받게 될 테니까요."

"밤 거래라니?"

"야쿠자는 정관계의 자금원입니다, 사장님."

"그렇지."

마침내 머리를 끄덕인 오금봉이 부드러운 시선으로 김필성을 보았다.

"빈약한 자금과 인력을 갖고 그 정도까지 정보를 모아 놓았다니 대단하군."

"아닙니다. 아직 부족합니다."

그때 오금봉의 시선이 이광에게로 향했다. 결정은 이광의 몫이라는 표시다. 이광이 커피 잔을 들고 한 모금을 삼켰다. 김필성은 숨을 죽이고 있다. 이광이 물었다.

"리스타에 입사하시겠소?"

"예, 회장님."

"조건은?"

그때 김필성이 어깨를 부풀렸다가 내리더니 말했다.

"샌디 씨 역할을 맡겨 주십시오."

"그것뿐이오?"

"리스타를 평생직장으로 삼아서 제 꿈을 이루고 싶습니다. 제 꿈을 말씀드려도 되겠습니까?"

김필성이 번들거리는 눈으로 이광을 보았다. 방 안에는 숨소리도 들리지 않는다. 이광이 머리만 끄덕이자 김필성이 말을 이었다.

"경찰로서는 더 이상 진급할 희망이 없다는 생각이 든 몇 년 전부터 일본에서 정보회사를 세워 한국과 일본에 정보를 공급하려고 했지요."

"……."

"한국과 일본에 진출하려는 기업, 국가기관까지 상대로 하는 정보수집업체입니다."

김필성의 얼굴에 쓴웃음이 번졌다.

"그것이 애국도 하고 돈벌이도 될 사업 같았는데 이번에 리스타의 일본 진출을 보고 기회가 왔다는 생각이 들었습니다. 그런데 상황이 급변해서 제가 이 자리에 있게 된 것이지요."

"그렇군."

따라 웃은 이광이 천천히 머리를 끄덕이면서 말했다.

"난 애국심이나 애사심부터 찾는 사람은 믿지 않아요. 춥고 배고프면 당장 따뜻하고 먹을 걸 찾는 것이 당연해."

김필성은 숨을 죽였고 이광이 물었다.

"당장 필요한 것 있습니까?"

"제 처자식이 먹고살 기반만 갖춰지면 목숨을 바치겠습니다. 그것이 제 첫 번째 목표지요."

이광의 시선을 받은 김필성이 찌푸린 얼굴로 웃었다.

"제 꿈이건 뭐건 그것이 우선입니다."

옆쪽에 앉은 안학태와 오금봉의 얼굴에 웃음이 떠올랐다. 진실성이 느껴졌기 때문일 것이다.

뉴욕 브루클린의 클럭 스트리트 역 근처에 위치한 해밀턴의 빌라는 5층 건물의 3층으로 침실이 6개에 응접실이 2개, 테라스에서는 앞쪽 숲이 보인다. 오후 6시 반, 해밀턴이 추리닝 차림으로 응접실로 들어서자 주방에 있던 산드라가 웃음 띤 얼굴로 물었다.

"이틀 휴가를 냈다면 집에서 TV나 보면서 쉬지, 아침에도 운동하더니 또 운동이야?"

"응, 답답해서."

"부장보로 영전했으면 이제 집에 오는 시간이 많아서 좋아, 난 행복해."

다가온 산드라가 해밀턴의 볼에 입을 맞췄다.

"로라가 속을 썩이는데 마침 잘되었고."

로라는 17살짜리 막내딸이다.

공원 입구로 들어선 해밀턴이 달리는 속도를 높였다. 타원형 조깅 코스는 길이가 3킬로쯤 되었는데 좌우가 숲으로 싸여서 공기가 맑다. 바닥은 흙이 깔린 맨땅이어서 비가 오면 진창이 되지만 오늘같이 맑은 날에는 촉감이 좋다. 아스팔트나 시멘트 바닥을 밟는 느낌보다 훨씬 부드럽고 탄력이 있는 것이다. 호흡을 고르면서 해밀턴은 자신이 아직 건강한 육체를 보유하고 있다는 것에 만족했다. 오후 7시가 되어서 조깅 코스에 가로등이 켜졌고 스쳐 지나는 여자 하나가 손을 들어 인사를 했다.

"좋군요."

"좋습니다."

여자한테서 옅은 향내가 맡아졌다. 중년 여자지만 육감적인 몸매다. 조깅 코스는 달리는 사람이 드문드문 있었기 때문에 좌측통행을 지켜야 한다. 폭이 4미터쯤 되었어도 부딪칠 가능성이 있기 때문이다. 커브 길을 꺾은 해밀턴이 문득 후버의 얼굴을 떠올렸다. 후버가 CIA 부장이 된 지 25년이다. 그동안 대통령이 4명 바뀌었지만 후버의 위치는 오히려 더 굳어졌다. CIA 내부에서는 후버가 앞으로 20년쯤은 더 CIA 부장으로 군림할 것이라는 소문이 돌고 있다. CIA가 창설된 지 얼마 되지 않았을 때 40세의 나이로 CIA 부장이 된 후버는 지금 65세다. 아직도 건강한 데다 막강한 권력으로 대통령의 사적 비밀까지 움켜쥐고 있는 터라 후버를 인사 조치할 엄두도 내지 못한다. 차기 대통령도 마찬가지다. 후버의 눈 밖에 나면 온갖 추문이 폭로되어 버릴 테니 '계약'을 하고 대통령 후보가 된다는 소문이 파다하다.

해밀턴의 달리는 속도가 늦춰졌다. 후버가 자신을 러시아 담당 부장보로 영전시킨 것은 리스타 때문이다. 해외작전국장으로 내외의 온갖 풍상을 겪은 데다 내부 인맥도 갖추고 있는 해밀턴이다. 절대로 2인자는 용납하지 않는 후버여서 앞에서는 병신 시늉을 했지만 머리 회전 속도는 후버가 예상한 2배는 될 것이다.

조깅 코스의 절반이 다가오고 있다. 왼쪽으로 꺾어지는 길이다. 해밀턴은 다시 달리는 속력을 높였다. 온몸에서 땀이 배어 나오면서 심장 박동이 빨라졌다. 숨결이 거칠어지더니 허벅지 근육이 땅기는 느낌이 온다.

12년 전, 콜롬비아에서 총알이 관통한 근육이 조금 짧아졌기 때문이다. 그렇다. 후버는 리스타와 자신이 밀착되는 것을 견제하는 것이다. 지금까지 CIA는 리스타를 이용해서 이라크, 리비아와 뒷거래를 성사시켰고 중국과는 대통령 정상회담까지 만들어냈다. 그리고 앞으로 리스타를 이용해서 중국에 비자금을 공급해야만 한다. 그것도 리비아, 멕시코의 마약 자금을 운용해야만 하는 것이다. 그것에 자신이 밀접하게 개입되어 있는 것이다.

가쁜 숨을 뱉은 해밀턴이 조깅 코스의 절반인 코너를 돌았다. 신일본회가 결정타다. 해밀턴은 저절로 어금니를 물었다. 신일본회가 리스타의 대리인 격인 샌디 길포드를 죽였다. 그리고 그 신일본회의 배후에서 그것을 지시한 사람은?

그때 해밀턴은 뒤쪽에서 달려오는 발자국 소리를 들었다. 뒤를 돌아보지 않아도 안다. 사내 둘이 50미터쯤 뒤에서 따라 달려오고 있었는데 속력을 높인 것 같다. 해밀턴이 숨을 들이켰다. 항상 주위를 예민하게 관찰하는 해밀턴이다. 뒤쪽 두 사내는 조깅을 시작할 때부터 따라왔다. 거의 1.5킬로를 일정한 간격을 두고 따랐는데 왜 이곳에서 속력을 높일까? 그동안 앞질러 간 남녀는 여럿이다.

이쪽 반환점은 굽이가 많아서 20미터쯤 뒤쪽은 보이지 않는다. 굽이 하나를 돌면서 해밀턴의 가슴이 서늘해졌다. 뒤쪽 발자국 소리는 10미터쯤으로 가까워졌다. 마침 앞쪽에서 젊은 여자 하나가 달려왔기 때문에 해밀턴은 숨을 들이켰다. 목격자다. 목격자가 있으면 귀찮아진다.

속력을 내었지만 여자가 스치고 지났을 때 거리는 더 가까워졌다. 이제 7, 8미터, 다시 굽이가 나온다. 앞에는 인기척도 없다. 발자국 소리는 더 가까워졌다. 해밀턴은 어금니를 물었다. 이런 경우는 처음이다. 예감이다. 여기서 조깅한 것은 10여 번 되었지만 한 번도 이런 느낌, 이런 상황이 된 적이 없다. 그때다.

"퍽! 퍽! 퍽! 퍽!"

귀에 익숙한 발사음, 소음기를 낀 권총 발사음이다. 와락 눈을 치켜뜬 해밀턴은 자신이 총에 맞은 느낌을 받았지만 머리를 돌렸다. 아직 뛰면서 머리만 돌린 것이다. 그때 어둠 속에서 앞으로 내동댕이쳐지듯이 쓰러지는 두 사내를 보았다. 자신을 따라오던 두 놈이다. 그리고 그 뒤쪽 어둠 속에서 다시 둘이 나타났다. 둘은 제각기 손에 권총을 쥐고 있다.

달려온 둘이 쓰러진 사내들의 팔다리를 잡아 옆쪽 숲으로 끌고 들어가면서 그중 하나가 해밀턴에게 낮게 소리쳤다.

"따라 들어오세요! 어서!"

숲 속, 조깅 코스에서 20미터쯤 안쪽으로 들어간 숲 속이다. 가로등 빛이 나뭇가지 사이로 들어와 두 사내의 얼굴이 드러났다. 둘 다 추리닝 차림에 하나는 백인, 또 하나는 흑인이다. 그때 백인이 쓰러진 사내의 바지 주머니에서 소형 SIG자우에르 P230을 꺼내 해밀턴에게 내밀었다.

"여기 있군요."

"여기도."

흑인이 다른 하나의 바지에서 P230을 꺼내 들면서 말했다.

"이 자식들 신분증은 없습니다."

"수고했다."

해밀턴이 숨을 고르며 말했다. 둘은 해밀턴이 비밀리에 부른 특수경호대원이다. 비공식으로 경호를 맡긴 것이다.

"웬일이십니까?"

린드버그가 묻자 해밀턴이 쓴웃음을 지었다. 이곳은 맨해튼의 퍼드슨 빌딩 22층, CIA가 사용하는 안가 중의 하나였다가 폐쇄된 곳이다. 그래서 사무실은 텅 비었고 휴지가 흩어져 있다. 둘은 벽 쪽에 붙여놓은 낡은 의자를 끌어다 놓고 앉아 있었는데 해밀턴이 이곳으로 부른 것이다.

"린드버그, 넌 리스타 소속이지?"

불쑥 해밀턴이 묻자 린드버그가 머리를 끄덕였다. 여전히 굳은 얼굴이다.

"예, 그렇습니다."

"이제 CIA에는 미련이 없나?"

"없습니다."

바로 대답한 린드버그가 눈을 가늘게 뜨고 해밀턴을 보았다.

"국장님, 아니 부장님, 저를 설득시킬 수 없으실 겁니다."

이제는 눈만 껌벅이는 해밀턴을 향해 린드버그가 어깨를 부풀리며 말했다.

"전 이중 업무는 못 합니다. 만일 리스타와 CIA가 대결할 경우에는 리스타 측에 서든지 최악의 경우에는 리스타를 떠날 겁니다."

"……"

"처음에도 그런 식으로 말씀을 드리고 리스타로 옮겼지 않습니까?"

"지금이 몇 시냐?"

불쑥 해밀턴이 묻자 린드버그가 손목시계를 보았다.

"오전 9시 반이네요."

"좀 이른 시간이지?"

"어젯밤 연락을 받고 바로 비행기를 타고 날아오는 바람에 비행기 안에서 잠도 잘 못 잤습니다."

린드버그는 멕시코에서 날아온 것이다. 머리를 끄덕인 린드버그가 입을 열었다.

"오 사장은 지금 홍콩에 있나?"

"예, 부장보님."

"이 회장도?"

"왜 물으십니까?"

"샌디 때문에 일본한테 당한 후유증이 크겠지."

이제는 린드버그가 의심쩍은 시선으로 쳐다만 보았고 해밀턴이 말을 이었다.

"일본 놈들한테 진주만이 폭격당했을 때의 미군 태평양 함대 사령관 기분하고 비슷할 거야."

"……."

"린드버그, 이곳은 도청 장치도 제거해 놓은 곳이다. 미국에서 가장 안전한 곳이지."

"……."

"후버도 모르는 곳이야."

"……."

160

"밖에는 특수경호대 넷이 지키고 있다. 내가 부른 놈들이지."

"특수경호대요?"

놀란 린드버그의 말문이 터졌다. 긴장한 표정의 린드버그가 해밀턴을 보았다. 특수경호대는 해외작전국장 해밀턴이 직접 운용해왔다. 3명 또는 4명을 1개 팀으로 편성해서 점조직으로 운용했기 때문에 후버도 모른다. 린드버그의 시선을 받은 해밀턴이 빙그레 웃었다.

"이제 조금 짐작이 가나?"

"회사하고 무슨 문제가 있습니까?"

"어제저녁에 내가 암살당할 뻔했다."

린드버그가 숨을 들이켰고 해밀턴이 웃음 띤 얼굴로 말을 이었다.

"조깅 코스에서, 둘이었어. 마침 내가 특수경호대를 불러서 경호를 시켰기 때문에 놈들을 잡았다."

"누굽니까?"

갈라진 목소리로 린드버그가 묻자 해밀턴이 머리를 저었다.

"그렇게 허술한 놈들이 아냐, 신분을 밝힐 물건이 아무것도 없어."

"지금 어디 있습니까?"

"죽여서 바다에 묻었어."

"누가 그랬을까요?"

"후버."

순간 심호흡을 하고 난 린드버그가 초점이 흐려진 눈으로 해밀턴을 보았다.

"신일본회 때문입니까?"

"내가 리스타와 너무 밀착되어 있다고 생각한 것 같다."

"설마 부장님이……."

"부장이 직접 이야기하지 않아, 분위기만 풍길 뿐이지. 그럼 심복 부하가 알아서 처리하는 거야."

"그럼 윌슨이……."

"윌슨 같은 놈은 부장의 의지가 확실해야 움직이는 놈이야, 저 혼자서는 허리띠도 채우지 못해."

"그래서 지금 어쩌시려는 겁니까?"

"글쎄."

"저를 부른 이유가 그것 때문 아닙니까?"

"글쎄."

"제가 뭘 도와드려야 됩니까?"

"우선 네 생각을 듣자."

"후버를 상대하시는 건 위험합니다."

"후버가 미국이 아냐."

"후버는 CIA입니다."

"그건 맞다."

"CIA가 무너지게 되지 않습니까?"

"그것도 맞아."

"그럼 어떻게 하시렵니까?"

"네 생각을 듣자니까?"

"지금쯤 후버 부장이 보고를 받았을까요? 작전이 실패했다고 말입니다."

"받았을 수도 있고 윌슨이 뭉갰을 수도 있지, 윌슨 그놈은 실수 보고를 겁내는 놈이니까."

"부장보님은 오늘까지 휴가시지요?"

"그래."

"그럼 저희 보스를 만나시지요."

"누구 말이냐? 오 사장?"

"아니, 보스 말입니다."

그때 심호흡을 한 해밀턴이 머리를 끄덕였다.

"내 생각도 그렇다. 먼저 네 보스를 보자."

사우나에 앉아 눈을 감고 있던 기요타는 옆쪽 인기척을 들었지만 눈을 뜨지 않았다. 이곳은 긴자 프린스호텔의 지하 1층 사우나, 기요타가 하루에 한 번은 꼭 들르는 곳이다. 사우나는 여러 종류가 있는데 기요타는 통나무방 안에서 섭씨 60도짜리 습식 사우나를 좋아했다. 그래서 안쪽에 기요타의 전용석까지 만들어 놓은 것이다. '기요타 전용'이라고 팻말을 갖다 놓았기 때문에 아무도 앉지 않는다. 그때 옆에서 사내 목소리가 들렸다.

"동생, 요즘 바쁘지?"

한식당 주인 유병열이다. 기요타가 눈을 감은 채 쓴웃음을 짓고 대답했다.

"오늘은 누구 부탁이오?"

"내가 누구 심부름하는 사람인가?"

사우나 안에는 둘뿐이어서 유병열도 거침없이 말을 잇는다.

"그리고 말이야, 내가 무슨 덕 보려고 동생 만나는 거 아니네."

"그게 정말이오?"

눈을 뜬 기요타가 유병열을 노려보았다. 기요타는 땀을 쏟아내듯 흘리고 있다.

"형님은 나 만나서 덕 본 일 하나도 없소?"

"아, 있지. 하지만 내가 덕 보려고 동생을 만나지는 않았단 말이여."

재일 동포지만 둘은 일본말로 대화를 나누고 있다. 둘 다 한국어는 서툴기 때문이다. 그때 기요타가 말했다.

"자, 아침부터 날 찾아온 이야기를 들읍시다."

오전 8시 반인 것이다. 그러자 유병열이 헛기침을 했다.

"리스타유통 사장 오금봉이란 사람이 만나자네."

기요타가 시선만 주었고 유병열이 말을 이었다.

"내일 저녁에 만나자네."

"내일 저녁?"

숨을 들이켠 기요타가 얼굴의 땀을 수건으로 닦고는 유병열을 보았다.

"일본에서 말이오?"

"응, 일본으로 오겠다는군."

"누가 그럽디까?"

"어젯밤에 리스타유통 부장이란 사람이 나한테 찾아왔어. 그 사람 주선으로 오금봉 사장하고 내가 직접 통화를 했어."

"……."

"도청을 막으려고 가게 전화를 썼어, 그 사람은 지금 홍콩에 있더군."

"……."

"내일 저녁에 대마도 이즈하라에서."

"대마도?"

"응, 부산에서 배로 한 시간 거리니까 밀항해서 대마도로 오겠다는 군."

유병열의 얼굴에 쓴웃음이 번졌다.

"동생하고 일본 사업에 대해서 결정을 하고 싶다는 거야. 그렇게만 말하면 알 것이라고 하더군."

기요타가 호흡을 가누었다. 오금봉은 한국을 포함한 전 세계에 퍼져 있는 리스타유통의 최고 책임자인 것이다.

"사우나에 들어갈 수는 없어요, 과장님."

이찌베가 말하자 시모세의 입에서 앓는 소리가 뱉어졌다.

"이찌베, 유병열이를 어젯밤에 미행하다가 놓쳤지?"

"후지모도가 놓쳤습니다."

"어쨌거나 네가 조장 아니냐? 이 개자식아."

"아, 그래도 그것까지 내 책임이라면 좀……."

"유병열이 어젯밤 무슨 정보를 받았거나 기요타의 심부름을 한 것 같아."

전화기를 고쳐 쥔 시모세가 말을 이었다.

"이찌베, 지금 프린스호텔에 누가 있지?"

"후지모도하고 와타나베입니다."

"네가 직접 가."

"가서 뭐 합니까?"

"기요타를 미행하란 말이야, 바짝 따라붙어."

"알겠습니다."

전화기를 내려놓은 이찌베가 자리에서 일어섰다. 프린스호텔로 가려는 것이다.

"강력부장 모리는 도쿄 경시청 차장 나카지마 라인이죠, 나카지마는 전(前) 일본 수상 다나카와 동향으로 현(現) 자민당 간사장 오오이시하고도 친분이 있다는 소문입니다."

양기신이 말을 이었다.

"나카지마는 차기 도쿄 경시청장, 이어서 경시총감에 유력시되는 인물입니다. 거물이죠."

"모리가 목을 매고 충성하겠군."

김필성이 말하자 양기신이 머리를 끄덕였다.

"당연하죠, 죽으라면 죽는시늉이라도 할 겁니다."

양기신은 민국신문 일본 특파원으로 지금 8년째 일본에서 살고 있는 터라 일본인이 다 되었다. 올해 39세, 5년 전 일본 여자하고 결혼까지 해서 아이가 둘이다. 그런데 아이들이 일본말만 한다는 것이다. 도쿄 한국 대사관 안이다. 회의실 안에는 둘뿐이었지만 김필성이 목소리를 낮추고 물었다.

"양 기자, 신일본회 이야기 들었지?"

"아, 내가 아마 일본 주재 한국 기자 중에서는 최고참일 텐데요. 신일본회는 들어본 군번이 될 겁니다. 그쯤은 압니다."

"그렇게 되겠군."

"내가 8년 2개월입니다, 김 영사님."

"내가 인정하니까 아는 대로 읊어봐."

"그게 실체는 분명히 있는데 알맹이가 모호합니다."

"그래서 내가 양 기자한테 묻는 거야."

"그러니까 모리가 신일본회 소속이냐를 알고 싶으신 거죠? 아까부터 모리에 대해서 빙빙 돌리며 묻는 걸 보니까 말입니다."

"그래, 양 기자 생각은 어때?"

"가능성이 있죠."

양기신의 두 눈이 번들거렸다.

"배경 좋고 힘센 자리에 있는 놈은 다 가능성이 있다고 봐야 됩니다."

"잘 쉬었나?"

후버가 물었지만 건성이다. CIA 부장실 안, 방에는 부장보인 맥아더가 와 있어서 해밀턴까지 셋이다. 후버가 자료를 뒤적이다가 뒤늦게 머리를 들고 해밀턴을 보았다.

"이봐, 소련 놈들이 아프가니스탄에 공작원들을 무더기로 보내고 있어. 이렇게 나가면 아프가니스탄이 소련 위성국이 돼."

맞는 말이다. 전임 소련 담당 부장보였던 맥아더가 바로 옆에 앉아 있는 것이다. 맥아더가 남의 일처럼 멀뚱거리고 있었기 때문에 해밀턴은 화가 났다. 맥아더는 결단력이 부족하고 느리다. 판단력이 부족한 것이 원인인데 거기에다 리더십도 엉망이다. 맥아더가 부장보까지 출세한 것은 10년 동안 후버의 보좌관으로 온갖 치다꺼리를 다 했기 때문이다. 후버가 지그시 해밀턴을 보았다.

"해밀턴, 전투부대를 보내서라도 소련 놈들을 막아야 돼."

"지금은 늦었습니다."

마침내 해밀턴이 어깨를 부풀리며 말했다.

"맥아더 씨가 1년 전에 막았어야 합니다. 그때 미적거리다가 나한테 전쟁을 치르라는 겁니까?

맥아더의 흰 얼굴이 붉어졌다. 47세, 아직 애송이다. CIA에서 정상적으로 진급했다면 과장이나 팀장쯤 되었을 것이다. 그 위로 부국장보, 부국장, 국장, 부장보 서열이니 맥아더의 진급이 너무 빨랐다. 후버가 시선만 주었고 맥아더도 얼굴을 붉힌 채 해밀턴을 노려보았다. 며칠 전, 국장이었을 때는 부장보한테 대들 수 없었지만 지금은 같은 계급이다. 나이도 54세, 이 개뼈다귀 같은 놈보다 7살이나 연상이며 CIA 경력도 10년이나 많다. 해밀턴이 맥아더를 맞받아 노려보았다. 후버 앞이었기 때문에 심장 박동이 빨라졌다.

"맥아더, 안 그래?"

며칠 전만 해도 이렇게 이름만 부르지 못했다. 후버가 서열을 엄격히 지키도록 했기 때문이다. 그때 맥아더가 입을 열었다.

"해밀턴, 국장 업무하고 부장보 업무는 다른 거야. 부장보가 된 지 얼마 되지 않았으니까 조금 겪어보면 이해할 거네."

"그만."

그때 후버가 손바닥을 펴고 말했다. 얼굴에 웃음이 번져 있다.

"오늘 전쟁은 맥아더 승이다."

"부장님, 그쯤 이야기는 저도 합니다. 지금 맥아더는 요점을 피하고 내 말꼬리만 잡았습니다. 모르십니까?"

해밀턴이 항의했지만 후버가 맥아더에게 턱으로 나가라는 시늉을 했다.

"나가서 일봐."

"예, 부장님."

일어선 맥아더가 후버에게 절을 하더니 해밀턴은 쳐다보지도 않고 나갔다. 문이 닫혔을 때 후버가 해밀턴을 향해 쓴웃음을 지었다.

"이제 같은 부장보가 되었으니 맥아더가 네 밥이 되겠구나."

"아닙니다, 부장님."

"하긴 맥아더의 한계는 여기까지야, 본인도 잘 알아."

속으로 맥아더는 한계를 한참 넘었다고 생각했지만 해밀턴은 쳐다만 보았다. 후버의 얼굴이 엄숙해지더니 눈동자가 흐려졌기 때문에 해밀턴이 긴장했다.

"해밀턴, 아프가니스탄 민병대에 소련 무기와 자금이 쏟아지고 있어. 아프간 정부는 우리가 한 달만 원조를 끊어도 소련 위성국이 돼."

다 아는 사실이다. 그러나 후버의 흐린 눈동자가 켕긴 해밀턴은 긴장하고 있다.

"그래서 말인데, 해밀턴."

"……."

"네가 이라크로 가서 후세인한테 경고를 해. 아프간 민병대에 무기, 자금 원조를 한다면 우리가 공식적으로 이란을 밀어서 정권을 전복시켜 버리겠다고 말이야."

해밀턴이 후버의 눈을 보았다. 아직도 흐리다. 후버가 말을 이었다.

"그리고 아프간의 친소 민병대에 대항하는 조직을 만들도록. 맥아더가 조사는 다 해놓았으니까 행동으로 옮기면 돼, 그것이 네 특기 아니냐?"

맥아더가 똥 싼 밑을 닦아주라는 말이나 같았지만 해밀턴은 숨만 쉬었다. 그때 후버가 말했다.

"대통령 결재도 난 사항이다, 실시해."

"예, 부장님."

해밀턴이 대답했을 때 후버가 외면하고 말했다.

"가봐, 그리고 특수경호대 자료를 다 내놓지 않았다고 하더군."

자리에서 일어난 해밀턴에게 후버가 말을 이었다.

"비공식으로 운용했던 팀까지 다 윌슨한테 넘기도록 해."

그로부터 2시간 후에 해밀턴이 맨해튼 유리시즈 빌딩 지하 바에서
전화를 한다. 상대는 린드버그다.
"응, 난데, 내일 밤에 그곳에서 보자."
해밀턴이 한 손에 코냑 잔을 들고 서서 말을 이었다. 얼굴에 웃음이
떠올라 있다.
"비즈니스 때문이야, 빅 비즈니스지."
그러고는 해밀턴이 전화기를 내려놓았다.

대마도 이즈하라, 항구 근처의 다케다주점으로 들어선 기요타는 안
쪽 자리에 앉아 있는 사내들을 보았다. 둘이다. 기요타는 비서실장 오
베와 둘이 그쪽으로 다가갔다. 5평쯤 되는 주점은 비었고 종업원도 보
이지 않는다. 오후 6시 반, 주점 문에 '휴업' 팻말이 걸려 있었기 때문
이다.
"어서 오시오."
자리에서 일어난 사내 중 하나가 기요타에게 손을 내밀며 말했다.
웃음 띤 얼굴.
"내가 오금봉입니다."
"아, 반갑습니다. 기요타입니다."
지금 둘은 일본어를 하고 있다. 악수를 나누고 난 오금봉이 옆에 선
사내를 소개했다.
"이번에 리스타 일본 책임자가 된 김필성입니다."
"아, 그렇습니까?"

기요타가 손을 내밀자 김필성이 웃으며 손을 잡았다.

"앞으로 자주 뵙기를 바랍니다."

오베하고도 인사를 나눈 넷은 테이블에 마주 보고 앉았다. 종업원은 보이지 않았지만 테이블 위에 각종 음료수가 놓여 있다. 먼저 오금봉이 입을 열었다.

"대마도가 전에 한국령이었지요. 그래서 한국이 독립했을 때 대마도를 일본에서 반환받아야 한다고 했습니다."

"아, 그렇습니까?"

기요타가 놀란 듯 눈을 둥그렇게 떴다.

"그래서 어떻게 되었습니까?"

"6·25 한국전쟁이 일어나는 바람에 흐지부지되었습니다. 전쟁 때문에 정신이 없었지요."

"저런."

"전쟁이 일어나지 않았다면 이곳은 한국령이 되어 있을지도 모릅니다."

"하, 그렇습니까?"

"샌디 길포드는 신일본회에서 죽였습니다."

대마도 생각 중에 갑자기 샌디와 신일본회가 머릿속에 들어오는 바람에 기요타가 눈만 껌벅였다. 기습을 당한 것 같다. 그때 오금봉이 말을 이었다.

"도쿄 사이또조의 사이또가 고른 6명이 기습을 한 겁니다."

"사이또가 말입니까?"

정신을 차린 기요타가 오금봉을 쏘아보았다. 사이또는 신흥 세력으로 본래 야마구치조의 도쿄 부지부장이었다. 그러다 3년 전에 지부장

승진이 되지 않자 따르는 부하들을 이끌고 사이또조를 창립했다. 3년 동안 조직이 확장되어 현재 조원은 8백여 명, 도쿄 긴자의 서쪽과 북쪽을 영역으로 삼고 있다. 오금봉이 머리를 끄덕였다.

"사이또에게 지시한 인물은 도쿄 경시청 차장 나카지마지요. 나카지마는 신일본회 회원이고 사이또는 용병 조장인 셈이지요."

"……."

"사이또는 제일금융의 대출을 받아서 긴자에 20층 건물을 지을 겁니다. 아시지요? 아오모리 부지 말입니다."

"이런."

쓴웃음을 지은 기요타가 어깨를 부풀렸다가 내리면서 말했다.

"결국은 나하고 상관되는군요."

아오모리 부지는 기요타의 나와바리(영역)에 위치한 1천 평 가까운 금싸라기 땅이다. 7백억 원이 넘는 그 부지를 매입하려고 기요타도 은행과 시청을 들락거렸지만 모두 거절당했다. 대리인을 내세웠지만 시청이나 은행이 바보가 아닌 것이다. 그런데 사이또는 그 어려운 관문을 손쉽게 통과했다는 것 아닌가? 신일본회가 밀어주었기 때문이다. 사이또가 아오모리 부지에 20층 건물을 짓는다는 것은 기요타의 배에 말뚝을 박는다는 것이나 같다. 체면이 똥이 된다. 그때 옆에 앉아 있던 김필성이 입을 열었다.

"사이또뿐만이 아닙니다. 야마구치조의 시노다 조장, 교세이회의 호리베 회장도 신일본회와 맥을 통하고 있지요."

"그것을 어떻게 확인했습니까?"

기요타가 묻자 오금봉이 웃었다.

"신일본회는 CIA의 지원을 받고 있지요, CIA의 후버 부장이 배후 지휘자입니다. 그런데 CIA 간부들이 모두 후버한테 충성하는 것은 아니지요."

어깨를 편 오금봉의 표정이 굳어졌다.

"그 CIA와 신일본회에 대항하는 동맹체가 조성되어야 하지 않겠습니까?"

응접실로 들어선 양명이 탁자 위에 붉은색 비단으로 싼 보따리를 내려놓았다.

"화 서기님께서 가장 좋아하는 술이라고 하셨습니다."

"고맙다고 전해드려."

이광이 보따리를 풀면서 웃었다.

"술 선물을 보내주시다니, 마시고 좀 쉬라는 의미인가?"

오후 5시 반, 이곳은 홍콩 지엔사쥐의 안가다. 이광은 5일째 홍콩에 머무는 중이었는데 양명이 화오방의 선물을 가져온 것이다. 박스를 열고 술병을 꺼낸 이광에게 양명이 웃음 띤 얼굴로 물었다.

"잔 가져올까요?"

양명의 눈을 본 이광이 숨을 들이켰다. 검은 눈동자가 반짝이고 있다. 웃음 띤 얼굴이 이광의 눈으로 빨려드는 것 같다.

한 모금 술을 삼킨 이광이 웃음 띤 얼굴로 양명을 보았다. 오후 7시 반, 응접실에는 열기가 번져 있다. 탁자 위에는 술병과 안주가 놓였는데 양명의 얼굴은 술기운이 번져 붉게 달아올랐다. 화오방이 선물한 중국산 명주(名酒)는 70도짜리다. 술이 목구멍을 타고 내려가면서 불이 일어나는 것 같다.

"양명 씨가 술을 잘 마시네."

"독한 술이 좋아요."

술잔을 든 양명이 이를 드러내고 웃었다. 환한 웃음이다. 순간 심장 박동이 빨라진 이광이 지그시 양명을 보았다. 양명이 홍콩에 세운 투자 증권 회사는 2년째에 매출액 5억 불 정도의 중견 기업으로 자리 잡았다. 그러나 아직 시작 단계다. 중국 정부는 리스타투자에 위탁한 자본금도 옮겨가지 않았다. 양명에게 맡겼다가 잘못되면 책임을 져야 하기 때문일 것이다. 양명이 이광의 시선을 맞받는다. 아름답다. 그리고 반짝이는 눈빛으로 말을 쏟아내고 있다.

"나 준비되었어요."

"기다리고 있다고요."

"너무 오래 기다렸어요."

"망설일 것 없어요."

"이건 미인계도 아니잖아요?"

"당신의 여자가 되는 건 내 미래에 대한 보장이기도 하니까요."

"날 가져요."

그때 이광이 술잔을 내려놓고 말했다.

"양명, 이리 와."

순간 양명이 전원이 커진 로봇처럼 자리에서 일어났다. 이광의 옆으로 다가온 양명이 옆쪽에 앉았다. 이광을 향한 눈동자가 흐려졌고 반쯤 열린 입에서 벌써부터 가쁜 숨이 뱉어졌다. 이광이 팔을 뻗어 양명의 어깨를 감싸 안았다. 양명이 허물어지듯이 이광의 가슴에 안겼는데 뼈가 없어진 것처럼 흐늘거렸다.

이광이 양명의 허리를 감아 안으면서 한 손으로 턱을 추켜올렸다.

머리가 젖혀진 양명이 눈을 감고 입을 더 벌렸다. 이광이 양명의 입술을 입안에 넣었다. 곧 달콤한 타액이 삼켜지면서 말랑한 혀가 이광의 입안으로 끌려 들어왔다. 이광은 갈증이 난 사람처럼 양명의 혀를 빨았다. 양명이 신음을 뱉으면서 두 팔로 이광의 목을 감싸 안았다. 콧숨이 거칠어졌고 가끔 목구멍에서 신음이 뱉어졌다. 이윽고 이광이 입을 떼었을 때 양명이 얼굴을 가슴에 붙이면서 가쁜 숨을 뱉었다.

"양명, 내 침대로 가자."

이광이 양명의 허리를 감아 일으키면서 말했다.

"누우면 곧 잠이 들 거야."

양명은 눈을 크게 떴지만 눈동자는 아직 흐리다. 이광이 양명의 허리를 껴안고 침대로 가면서 말했다.

"오늘 나하고 자는 거야."

30분쯤 후에 이광은 아래층 응접실에서 비서실장 안학태와 마주 앉아 있다. 이광이 2층 침실에서 내려온 것이다. 외면하고 있는 안학태에게 이광이 말했다.

"양명은 내 침실에 눕혀 놓았어."

안학태는 딴전만 피웠고 이광이 말을 이었다.

"술에 취해서 침대에 눕혔더니 곧 잠이 들더군."

"……."

"내일 아침에 깨어나면 나하고 같이 잔 것으로 될 테니까."

이광이 얼굴을 펴고 웃었다.

"그것으로 우리는 애인 사이가 된 셈이지."

소파에 등을 붙인 이광이 벽시계를 보고 나서 말을 이었다.

"양명이 초조해 하는 것 같아서 그래, 이제 자신감을 갖게 되면 나아지겠지."

그때 전화벨이 울렸기 때문에 안학태가 서둘러 전화기를 집어 들었다. 그러더니 응답을 하고 나서 송화구를 손바닥으로 막고 이광을 보았다.

"오 사장입니다."

이광이 손을 내밀자 안학태가 건네주었다.

"여보세요."

이광의 목소리를 들은 오금봉이 말했다.

"회장님, 방금 회합을 끝냈습니다."

"수고했습니다."

그때 오금봉의 목소리가 울렸다.

"합의했습니다."

"잘되었군요."

"대의에 공감을 했기 때문입니다."

"그것이 중요하지요."

"그럼 저는 돌아가겠습니다."

"다시 연락하지요."

"예, 회장님, 쉬십시오."

통화를 끝낸 이광이 안학태에게 전화기를 건네주면서 웃었다.

"일본에 확실하게 기반이 만들어져야 돼. 기요타가 이또와 함께 동맹군에 편입되면 해볼 만해."

"먼저 샌디의 복수를 해줘야 되지 않겠습니까?"

불쑥 안학태가 묻자 이광이 빙그레 웃었다. 그러나 곧 얼굴이 일그러졌다.

"안 사장이 그런 말까지 하다니, 조폭이 다 되었구먼."

"샌디가 당한 것이 너무 분합니다."

안학태가 처음으로 제 감정을 터뜨린 것 같다.

뉴욕 동쪽 롱아일랜드 와인 카운티의 작은 바에 두 사내가 앉아 있다. 오후 9시 반, 손님은 그들 둘뿐이어서 종업원도 주방 안으로 들어가 보이지 않는다. 맥주병을 두 손으로 감싸 쥔 해밀턴이 시선을 들고 린드버그를 보았다. 조금 전에 만난 둘은 눈인사만 했을 뿐 아직 입도 떼지 않았다. 먼저 와서 기다리던 린드버그가 무슨 일이냐는 듯이 눈만 크게 떠 보였을 뿐이다. 바 안은 조용하다. 이곳은 조용한 동네여서 가끔 차도를 지나는 차의 엔진음만 울렸다가 사라진다. 이윽고 해밀턴이 입을 열었다.

"자네 보스한테 가서 말해."

"예, 뭐라고 말입니까?"

린드버그가 바로 묻자 해밀턴이 심호흡부터 했다.

"내가 합류하겠다고."

그 순간 숨을 멈췄던 린드버그가 눈동자의 초점을 잡고 다시 물었다.

"그렇게만 말할까요?"

"시기는 내가 정하겠지만 석 달쯤 걸릴 거야."

"석 달 후에."

"이건 내가 목숨을 걸고 하는 말이야."

"알겠습니다."

린드버그도 긴장하고 있다. 혀로 입술을 축인 린드버그가 손에 쥔 맥주병을 폭탄이라도 되는 것처럼 조심스럽게 감싸 안고 다시 묻는다.

"어떤 식의 합류입니까?"

"적극적인 합류지, 하지만 내가 표면에 드러나는 건 양쪽에 안 좋아."

"그렇겠지요."

"난 윌슨에게 특수경호대 자료를 다 건네지는 않았어, 내 경호를 위해 3개 팀을 남겨놓았다."

"그 경비는 우리가 대지요."

"그렇게 해줘."

"보스께선 빠른 시일 내에 만나시겠다고 할 겁니다."

"내가 가능한 한 빨리 시간을 내겠다고 전해드려."

"예, 부장보님."

"그리고 이것."

해밀턴이 가슴 주머니에서 접힌 봉투를 꺼내 린드버그에게 내밀었다.

"이것이 CIA 최고위층만 볼 수 있는 신일본회의 조직표야."

"감사합니다."

린드버그가 재빠르게 봉투를 받더니 제 가슴 주머니에 넣었다.

"샌디 얼굴이 떠오르는군요, 부장보님."

"아까운 팀원이었다."

"큰일을 할 수 있었는데요."

"어제 확인되었는데 보스가 샌디 어머니한테 1백만 불을 위로금으로 보냈더군."

"그게 보스 스타일이죠."

"후버가 당황해서 궁리하다가 5만 불을 샌디 어머니한테 보내주기로 결정했어, CIA 이름으로 말이야."

"그렇습니까?"

"부하들 눈도 있으니까 어쩔 수 없이 내놓은 거지. 샌디는 외부 파견으로 정리해버렸다가 뒤늦게 내놓은 거야."

"CIA로서는 당연하지요."

"자, 그럼 나 먼저 간다."

해밀턴이 자리에서 일어서자 린드버그가 손을 내밀었다. 이런 일은 처음이어서 해밀턴이 먼저 손만 보았고 린드버그가 멋쩍게 웃었다.

"대장, 그저 악수를 하고 싶어서요."

보스라고는 하지 않는다.

베이징이다. 베이징 시내를 달리는 차 안에서 이광이 창밖을 내다보며 베이징에 온 것을 실감하고 있다. 오후 3시 반, 옆자리에는 홍콩에서부터 수행해 온 양명이 앉아 있다. 이광은 화오방 경제서기의 초청으로 베이징에 온 것이다. 앞쪽에 앉은 비서실장 안학태도 창밖의 거리에 정신을 쏟고 있었는데 긴장한 표정이 역력했다. 베이징은 그때까지 장막 안의 도시였다. 죽(竹)의 장막이라고도 했다. 머리를 돌린 이광이 양명에게 물었다.

"스케줄은 오늘 저녁에 알 수 있나?"

"네, 회장님."

양명이 바로 대답했다.

"화 서기께서 말씀하실 것입니다."

오늘 저녁에 화오방과 저녁 식사를 하기로 약속이 되어 있는 것이다. 이번 이광의 방문 목적은 미국의 지원으로 건설될 예정인 각 지방의 공장 건설 예정지를 돌아보는 것이다. 그래서 뒤쪽에는 리스타 푸저우 법인 사장 정남희와 공장 간부들이 탄 차가 3대나 따르고 있다. 그때 앞자리의 안학태가 머리를 돌려 이광을 보았다.

"내일 칭다오에만 가셨다가 나머지는 정 사장한테 맡기시는 것이 나을 것 같습니다."

이광이 머리를 끄덕였다. 중국 측은 공장 예정지를 여러 개 선정해서 보여줄 예정이었지만 이광이 다 돌아볼 수는 없다. 중국 공장은 리스타 푸저우 법인이 주도해서 건설할 예정이었으니 정남희와 공장 간부들이 체크해도 될 것이었다. 리스타 푸저우 합영공장은 이제 종업원 4만 명의 대규모 공장 단지를 조성했고 단지 안에는 10만 명이 넘는 공단 인력이 상주하고 있는 것이다. 그것을 경험으로 리스타상사가 중국 각지에 공장을 건설하려는 것이다.

물론 자금은 미국의 원조에 의하지만 그것도 결국 리스타에서 조달한 마약 판매 대금이다. 중국 정부가 리스타를 국빈급으로 예우해 주는 것도 당연한 일인 것이다. 그때 양명이 이광에게 말했다.

"영빈관에 다 왔습니다."

국가 정상들이 방문했을 때 투숙하는 곳이다.

"곧 오실 거네."

화오방이 자리에 앉자마자 말했기 때문에 이광이 물었다.

"누가 오십니까?"

"등소평 국방위 주석이 오시네."

정색한 화오방이 말을 이었다.

"이 회장을 전부터 만나고 싶어 하셨어."

긴장한 이광이 심호흡부터 했다. 등소평이 누구인가? 중국 대륙의 최고 통치자인 것이다. 현재의 국가주석 화국봉은 중국의 정치, 경제, 군사에 대한 모든 실권을 등소평에게 위임한 것이나 같다. 개혁개방은 등소평에 의해 시작된 것이다.

흑묘백묘론, 즉 '검은 고양이건 흰 고양이건 쥐만 잘 잡으면 된다'라는 유명한 말도 등소평의 어록이다. '경제발전을 위해서는 어떤 체제도 상관이 없다'는 말이다. 이곳은 베이징 이화원 위쪽의 중국 국가 주석의 별장이다. 한국으로 말하면 청와대의 별장쯤 되는 곳이다.

붉은 기둥이 세워진 넓은 식당의 원탁에 화오방과 이광, 둘이 앉아서 등소평을 기다리고 있다. 그때 안쪽에서 인기척이 나더니 붉은색 원피스를 입은 여자 둘의 안내를 받으면서 사내가 다가왔다. 등소평이다. 그 순간 화오방이 벌떡 일어섰고 이광도 뒤따라 일어나 기다렸다.

등소평은 왜소한 체격이다. 키가 150센티 정도여서 두 여자 사이에 낀 아이 같다. 공산당 정복 차림의 등소평은 얼굴에 웃음을 띠고 있다. 걸음을 떼는 발에 힘이 실렸고 여유 있게 걷는다. 이윽고 다가온 등소평이 긴장한 채 부동자세로 서 있는 화오방은 무시하고 이광 앞에 섰다. 키가 작아서 등소평이 올려다보고 있다.

"자네가 이광인가?"

등소평이 웃음 띤 얼굴로 묻자 이광이 머리를 숙여 절부터 했다.

"예, 주석님, 제가 이광입니다."

"젊군, 젊어."

머리를 끄덕인 등소평이 이광의 위아래를 훑어보았다.

"키도 크구나, 옷감이 많이 들어가겠다."

"예, 주석님."

"중국어는 어디서 배웠어?"

"예, 시간 나는 대로 개인 교습을 받습니다."

"잘했어."

그때서야 등소평이 손을 내밀면서 이광의 손을 잡았다. 악수를 나눈 등소평이 머리를 돌려 화오방을 보았다.

"넌 왜 그렇게 바보같이 서 있는 거냐? 여자들을 준비시키지 않고?"

"예, 주석 동지."

화오방이 그렇게 빨리 움직이는 것은 이광이 처음 보았다. 번개같이 화오방이 식당을 나갔을 때 등소평이 자리에 앉으면서 말했다.

"앉아, 이광 군."

"예, 주석님."

앞쪽에 앉은 이광에게 등소평이 웃음 띤 얼굴로 물었다.

"그러니까 리스타유통이 멕시코에서 CIA에 공급하는 마약 대금이 우리한테 경제원조 자금으로 오는 것 아닌가?"

"그렇습니다, 주석님."

거짓말할 이유도 없고 하고 싶지도 않다. 이광의 대답을 들은 등소평이 온 얼굴을 펴고 웃었다. 이광의 마음을 읽은 것 같다.

"그 과정은 어떻게 되나?"

등소평이 다시 물었다. 이때의 등소평은 1904년생이니 76세다. 모택동의 동지로서 후계자로 예상되던 등소평은 수많은 곡절을 겪은 후에 1976년 모택동이 죽고 4인방이 숙청되고 나서야 다시 복권했다. 그야말로 오뚝이처럼 넘어졌다 일어서기를 반복한 것이다. 그리고 지금은 명실공히 중국 1인자다. 심호흡을 한 이광이 입을 열었다.

"리스타유통의 통제를 받는 멕시코 아카풀코산 마약이 CIA의 조종을 받는 미국 마약업자에게 공급되는 것입니다.”

“그렇군.”

등소평의 웃음 띤 얼굴이었지만 두 눈은 반짝였다.

“넘기는 가격은 CIA가 결정해주겠군.”

“그렇습니다, 주석님.”

“리스타유통이 생산자한테서 구입하는 가격은?”

“우리가 결정합니다, 주석님.”

등소평이 머리를 끄덕였다. 마약 1kg을 10만 불로 미국업자에게 넘긴다면 CIA는 kg당 5만 불쯤을 업자로부터 리베이트로 받을 것이다. 리스타유통 또한 생산자로부터 kg당 5만 불로 구입하고 5만 불쯤을 남길 수 있다. 따라서 CIA는 이 리베이트로 모은 자금을 중국 경제발전 기금으로 내놓는 것이다.

“이보게, 이광 군.”

등소평이 의자에 등을 붙이고는 지그시 이광을 보았다. 여자를 데리러 간 화오방은 아직 나타나지 않았다. 지금 생각하니 등소평이 일부러 내보낸 것 같다. 이래서 중국 대륙의 1인자와 이광이 진짜 독대를 하게 된 것이다.

몇 초밖에 안 되는 순간이었지만 이광의 머릿속에 온갖 생각이 난무했다. ‘등소평과 독대’를 했다면 전 세계인이 우러러볼 것이었다. 그런데 증인이 있어야지? 증인이 증언을, 보증을 해야 독대가 사실로 확인될 것 아닌가? 혼자서 등소평 만났다고 백날 떠들어도 안 믿는다. 그때 등소평이 말했다.

“우리 중국산 마약을 사지 않겠는가?”

“예?”

놀란 이광이 숨을 들이켰다. 머릿속 잡생각이 순식간에 날아가고 백지 상태가 되었다. 그때 등소평이 말을 이었다.

"우리 아편은 최고급품이네, 이 아편이 무진장 생산되고 있어. 우리가 멕시코 가격보다 싸게 줄 테니까 이걸 멕시코산으로 위장해서 CIA에다 팔면 되지 않겠는가?"

등소평의 두 눈이 반짝였다. 흑묘백묘론이 떠올랐지만 이번에는 감동이 일어나지 않았다. 이 양반이 미국 쥐, 멕시코 쥐에 이어서 한국 쥐까지 잡아먹으려는 거여, 뭐여?

영빈관으로 돌아왔을 때는 밤 11시가 되어갈 무렵이다. 등소평과 이야기를 다 마치고 나서야 화오방이 여자들을 데리고 들어왔는데 아무래도 등소평이 신호를 한 것 같았다. 중국식 식사는 길었지만 절대 지루하지 않았다. 식사하면서 춤과 노래, 연주가 끝없이 이어졌기 때문이다. 옛날 중국 황제가 이렇게 지냈지 않았을까 생각이 날 정도였다. 등소평은 만족한 표정을 숨기지 않았다.

헤어질 때 두 손을 뻗어 이광의 양쪽 볼을 감싸 안았는데 그것이 등소평의 포옹 방식인 것 같았다. 그것을 화오방도 보고 등소평의 비서, 지배인까지 다 보았다. 이광을 영빈관까지 바래다준 화오방이 연신 감탄을 한 것이 그 증거였다. 등 주석이 이렇게 즐거워한 모습은 처음이라는 것이다.

"잘 끝내셨어요?"

영빈관 응접실로 들어서자 기다리고 있던 안학태와 정남희가 자리에서 일어섰다. 그렇게 물은 것은 정남희다. 영빈관 2층 주빈실에는 이광과 정남희, 안학태의 방이 배정되었고 나머지 인원은 아래층이다.

"응, 등 주석을 만났어."

그렇게 말하면서 저도 모르게 어깨가 펴지고 숨이 들이켜졌다.

"네? 등 주석이라니요?"

눈을 크게 뜬 정남희의 모습이 요염했다. 정남희는 영빈관에 안내되었을 때부터 들떠 있다. 중국 측에서 마치 이광의 부인처럼 대우해 줬기 때문이다. 숨을 고른 이광이 말을 이었다.

"등소평 국방위 주석 말이야."

"어머나, 어머나!"

안학태도 숨을 들이켜고 말했다.

"축하드립니다, 회장님."

"날 보고 싶었다고 하시더군."

"굉장한 영광입니다."

"뭐, 서로 돕는 사이니까."

어깨를 추켜올린 이광이 입을 벌렸다가 닫았다. 지금 마약 이야기를 꺼내면 안 되는 것이다. 중국산 마약은 극비리에 처리되어야만 한다. 우선 오금봉과 실무자 몇 명에 국한해서 진행시켜야 될 것이다. 나중에 고위층인 정남희도 알게 되겠지만 지금은 아니다. 그때 안학태가 눈치 빠르게 일어섰다.

"저는 전화 올 데가 있어서 먼저 실례하겠습니다."

이광은 머리만 끄덕였고 정남희는 아예 외면했다. 정남희의 얼굴이 금방 붉어져 있다. 이제는 비공식 부부인 둘만 남은 셈이다.

"리스타 푸저우 법인을 리스타 중국 법인으로 바꿔."

이광이 정남희의 허리를 당겨 안으면서 말했다. 땀에 배인 정남희의
알몸이 이광의 몸에 빈틈없이 밀착되었다. 놀란 듯 정남희가 숨을 들
이켜며 이광을 보았다. 얼굴이 바로 붙여져서 눈과 눈 사이가 10센티도
되지 않는다. 정남희가 두 팔로 이광의 목을 감싸 안았다. 정남희한테
서 익숙한 향내가 맡아졌다.

"중국 법인으로요?"

"그래. 그리고 법인 사무실을 이곳 베이징으로 옮겨. 푸저우는 중국
법인 푸저우지점이 되는 거야."

이광이 정남희의 눈에 입술을 붙였다가 떼었다.

"넌 중국 법인 사장이 되고."

정남희의 더운 숨결이 이광의 목에 닿았다. 한차례 폭풍이 휩쓸고
간 방 안은 아직 열기가 식지 않았다. 정남희가 목을 감은 팔에 힘을 주
더니 몸을 더 밀착시켰다. 아무 말도 하지 않았지만 이광은 정남희 몸
짓으로 다 알아들었다.

다음 날 오후, 공장 건설 예정지 순방은 정남희 일행에게 맡기고 이
광은 베이징을 떠나 로마로 날아갔다. 에어프랑스가 로마 공항에 도착
했을 때 마중을 나온 사람은 린드버그였다. 이곳은 오전이다. 리무진에
나란히 앉은 린드버그가 이광에게 서류를 건네주면서 말했다.

"이것이 해밀턴이 저한테 준 원본입니다. 원본을 복사해서 오 사장
이 한 부 갖고 있습니다."

머리를 끄덕인 이광이 서류를 폈다. 일본 정관계 인사들의 이름에다
야쿠자 보스들의 이름까지 적혀 있다. 수백 명이다. 직급 순서로 적혀
서 보기도 편하다. 이광의 얼굴에 일그러진 웃음이 떠올랐다. 야마구치

조의 조장 시노다도 포함되었고 다른 3개 조직도 적혀 있다. 그리고 경찰은 경시총감 미우라와 도쿄 경시청 차장 나카지마가 있다. 이윽고 서류를 덮은 이광이 안학태에게 건네주며 말했다.

"내가 샌디를 뱀 구덩이 안으로 밀어 넣었군."

"뱀 구덩이 안에 불을 질러야 합니다."

안학태가 또 과격해졌다.

"이러다가 미국이 또 당할지도 모르는데 후버가 오판하고 있는 겁니다."

"일단 우리가 놈들 정체를 알았으니까 이젠 당하지만은 않을 거야."

이광의 얼굴도 굳어졌다. 더구나 배후 조종자인 후버의 뒤에 해밀턴이 잠복하고 있는 것이다. 해볼 만하다.

"조선인은 길만 잘 들이면 돼."

나카지마가 어깨를 펴고 말했다. 나카지마는 키가 작았지만 상체는 커서 앉은키가 컸다. 52세, 치안감, 내년에 치안정감으로 승진해서 도쿄 경시청장이나 규슈 청장이 될 것이다.

"모리, 알고 있지? 우리가 36년간 조선을 지배했을 때 제대로 된 반란이 일어난 적 있었나?"

지금 나카지마는 도쿄 경시청 강력부장 모리하고 술을 마시는 중이다. 이곳은 긴자의 요정 아카사카, 둘은 밀실에서 마주 앉아 있다. 모리가 나카지마를 똑바로 보았다.

"없는 것으로 알고 있습니다, 차장님."

"없어."

쓴웃음을 지은 나카지마가 말을 이었다.

"만세 운동이나 일어났지 폭동식의 반란은 전무(全無)했어, 한마디로 양순한 백성이지. 제대로 말하면 먹이만 잘 주면 누가 주인이 되건 따르는 소나 말 같은 무리라고 할까?"

"그렇습니다."

"우리가 400년 전에 조선을 침략한 적이 있었지, 알고 있나?"

"예, 차장님."

"그때 조선의 유명한 해군 장군이 있었어, 아나?"

"예, 압니다. 이순신이었죠."

"그 장군은 우리의 영웅 도오고 해군제독도 존경하던 장군이었어."

"그렇습니까?"

"이순신은 열세의 전력으로 일본 해군을 10여 번이나 격파했지, 연전연승이었지."

"놀랍습니다."

"이순신이 일본 장군이었다면 바로 일본 왕이 되었을 거네."

"당연하지요."

"그런데 어떻게 된 줄 아는가?"

"모릅니다."

"이순신을 모함해서 조선왕이 감옥에 가두고는 고문을 했다네."

"저런."

"그동안에 일본 해군이 조선 해군을 싹쓸이했지, 전멸시켰어."

"잘했군요."

"그런데 이순신이 겨우 석방되어서는 13척 군함을 모아서 일본 전함 3백 척을 격파했다네."

"믿기지 않습니다."

"그런데도 이순신은 왕이 못 되고 전사했어."

"저런."

"그 조선왕은 계속 왕으로 살다가 병으로 죽었고."

"과연 조선 백성이 착하군요."

"우리가 36년간 조선을 지배했을 때도 그랬다니까."

나카지마의 얼굴에 쓴웃음이 번졌다.

"우리가 전쟁에서 미국한테 패하지 않았다면 조선은 완전히 우리 영토가 되어서 지금쯤 조선말, 조선어도 사라졌을 것이네."

맞는 말이어서 모리는 머리만 끄덕였다. 36년간 지배했을 때도 그랬다. 그때 나카지마가 모리의 잔에 술을 따라 주며 말했다.

"모리, 리스타가 일본에 발을 딛는다는 것은 국가의 자존심이 걸린 문제야. 무슨 말인지 알겠나?"

"알겠습니다."

두 손으로 잔을 받은 모리가 번들거리는 눈으로 나카지마를 보았다.

"말도 안 되는 일이지요."

"강아지가 주인 발뒤꿈치를 무는 것이나 같아."

"용납할 수 없습니다."

"지난번 샌디 길포드가 그런 맥락에서 당한 거야."

"이해가 갑니다, 차장님."

"자네는 내 후임이 될 거야."

나카지마가 지그시 시선을 주면서 말을 이었다.

"경쟁자가 7명이더군, 모리."

"시노다 씨, 요즘 바쁘시던데."

다가선 기요타가 말하자 야마구치조 조장 시노다 고이노가 빙그레 웃었다.

"먹여 살릴 식구들이 많아서 말이야. 기요타 씨, 당신은 어때?"

"난 당신보다 식구가 적으니까 그만큼 덜 바쁘다고 해야겠군."

"말꼬리 잡는 버릇은 여전하군."

술잔을 들고 선 시노다가 지나는 사내와 눈인사를 했다. 이곳은 전국경제인연합회 회장단의 칵테일 파티장이다. 전경련회관의 넓은 홀에는 5백 명이 넘는 귀빈들이 모여 있었는데 축사와 시상식까지 다 끝나고 칵테일파티가 열리는 중이다. 바짝 다가선 기요타가 지그시 시노다를 보았다.

"시노다 씨, 사이또가 아오모리 부지에 20층짜리 건물을 짓는 거 알고 계시지요?"

"아, 그거."

시노다가 숨을 들이켜더니 주위를 둘러보았다.

얼굴에 쓴웃음이 번져 있다.

"나도 며칠 전에야 들었는데……."

"그놈이 내 배에다 말뚝을 박으려고 하는구먼, 뭘 믿고 그러는지 모르겠소."

"아, 그거야 그자가 본래……."

사이또는 본래 야마구치조 도쿄 부지부장이었던 것이다. 그때 기요타가 목소리를 낮추고 물었다.

"시노다 씨, 내가 그놈을 없애준다면 나한테 뭘 내놓으시겠소?"

시노다가 주위를 둘러보더니 옆쪽으로 발을 떼었다. 기둥 옆쪽은 비었고 사람들이 스쳐 가기만 한다. 기둥에 등을 붙이고 선 시노다가 다가선 기요타를 지그시 보았다. 시노다는 54세, 기요타는 45세다. 나이 차는 있지만 야마구치, 스미요시는 각각 야쿠자 서열 1, 2위다. 나름대로 경륜, 자부심이 있다. 시노다가 입을 열었다.

"지금 나한테 흥정하는 거요?"

"아니, 도전하는 거요."

"기요타가 많이 컸군."

"더 커야 돼."

"그래서 조센징하고 손을 잡는 건가?"

그랬다가 쓴웃음을 지었다.

"아이쿠, 실례. 조센징 앞에서 조센징을 욕했군."

"이쯤은 괜찮아, 시노다 씨."

"사이또가 뭘 하건 나하고는 상관없어. 그건 사이또하고 당신 문제야."

"좋아. 그럼 당신한테 사이또 징벌을 이야기한 것으로 하지."

"잠깐만."

이맛살을 찌푸린 시노다가 기요타를 보았다. 얼굴에 처음으로 감정이 드러났다.

"지금 뭐라고 했어? 사이또 징벌을 이야기했다고?"

"통보한 것으로 하지."

"내가 왜 그 통보를 받아야 하지?"

"둘이 같은 소속이니까."

"뭐? 같은 소속? 사이또하고?"

"신일본회."

그 순간 시노다가 숨을 들이켰다. 얼굴이 벽돌 조각처럼 굳어졌고 눈동자는 흐려졌다. 이윽고 시노다가 입을 열었다.

"지금 무슨 말을 하는 거야?"

"같은 신일본회 소속이라고 했어, 시노다 씨."

"……."

"그래서 하급 간부였던 개새끼가 조직을 배신하고 뛰쳐나가도 손도 못 대고 있는 거 아냐? 신일본회에서 손을 대지 말라고 했나?"

"기요타."

숨을 들이켰다가 뱉은 시노다가 목소리를 낮췄다.

"말을 함부로 하는군, 기요타."

"내가 별명이 폭탄이지만 앞뒤는 잘 가린다는 것을 잘 알고 있을 텐데."

"……."

"샌디 길포드와 수행원들을 살해한 건 사이또 부하 6명이야."

"……."

"사이또는 신일본회 행동대고, 그 배후에 경시총감 미우라하고 도쿄 경시청 차장 나카지마가 있지. 당신도 잘 알면서 왜 이래?"

"……."

"문제는 신일본회 배후에 CIA가 있다는 것이지, 후버가 말이야."

기요타의 얼굴에 웃음이 떠올랐다.

"이 폭탄이 터지면 어떻게 되겠어? CIA 꼭두각시인 신일본회 놈들, 국민들이 들고 일어나서 아마 열흘쯤 후에는 정권이 뒤집힐 거야. 패망한 일본이 겨우 살아나는가 했더니 신일본회 놈들이 미국 식민지로 만들려고 음모를 꾸미고 있었으니까 말이야."

"……."

"미우라, 나카지마 같은 놈들은 할복을 해야 될걸?"

어깨를 부풀렸다가 내린 기요타가 몸을 돌리면서 말했다.

"시노다, 아마 당신 조직도 수십 개로 쪼개질 거야. 사이또 같은 놈이 어디 하나둘이겠나? 신일본회로 야마구치조가 벼락을 맞는 순간 소두목들이 들고 일어나겠지, 보지 않아도 뻔해."

녹음기의 정지 버튼을 누른 시모세가 이찌베를 보았다. 이찌베는 시모세의 눈동자가 꼭 죽은 생선 같다는 생각을 했다. 그때 시모세가 억양 없는 목소리로 말했다.

"기요타가 우리 들으라고 한 거야."

"제 생각도 그렇습니다, 과장님."

이찌베가 머리를 연신 끄덕였다.

"특히 과장님이 들으라고 한 것 같습니다. 과장님이 야쿠자 담당 실무총책이니까요."

"야, 소름 끼친다."

"기요타가 앞뒤 잘 가린다는 말이 의미심장합니다. 우리한테도 하는 말입니다."

지금 둘은 경제인연합회 파티장에서 시노다와 기요타의 대화를 녹음한 테이프를 들은 것이다. 야쿠자 조장들이 참석한 장소에 녹음기를 설치하지 않았다면 직무태만이다. 그때 시모세가 혼잣말처럼 말했다.

"능구렁이 시노다가 기요타를 끌고 들어가려다가 제가 먼저 함정에 빠졌군."

"예?"

"시노다가 녹음기가 설치된 곳으로 기요타를 데리고 간 거야, 기둥 옆으로."

"기요타도 알고 있었을 겁니다."

시모세가 천천히 머리를 끄덕였다.

"그래, 그나저나 신일본회 정체가 드러났군. 나카지마, 미우라가 신일본회 소속이라니."

시모세는 이제 최고 지휘관의 이름을 그대로 불렀는데 의식하지 못하고 있는 것 같다.

"어이쿠."

서류를 펴본 양기신이 비명 같은 탄성을 뱉었다. 두 손으로 서류를 쥔 양기신이 숨도 멈추고 훑어보더니 머리를 들었다. 두 눈이 번들거리고 있다.

"아니, 이게 사실입니까?"

"확실해. 하지만 확인은 안 되겠지."

"당연하지요."

"이걸 공개하면 신일본회는 어떻게 될까?"

양기신이 들고 있는 서류는 신일본회 명단인 것이다. 양기신은 아직도 흥분이 가시지 않아서 거칠게 숨을 쉬고 있다. 김필성이 의자에 등을 붙이고 웃었다.

"당분간 잠복하겠지, 붕괴되지는 않아. 설령 CIA가 손을 대더라도 말이야."

"그렇겠지요. 신일본회가 CIA를 이용한 부분도 있을 테니까요."

"서로 이용한 셈이지, 신일본회 놈들은 나름대로 '대일본'의 재건을 목표로 삼고 CIA를 이용한 면도 있었으니까."

"하지만……."

말을 멈춘 양기신의 표정을 본 김필성이 빙그레 웃었다.

"그래, 하지만 신일본회 명단을 일본에서 폭로하기는 불가능하지."

"폭로해 줄 언론사도 없을 겁니다."

"그래서 내가 당신을 부른 거 아냐?"

"내가 일본에서 어떻게 합니까?"

"한국에서 폭로해."

"그럼 난 일본하고는 이별입니다."

"서운한가?"

"그건 아니지만 갑자기 귀국하면 내 밥줄이 끊길 가능성이 100퍼센트여서요."

"그까짓 민국신문 그만두면 어때?"

머리를 들었던 양기신의 눈이 다시 번들거렸다.

"그렇군요. 이 정보를 일성신문에 넘기면 되겠군요."

"그럼 일성신문은 당신을 부장쯤으로 받아들일 거야, 대특종을 가져왔으니까."

일성신문은 양기신이 재직하고 있는 민국신문보다 구독자가 10배는 많은 1등 신문이다. 그때 김필성이 정색하고 말했다.

"양 기자, 서둘러줘. 늦어도 이틀 후에는 그 내용이 일성신문에 대서특필이 되어야 해."

"이, 이틀 후에요?"

"모두 대한민국 국익을 위한 일이기도 해. 일본이 신일본회를 비밀리에 구성해서 전(前)의 '대일본제국'을 기획하고 있다는 것이 말이 돼? 대한민국의 피도 아직 마르지 않은 상황에서 말이야."

김필성이 눈을 치켜뜨고 양기신을 노려보았다. 숨을 고른 김필성이 가슴주머니에서 봉투 하나를 꺼내 양기신 앞에 놓았다.

"이건 당신 활동비 겸 이사 비용 그리고 격려금이야. 3천만 원짜리 수표를 넣었어."

"예?"

놀란 양기신이 숨을 들이켰다. 3천만 원이면 현재 시세로 양기신의 2년 월급인 것이다. 서울에서는 30평형 아파트 1채 값이다. 봉투를 쥔 양기신이 더듬거렸다.

"왜, 도, 돈까지 주십니까?"

"기운 내라고."

"기, 기운을 내라고요?"

"모레까지 기사 나올 수 있겠지?"

"점심때 비행기로 서울에 가야겠네요."

엉덩이를 든 양기신이 봉투부터 먼저 가슴주머니에 넣고 서류는 다른 주머니에 넣었다. 허리를 편 양기신이 흐린 눈으로 김필성을 보았다.

"그런데 영사님, 이 돈은 대사관에서 나온 건 아니죠?"

"아냐, 하지만 깨끗한 돈이야."

"이 서류의 정보도……."

"물론 대사관에서 안 나왔어, 그것도 깨끗한 정보야."

"알겠습니다."

어깨를 부풀린 양기신이 몸을 돌렸다.

"전경련회의에서 야쿠자 조장들끼리 무슨 이야기 없었나?"

196

불쑥 모리가 묻자 시모세가 담뱃갑에서 담배를 꺼내 입에 물었다. 그 동작이 4초쯤 걸렸는데 모리는 그 4초간을 기다린 셈이 된다. 강력 부장실 안, 오후 3시 반, 모리와 시모세 둘이 탁자를 사이에 두고 앉아 있다. 시모세가 라이터를 켜 담뱃불을 붙이는 데 또 2초가 걸렸다. 합계 6초다. 마침내 모리가 심호흡을 하고 나서 말했다.

"요즘 세상 참 좋아졌어, 옛날에는 상관 앞에서 앉지도 못 했는데."

시모세가 담배 연기를 길게 뿜었지만 모리 앞으로 보내지는 않았다. 모리가 말을 이었다.

"이제는 졸자 새끼가 맞담배질을 하지 않나, 대답도 않고 뜸을 들이지를 않나."

"부장님도 신일본회이십니까?"

시모세가 불쑥 묻자 모리는 움직임을 멈추고 시선을 주었다.

"내가?"

"예, 부장님."

"그렇게 보이냐?"

"예, 부장님."

"왜?"

"장래가 촉망되는 분이니까요."

그때 모리가 탁자 위에 놓인 담뱃갑을 집더니 담배를 꺼내 물었다. 5초, 6초, 7초, 시간이 더 간다.

제5장
제국의 뒷거래

바그다드, 밤 12시 반, 후세인의 사무실로 들어선 해밀턴의 얼굴은 굳어 있다. 해밀턴은 후세인을 처음 만난다. 후세인은 동부군 사령관 카심 대장, 특전사령관 하비브 대장, 국방장관 야시르와 함께 해밀턴을 맞았는데 해밀턴의 시선이 뒤쪽에서 멈췄다. 이광이 서 있었기 때문이다. 이광을 이곳에서 만날 줄은 예상하지 못했다. 인사를 마친 후세인이 해밀턴과 이광을 번갈아 보면서 웃었다.

"미스터 리가 마침 바그다드에 왔기에 같이 만나자고 했소, 괜찮지요?"

"물론입니다, 각하."

해밀턴은 후버의 지시로 후세인에게 경고를 하려고 방문한 것이다. 소파에 자리 잡고 앉았을 때 후세인이 해밀턴과 함께 온 브론손을 눈으로 가리키며 물었다.

"내가 이런 말 묻기는 우습지만 당신 보좌관 믿을 만한 거요?"

"예, 각하."

해밀턴의 얼굴에 쓴웃음이 번졌다.

"별걱정을 다 하십니다, 각하."

"후버는 사람 병신 만드는 것을 연극 대본 바꾸는 것처럼 쉽게 하더구면."

"무슨 말씀이신지."

"당신은 지금 나한테 경고를 하려고 온 것 아니오?"

"예, 각하."

"내가 아프가니스탄 민병대에 자금, 무기를 지원해줬다고 말이오."

"그렇습니다, 각하."

"내가 소련과 내통하고 있다고 합디까?"

"그런 이야기는 듣지 못했습니다."

"아프가니스탄 민병대가 이란군 3개 사단을 묶어놓고 있어요, 해밀턴 씨."

"그건 압니다."

"그 3개 사단이 풀리면 우리가 골치 아파진단 말이오."

후세인의 시선이 카심에게로 옮겨졌다.

"카심, 설명해 드려."

그러자 이란과 전쟁 중인 동부군 사령관 카심이 해밀턴에게 말했다.

"내가 작년 10월, 이란 영내로 깊게 진입했던 특공대를 철수시키면서 중화기 1개 연대분을 아프가니스탄 민병대에 넘겨준 일이 있습니다. 민병대가 사막을 건너와 무기를 인수해 갔지요. 민병대는 그 무기로 이란군을 괴롭히고 있더군요."

"자금 지원도 하셨던데."

"그건 내가 했지."

후세인이 마침 가져온 뜨거운 홍차 잔을 들면서 웃었다.

"6천만 불이 들었소, 해밀턴 씨."

"후버 부장이 그것을 알고 있습니다."

"그 무기가 어디 무기인지는 아시오?"

"그건 모르지요."

"메이드 인 USA요, 해리슨사를 통해서 구입했지."

후세인의 얼굴에 웃음이 떠올랐다.

"그 무기 중개상이 누군지 아시오?"

그때 한숨을 쉰 해밀턴의 시선이 이광을 스치고 지나갔다.

"리스타입니까?"

"리스타 암만을 통해서지."

다시 해밀턴이 한숨을 쉬었을 때 후세인의 얼굴에서 웃음기가 지워졌다.

"다 돌고 도는 거요, 적의 적은 동지이고 오늘의 동지가 내일은 적이 되는 세상이지. 후버 씨한테 알아서 말해주시오."

후세인의 시선이 다시 브론손을 스치고 지나갔다.

"보좌관이 후버 씨가 보낸 감시자라면 나한테 귀띔만 해주시오, 바그다드에서 병으로 죽은 것으로 만들어 드릴 테니까."

"감사합니다, 각하."

"병사시켜 드릴까요?"

"병사 안 해도 됩니다."

"아."

머리를 끄덕인 후세인의 시선이 이제는 이광에게 옮겨졌다. 그러나 입은 열지 않는다.

밤 1시 반, 호텔로 돌아가는 차에 이광과 해밀턴이 나란히 앉아 있다. 뒤쪽 차에 안학태와 브론손이 따르고 있다. 어둠에 덮인 거리를 바라보던 해밀턴이 입을 열었다.

"신일본회가 터지면 후버 씨의 일본 공작이 타격을 받을 겁니다."

이광은 듣기만 했고 해밀턴의 말이 이어졌다.

"후버 씨의 목표는 미국의 국익과 부합되어 있기는 해요, 일본에서 영향력이 있는 정, 관, 군의 요인(要人)을 신일본회라는 비밀단체로 묶어서 배후 지원을 하고 조종한다는 의도니까요. 결국 일본을 완전히 장악한다는 전략이거든요."

"……."

"대통령의 재가도 받았을 겁니다. 그런 안목에서 보면 나는 반역자가 되는 셈인데."

해밀턴의 얼굴에 일그러진 웃음이 떠올랐다.

"후버 씨에 대한 견제 세력이 없어요, 전혀."

"……."

"이러다간 미국 민주주의가 몇 명의 은밀한 거래로 무너지게 됩니다. 그것이 내가 신일본회를 터뜨리게 된 동기요."

"새로운 질서를 하나 만듭시다."

이광이 낮게 말하자 해밀턴이 깊게 심호흡을 했다. 그러더니 머리를 돌려 이광을 보았다.

"하긴 UN은 너무 무능력해요, 그렇죠?"

이광은 대답하지 않았다. UN을 처음 듣는 것처럼 눈만 껌벅였다.

"으악!"

외무상 미야자키가 외마디 외침을 뱉었다. 미야자키의 손에는 한국의 일성신문이 쥐어져 있다. 오전 10시 반, 외무상의 집무실, 앞에는 방금 일성신문을 가져온 보좌관 고이소가 서 있다.

"이, 이게……."

미야자키는 52세, 한국어에 유창하고 한글로 한국 신문에 기고할 정도로 한국통이다. 미야자키가 다시 펼쳐 든 일성신문을 내려다보았다. 두 눈이 금방 번들거렸고 손이 떨리면서 신문이 덜덜덜 흔들렸다. 신문 1면에 대서특필된 글자가 눈에 확 들어온다.

"신일본회의 정체, 일본은 다시 제국주의로 부활하는가?"

타이틀이다. 그 밑에 다시.

"CIA의 조종으로 움직이는 신일본회의 미래는 과연 무엇인가? 미국 정부는 CIA와 신일본회의 공작을 알고 있는가?"

그리고 그 밑에 신일본회의 명단이 적혀 있다.

"으으음!"

미야자키가 신음했다. 전(前) 수상 다나카에서부터 현(現) 집권당인 자민당의 간사장 오오이시, 방위상 구로다, 경시총감 미우라, 도쿄 경시청 차장 나카지마……. 보다가 눈이 어지러운 미야자키가 눈을 감았다가 떴다. 그때 자신을 바라보고 선 고이소와 시선이 마주쳤다.

"고이소, 큰일 났다. 이거 어떻게 하지?"

"장관 각하, 이미 알 사람은 다 알고 있는 사실입니다."

고이소의 얼굴에 희미한 웃음이 떠올랐다. 45세의 고이소는 미야자키가 초선 의원이었을 때부터 20년 가깝게 동고동락한 심복이다.

"각하, 이번에 자민당 총재 경선에 나설 준비를 하시지요."

"고이소."

"하세가와 총리는 오오이시 간사장이 신일본회 회원이라는 사실을 몰랐을 리 없습니다."

그렇다. 앞으로 전개될 장면이 미야자키의 눈앞에 선명하게 펼쳐졌다. 오오이시는 차기 자민당 총재 겸 내각 총리를 꿈꾸는 인물이다. 57세, 현 총재이며 총리 하세가와와의 최측근으로 달변과 임기응변, 화려한 처신에다 자금력으로 차기가 유력시되던 인물이었다. 그 오오이시가 이번 한국 일성신문의 한 방에 결정타를 맞게 될 것인가? 그때 미야자키가 심호흡을 했다.

"고이소, 진정해라."

"예, 각하."

따라서 심호흡을 한 고이소가 목소리를 낮췄다.

"가네다 씨에게 무토 씨를 포섭해 놓으라고 미리 언질을 주는 것이 낫지 않겠습니까?"

"무토가 약삭빠르지만 이번에는 우리가 유리해."

"우리가 마에다 씨보다는 낫지요."

어깨를 부풀린 고이소가 몸을 돌렸다. 경쟁자의 불행은 내 행복인 것이다. 이것은 만고불변의 진리다.

"봐, 내 이름이 없지?"

모리가 다짜고짜 일성신문의 신일본회 명단을 손가락으로 짚으면서 으르렁거렸다. 도쿄경시청 강력부장실 안, 오전 10시 40분, 지금 외무상실에서 미야자키와 고이소가 일성신문을 펴들고 있는 것과 동(同)시간대, 시선을 든 모리가 시모세를 노려보았다. 지난번 모리는 시모세가 물었을 때 가타부타 대답하지 않았다. 그때 시모세가 어깨를 늘어뜨렸다.

"과연 부장님은 장래가 촉망되는 분이십니다."

"뭔 말이야?"

"이로써 부장님은 차장 1순위에 오르게 되시지 않았습니까?"

"이 자식이 이쪽저쪽에 다 엉덩이를 내미는군. 이제는 신일본회가 아니니까 장래가 촉망된다는 거냐?"

"축하드립니다, 부장님."

"넌 과장 5년만 더 해."

"감사합니다."

"차장하고 총감이 견뎌내지 못하겠지?"

"내각이 총사퇴할 겁니다, 부장님. 그런 상황에서 총감이 견디어 내겠습니까?"

"이건 CIA 내부에서 흘러나왔겠지?"

"당연합니다, 부장님."

"다행이다."

"뭐가요?"

"우리 실무자는 태풍권에서 빠져나와서 말이야."

"이제야말로 제대로 된 신일본을 만들어야죠."

"너도 괜히 이상한 꿈 꾸다가 이 짝 난다."

"부장님이 계시는데 그럴 리가 있겠습니까? 바로 목덜미를 잡아채실 텐데요."

"이 기사를 쓴 놈, 엊그제까지만 해도 도쿄 주재 민국신문 특파원이었던 놈이야."

"대특종을 갖고 일성신문으로 가서 바로 부장이 되었더군요."

"그놈이 CIA에서 직접 얻었을까?"

"그럴 리가요? 기요타, 이또, 그리고……."

시모세의 눈동자에 초점이 흐려졌다.

"리스타가 배후에 있습니다, 부장님."

"결국 리스타가 일본 정권을 뒤집었군."

모리의 눈동자도 흐려졌다가 곧 원상으로 돌아왔다.

"리스타 담당을 한번 만나야겠어."

이곳은 트리폴리다. 바닷가에 위치한 트리폴리호텔 17층은 이광의 전용실이나 같다. 바그다드에서 로마를 거쳐 어젯밤에 도착한 이광이 아침에 손님을 맞는다. 멕시코에서 날아온 오금봉이다. 오금봉은 린드버그와 동행이었다. 인사를 마친 오금봉이 응접실 소파에 앉았을 때 바로 입을 열었다.

"후버는 일절 반응하지 않고 잠적했습니다. 곤란할 때 하는 버릇이지요."

오금봉의 얼굴에 웃음이 번졌다.

"백악관도 대변인 성명을 내지 않고 모르는 척하고 있습니다."

일성신문의 특종보도가 터진 지 사흘째가 되는 날이다. 한국의 신문에서 보도된 특종이 전 세계로 퍼져 나가는 상황이라 아직 피부에 닿기에는 시간이 더 걸릴 것이다. 그러나 일본은 이미 태풍이 불고 있다. 야당들이 벌떼처럼 일어났고 보수단체들도 데모를 시작했다. 오늘 자 신문에는 내각 총사퇴, 재선거, 신일본회 조사를 요구하는 사설들이 나오고 있다. 이광이 머리를 끄덕이며 물었다.

"야쿠자 반응은 어때요?"

"모두 숨을 죽이고 있습니다. 신일본회 명단에 포함된 야마구치 등 4개 조직의 보스들도 잠적했습니다."

"모두 우리가 터뜨렸다는 것을 알겠지요?"

"알겠지요."

오금봉이 정색하고 이광을 보았다.

"하지만 후버도 당장 우리를 어떻게 할 수는 없을 겁니다. 우리하고 마약과 중국 관계 등으로 복잡하게 얽혀 있으니까요."

하지만 이를 갈고 있을 것이다.

"해밀턴은?"

"후버도 신일본회 명단을 해밀턴이 유출시키지 않았나 하고 의심을 하겠지만 지금 손을 쓰지는 못 하겠지요, 해밀턴이 철저히 경계를 하는 데다 안전장치를 해놓았을 테니까요."

세상에는 알고도 모른 척 넘어가는 일도 부지기수다. 인생사(人生事), 사회생활에서도 그렇다. 하나하나 끝까지 진실을 가리거나 원인을 찾아내는 경우는 드물다. 그런 세상은 없는 것이다. 그것이 인간 세상이다. 그래서 부족함이 더 아름답다는 말도 있지 않은가? 완벽한 세상은 숨이 막힌다. 이제는 이광은 그쯤은 알 수 있다.

"후버가 너무 욕심을 부렸어."

이광이 혼잣소리처럼 말했을 때 듣기만 하던 안학태가 물었다.

"이 기회에 일본을 정리해야 되지 않겠습니까? 샌디의 복수도 하고요."

그때 오금봉이 머리를 저었다.

"지금 우리가 나서면 일본 보수 세력들이 총구를 우리에게 돌리게 될 겁니다. 신일본회 폭로가 일본의 부국강병을 막으려는 한국 측 공작

이었다는 식으로 역공을 하면 일본 민심이 순식간에 뒤집힙니다.

"그래요."

이광이 바로 동의했다.

"당분간은 두고 봅시다, 하던 일은 계속하기로 하고."

"알겠습니다."

오금봉이 대답하자 이광이 말을 이었다.

"할 일이 아직도 많고 갈 길이 멉니다. 일본에 이어서 미국, 그러고 나서 중국과 소련입니다."

그날 저녁에도 이광은 사막으로 날아가 카다피와 저녁을 먹었다. 모닥불이 피워진 사막의 모래 위에 양탄자를 깔고 지름이 1미터쯤 되는 은쟁반에 삶은 양을 통째로 놓고 둘러앉아 먹는 것이다. 양탄자 위에는 카다피와 이광, 정보국장 무바라크와 경호실장 함메드까지 넷이 둘러앉았다. 양고기를 손으로 뜯어 은쟁반 둘레에 쌓인 쌀밥과 함께 움켜쥐면서 카다피가 이광에게 물었다.

"이번 사건으로 우리 일은 지장이 없겠지?"

이광이 머리를 들었다. '우리 일'이란 리비아산 마약 공급을 말한다. 지난달 말 리비아산 최상급품의 헤로인 10톤이 비행기에 실려 멕시코 아카풀코에 도착했다. 리스타상사로 보낸 리비아산 커피로 위장한 것이다. 그 커피는 곧 아카풀코에서 LA로 수송되었는데 물론 수취인은 리스타상사다. 리스타상사는 커피를 인수하자마자 7개 업체에 배분했다. 7개 마피아 조직이다. 이 거래로 리스타상사는 5억 불을 받았다. 톤당 5천만 불이다. 그리고 거래대금의 20퍼센트인 1억 불을 수수료 및 운임으로 떼고 4억 불을 가져온 것이다.

"예, 지장 없습니다, 각하."

이광이 말을 이었다.

"4억 불은 말씀하신 계좌로 입금시켰습니다, 각하."

"CIA는 이 거래로 얼마를 먹는 것 같나?"

"그건 제가 모릅니다, 각하."

그때 무바라크가 말했다.

"도매시세로 헤로인 5톤이면 8억 불쯤 됩니다, 각하."

"그럼 CIA가 3억 불쯤 먹겠군."

카다피의 얼굴에 쓴웃음이 번졌다.

"그 돈에서 중국으로 얼마가 갈까? 그리고 후버하고 대통령은 얼마를 뗄까?"

그건 알 수 없는 일이고 알 필요도 없다.

숙소로 배정된 텐트로 들어선 이광의 얼굴에 웃음이 떠올랐다. 아타야다. 안쪽 의자에 다소곳이 앉아 있던 아타야가 따라 웃으면서 일어섰다.

"아타야."

카다피 사촌의 딸, 1년에 한두 번 만나는 관계였지만 이제 햇수로 4년이 된다. 이번에는 거의 1년 만에 만나는 것이다. 아타야는 이제 수줍어하지 않는다. 이광의 저고리를 뒤에서 벗기더니 옷장에 걸어 넣는다. 텐트지만 욕실과 수세식 화장실까지 갖춰진 호텔방 같다. 모래바닥에 양탄자를 깔아서 걸을 때 탄력이 느껴진다.

"아타야, 지금도 중학교에서 근무해?"

가운으로 갈아입은 이광이 묻자 아타야가 소리 없이 웃었다.

"그래요, 역사를 가르쳐요."

"한국 역사를 알아?"

다가선 이광이 아타야의 허리를 감아 안고 물었다. 아타야의 검고 짙은 눈동자가 이광을 똑바로 올려다보았다. 항상 차도르를 쓰는 아랍 여인은 남편 앞에서는 맨머리, 맨몸을 보인다. 지금 아타야가 맨머리에 어깨가 드러난 맨몸, 검정 실크 드레스 밑으로 맨다리가 드러났다.

"난 세계사를 가르쳐요, 리."

이광의 가슴에 턱을 붙인 아타야의 붉은 입술이 잘 익은 석류처럼 벌어졌다. 이광은 석류를 입안에 넣었다.

다음 날 아침, 이광은 카다피의 텐트 안에서 양젖과 요구르트, 토스트 2쪽으로 아침 식사를 했다. 오늘은 정보국장 무바라크만 불려 와서 셋이다. 토스트를 삼킨 카다피가 이광을 보았다.

"리, 이제 자네가 세계 정보국의 요주의 인물인 것을 알고 있지?"

"요주의 인물입니까?"

놀란 표정으로 이광이 묻자 카다피가 이를 드러내고 웃었다.

"VIP라고 해도 돼."

"제가 왜 그렇습니까?"

"CIA하고 밀접한 관계인 것이 첫 번째 조건을 갖춘 것이고."

한 모금 양젖을 삼킨 카다피가 웃음 띤 얼굴로 이광을 보았다.

"두 번째, 리비아, 중국, 이라크처럼 반미(反美) 또는 개방이 안 된 나라하고 깊은 관계를 맺고 있는 점."

이광이 숨을 죽였고 카다피의 말이 이어졌다.

"거기에다 리스타유통으로 비공식적 조직과 힘을 보유하고 있지 않은가?"

"그렇습니까?"

"모두 주목하고 있어, 리. 조심해야 돼."

"충고, 감사드립니다."

"잘되면 자네는 막강한 힘을 보유하게 되겠지만 앞으로 견제를 엄청나게 받을 거야, 특히 CIA의."

"알고 있습니다."

그때 정색한 카다피가 물었다.

"어떤가? 후세인이 제의를 하지 않던가?"

"어떤 제의 말씀입니까?"

"정보와 힘을 공유하자는 제의 말이네."

"없었습니다."

"그럼 내가 제의하면 받아들이겠나?"

"이미 지금 되어 있지 않습니까?"

그때 카다피가 빙그레 웃었다.

"물러서는군, 리."

"그런 건 아닙니다, 각하."

"나도 전 세계에 정보 조직을 깔아놓았네, 다만 미국은 힘들지."

"……."

"자네 말대로 우린 같은 배를 탔어, 적이 될 이유도 없지. 서로 이해가 얽혀 있으니까 말이네."

"……."

"계약이나 약속 따위가 필요한 건 아니네. 우리 정보국에서 필요한 정보를 요청할 때만 도와주게."

"그렇게 하겠습니다, 각하."

정색한 이광이 머리를 끄덕였다. 세상 사람들의 소문대로라면 카다피는 독재자이고 테러 옹호자다. 그러나 이광이 보기에는 인간적이고 배려심 많고 국민을 아끼는 청렴한 지도자다. 그것이 자신의 이해와 맞물려 주관적인 평가가 될 수도 있겠지만 내가 왜 직접 겪고 있는데 세상 소문을 따르는가? 내 맘이다. 이광이 말을 이었다.

"저도 필요할 때 각하께 요청하겠습니다."

"그래야지."

만족한 카다피가 커다랗게 머리를 끄덕이더니 목소리를 낮췄다.

"리, 소련 측이 자네에 대해서 관심을 갖고 있는 것을 알고 있나?"

"그렇습니까?"

쓴웃음을 지은 이광이 되물었다.

"절 포섭하려는 겁니까? 좀 어려울 텐데요."

"그럴 리가 있나?"

따라 웃은 카다피가 무바라크를 보았다.

"말씀드려."

그러자 무바라크가 상체를 펴고 이광을 보았다.

"로마 주재 소련 대사관의 부대사 안토노프가 전부터 이 회장님을 만나게 해달라고 부탁을 해왔습니다,"

무바라크가 말을 이었다.

"세계 평화를 위한 일이라는군요."

애매한 말은 대부분 사기다.

"어떻게 된 거요?"

닉슨 대통령이 묻자 후버는 쓴웃음부터 지었다. 이곳은 백악관의 대통령 집무실, 소파에는 셋이 앉아 있다. 닉슨과 후버 그리고 비서실장 크로포드다.

"각하, 추측 보도입니다. 일본과 한국은 수천 년 동안 사이가 좋지 않은 민족이어서요, 일본을 까는 내용이라면 한국 언론은 덮어놓고 보도부터 한다니까요?"

후버가 열변을 토했지만 닉슨이 머리를 기울였다.

"그럼 신일본회가 없다는 거요?"

"있습니다."

"그럼 이 보도는 사실이오?"

닉슨이 책자 위의 신문들을 가리켰다. 뉴욕 타임즈, 워싱턴 포스트 등 5, 6개의 신문이 펼쳐졌고 한국 일성신문이 보도한 신일본회 기사로 도배되어 있다. 후버가 신문을 내려다보면서 대답했다.

"일부는 사실입니다. 자민당이 세력을 굳히려고 관리들을 포섭한 겁니다. 그런 일은 우리 미국에도 비일비재하죠."

"……."

"제가 그들을 배후 조종하고 있다는 건 소설이고요, 이 정보는 KGB가 CIA를 교란시키려는 작전일 가능성이 큽니다. 그 증거도 일부 포착되었고요."

"KGB가 말이오?"

닉슨이 되물었을 때 크로포드가 헛기침을 했다. 크로포드는 하원 원내총무까지 지낸 정치인 출신으로 후버하고는 사이가 안 좋다.

"이보쇼, 후버 씨. 당신은 걸핏하면 KGB 핑계를 대는데, 오줌이 안 나와도 KGB가 수돗물에 약을 탔기 때문이라고 한다는 소문이 났어요.

이것도 KGB요?"

"크로포드, 당신이 무슨 문제만 일어나면 민주당 때문이라고 둘러대는 것보다 난 증거에 기반을 두고 말하는 사람이야."

"그놈의 증거는 당신 졸자들이 다 조작한 것이겠지, 내가 다 알아."

"당신은 머리에 입만 붙은 괴물이야, 크로포드."

"후버, 당신 입은 배에 붙어서 씹고 삼키는 일밖에 안 하는 것 같아."

"아, 그만."

짜증이 난 표정으로 닉슨이 손을 들어 둘의 말싸움을 말리더니 후버에게 물었다.

"후버, 이 사건으로 일본 정계가 개편될 것 같은데 문제없겠소?"

"일본은 정권이 1년에 10번 바뀌어도 미국 영향권에서 벗어날 수 없습니다, 각하."

심호흡을 한 닉슨이 여전히 찌푸린 얼굴로 후버를 보았다.

"민주당에서 이 사건으로 또 청문회를 할 기세인데, 괜찮겠소?"

"그 사람들, 이웃집 개가 짖는다고 청문회를 하는 사람들 아닙니까? 저한테 맡겨 주십시오."

닉슨이 어깨를 늘어뜨렸을 때 크로포드가 기어코 나섰다.

"또 비서 건드린 일이나 세금 떼어먹은 것 갖고 협박할 작정이오?"

"당신이 창녀촌에서 논 것보다는 다 양반이지."

마침내 후버도 터뜨렸고 닉슨이 버럭 소리쳤다.

"아, 그만 회의 끝냅시다."

후버가 외부 사람이라 사무실을 나갔을 때 크로포드가 닉슨에게 말했다.

"각하, 이 기회에 후버를 교체하는 것이 낫지 않겠습니까? 후버가 벌써 26년째 CIA를 움켜쥐고 있습니다. 거기서 온갖 정보를 독식하다 보니까 약점 안 잡힌 정치인이 없습니다. 이러니까 대통령 위에 CIA 부장이 있다는 말이 나옵니다."

"내 약점도 후버가 쥐고 있다고 그러겠군."

닉슨이 말하자 크로포드가 한숨을 쉬었다.

"그렇습니다, 각하."

"후버의 업적도 많아."

"이미 물러날 때가 지났습니다."

"중국하고 정상화가 되고 나서 생각해보지, 그것이 후버의 최대 업적이 되겠지만."

"알겠습니다."

크로포드가 몸을 돌리면서 말했다.

"후버는 각하를 협박할 수 없습니다. 그저 각하께서 해임시키기만 하시면 사방에서 후버를 물고 뜯을 테니까요. 후버가 입을 벌리기도 전에 악어 밥이 될 겁니다."

크로포드가 나간 지 얼마 되지 않아서 집무실의 전화벨이 울렸다. 교환을 거치지 않은 직통전화다. 완벽한 보안 장치가 된 전화여서 닉슨이 바로 전화기를 귀에 붙였다. 닉슨이 응답했을 때 바로 후버의 목소리가 울렸다.

"각하, 크로포드에게 리비아, 중국 이야기를 하지 않으셨지요?"

"아, 물론."

닉슨의 얼굴에 쓴웃음이 번졌다. 리비아, 중국 이야기란 마약 이야기다. 그때 후버가 말을 이었다.

"이야기하시면 큰일 납니다, 각하."

"알고 있어요, 후버."

"이건 제 선에서 끝낼 겁니다, 각하."

"……."

"각하께 정치적으로나 개인적으로 전혀 누가 되지 않을 것입니다."

닉슨이 심호흡을 했다. 이것이 바로 후버식 '약점 잡기'인 것이다. 크로포드가 생각하는 약점과는 차원이 다르다.

"정보 출처는 어딥니까?"

민국신문의 채명수 기자가 끈질기게 물었기 때문에 양기신은 째려보았다. 채명수는 그와 민국신문 입사 동기로 지금은 정치부장이다. 양기신이 귀국하면 국제부장을 맡게 될 예정이었던 것이다. 그러나 지금은 원수가 되었다. 이번에 대특종이 된 신일본회 기사를 갖고 민국신문으로 돌아왔어야 도리였던 것이다. 대특종을 갖고 일성신문으로 가서 사회부장이 된 양기신은 그들에게 배신자며 반역자다. 양기신이 가만 있었더니 채명수가 집요하게 다시 묻는다.

"이것도 소문이지만 리스타유통의 오금봉 사장이 정보를 제공했다는데 맞습니까?"

그때 양기신이 어깨를 부풀리면서 채명수를 보았다.

"그러니까 민국신문이 발전하지 않는 거요, 좀 크게 보시오."

그 순간 기자들이 '와' 웃었고 채명수의 얼굴이 대번에 시뻘겋게 상기되었다.

"당신, 뭐라고 했어?"

이제는 반말로 나온다. 프레스센터의 기자 회견장, 지금은 양기신이 신일본회에 대한 해설을 마치고 기자들의 질문을 받는 자리였다. 이미 일본 정계는 뒤집혀서 하세가와 내각은 총선을 선포하고 신일본회에 언급이 된 정치인들도 줄줄이 사직을 하는 상황이다. 신일본회가 그야말로 핵폭탄이 되어서 일본 정계(政界)를 강타한 것이다.

이러니 한국은 신일본회를 터뜨린 양기신을 불러 해설을 의뢰했다. 일성신문으로서는 계속해서 특종의 주역이 되는 셈이니 신바람이 안 날 수가 없다. 그런데 정보 출처에 대해서는 노코멘트하자는 사전 약속을 무시하고 민국신문이 배후를 언급한 것이다.

현장에 모인 기자들은 1백여 명, 외신기자들, 특히 일본 언론의 기자들도 10여 명이나 와 있다. 그들의 시선이 양기신에게 집중되었다. 그때 양기신이 대답했다.

"민국신문이 이곳에서 리스타유통을 언급함으로써 일본이 리스타유통에 화살을 겨눌 가능성이 높아졌어요. 이것이 바로 매국이고 반역이오. 사색당쟁 때문에 일본에 갔다 온 사신이 히데요시가 전쟁을 일으킨 인물이 아니라고 한 것과 비슷한 맥락이오. 눈이 뒤집혀서 이런 행동을 하는 민국신문이 그래서 발전이 없다는 겁니다."

그때 기자 몇 명이 박수를 쳤고 몇 명은 웃었다. 다시 소리를 지르려던 채명수가 주위에서 말리는 바람에 입을 다물었고 양기신은 자리에서 일어섰다. 채명수에게 미안한 감정이 일어났지만 어쩔 수 없는 일이었다. 이렇게 짚고 넘어가야 한다.

"당분간 움직이지 않는 것이 낫겠소."

김필성이 말하자 이또가 머리를 끄덕였다. 이곳은 도쿄 긴자의 룸카

폐 하루에의 밀실이다. 방 안에는 김필성과 이또 둘이 마주 보고 앉아 있었는데 오늘까지 세 번째 만나는 셈이다. 술잔을 든 김필성의 얼굴에 쓴웃음이 떠올랐다.

"이또 씨, 신일본회가 터지고 나서 야마구치의 시노다 조장이 이것은 한국의 일본 침략이라고 소리쳤다던데, 들었습니까?"

"들었습니다."

따라 웃은 이또가 한 모금 위스키를 삼켰다.

"모두 이 정보가 CIA 내부에서 흘러나온 것도 압니다."

"과유불급이라고 했어요. 지나치면 넘칩니다, CIA가 너무 오만했어요."

김필성이 목소리를 낮췄다.

"이나카와회의 한국 사업체는 염려하지 않으셔도 됩니다. 우리하고 공동 운영되면 현재 매출의 2배는 달성하게 될 테니까요."

"누이 좋고 매부 좋은 것이지요."

이또의 얼굴에도 웃음이 떠올랐다. 둘은 지금 일본어로 말하고 있다. 신일본회의 폭로로 정관계는 물론이고 야쿠자 조직까지 움츠러든 상황이다. 이나카와회를 장악한 지 얼마 되지 않은 이또에게는 물론이고 김필성에게도 지금이 기반을 굳힐 기회다.

그때 문에서 노크 소리가 들리더니 사내 하나가 들어섰다. 김필성의 부하 차명태다. 김필성의 시선을 받은 차명태가 한국어로 말했다.

"한국에서 사고가 났습니다."

"뭔데?"

차명태가 잠깐 주춤거리자 김필성이 눈치를 채고 말했다.

"괜찮아, 말해."

"조금 전에 양기신 씨가 교통사고로 사망했습니다."

김필성이 숨을 들이켰고 차명태가 말을 이었다.

"뺑소니 사고였습니다."

"……."

"인터뷰를 마치고 귀가하다가 집 앞 건널목에서 사고가 났습니다."

김필성이 손목시계를 보았다. 오후 9시가 되어가고 있다.

"무슨 일입니까?"

듣기만 하던 이또가 묻자 김필성이 바로 일본어로 대답했다.

"신일본회를 폭로했던 기자가 한국에서 뺑소니 사고로 사망했어요."

숨을 들이켠 이또를 향해 김필성이 정색했다.

"다시 시작이 되는군요, 이또 씨."

로마의 팰리스호텔은 빌라 식으로 투숙객이 독채 건물을 사용한다. 이광이 빌라의 응접실에서 전화를 받았을 때는 오후 12시 반 경, 서울은 오후 8시 반이 되어 있을 때다. 보고자는 유통의 오금봉 사장, 오금봉은 지금 멕시코시티에 있다. 멕시코시티는 오전 5시 반이었으니 잠도 못 잤을 것이다. 오금봉은 방금 양기신의 사고를 보고했다.

"누구 짓인 것 같습니까?"

잠자코 보고를 듣고 난 이광이 바로 그렇게 물었다.

"CIA, 야쿠자, 둘 다 가능성이 있습니다, 회장님."

오금봉은 거침없이 말을 이었다.

"또는 둘이 연합해서 작전을 했을 수도 있고요."

통화가 도청될지도 모른다는 생각은 전혀 하지 않는 것 같다. 이광도 용의주도한 오금봉의 성품을 아는 터라 부담 없이 말했다.

"신일본회를 폭로한 보복을 하겠다는 신호인가요?"

"가만히 앉아서 당하지는 않겠다는 시위 같기도 합니다."

"앞으로의 예상은?"

"이것으로 끝나지는 않을 겁니다."

오금봉의 목소리가 굳어졌다.

"우리도 가만있지 않을 테니까요."

"범인을 확실하게 알고 나서 행동해야 될 것 아닙니까?"

"곧 연락이 올 겁니다, 회장님."

"어디서 말이오?"

"양쪽에서요."

"……."

"연락이 오지 않는 쪽이 혐의를 인정하는 분위기가 될 테니까요. 자기들이 안 했으니까 연락할 필요가 없다고 생각한다면 오산이죠."

그 순간 이광이 숨을 들이켰다. 오금봉은 도청을 예상하고 이야기를 하는 것이다. 이것은 경고다. 너희들이 결백하다면 그 증거를 대보라는 것이다. 이광은 심호흡을 했다. 이제는 우리도 당하지만은 않는 조직력과 힘을 갖게 되었다는 자부심이 일어난 것이다.

오전 9시 반, 테이블에 앉아 있던 해밀턴이 노크 소리에 대답만 하고 머리는 들지 않았다. 서류를 보고 있던 중이었다. 그때 문이 열리는 기척을 들은 해밀턴이 머리를 들었다. 윌슨이 들어서고 있다.

"해밀턴, 바쁘십니까?"

"아니, 근데 무슨 일이야?"

해밀턴이 자신이 6년 동안 공을 들여 만들어온 해외작전국을 인계

받은 윌슨을 지그시 보았다. 윌슨은 해외공작 경험이 전무(全無)하다. 후버의 보좌관으로 어깨너머에서 지시하는 것을 구경만 했을 뿐이다. 현지 작전은커녕 제대로 총이나 쏠 줄 아는가 모르겠다. 그때 윌슨이 앞쪽 의자에 앉더니 긴 숨부터 뱉었다.

"보고 들으셨지요?"

"무슨 보고?"

"한국의 사고 말입니다."

"또 북한이 휴전선에서 총질한 거야?"

그러자 어깨를 늘어뜨린 윌슨이 입을 열었다.

"신일본회 특종을 터뜨린 기자가 어제 뺑소니 사고로 사망했어요."

"……."

"한국 경찰이나 신문사 측에서는 그 기자가 살해되었다고 발표했습니다. 그 기자가 신일본회에 대한 제2차 브리핑을 마치고 돌아가는 길이었거든요."

"……."

"그런데 리스타가 그것이 우리 소행인 줄 압니다."

"……."

"야쿠자나 CIA 둘 중 하나의 작전이지만 CIA가 배후에 있다고 믿는 것 같습니다."

"누가 그래?"

"오금봉이가 이광하고 통화하는 것을 들었습니다."

"뭐라고 했는데?"

"하지 않았다면 해명을 할 테니까 기다려 보자고 하더군요, 오금봉이가."

"……."

"이광은 듣기만 하고요. 통화가 도청되는 것을 알고 하는 말이었습니다."

"했나?"

불쑥 해밀턴이 묻자 윌슨이 머리를 저었다.

"그래서 내가 당신한테 온 것 아닙니까?"

"왜? 내가 이중간첩이어서?"

그러자 윌슨이 여전히 정색하고 말했다.

"당신이 해명을 해주시지요, 우리 작전이 아닙니다."

"내가 왜?"

"당신 말을 믿을 테니까요."

"난 못해, 윌슨."

의자에 등을 붙인 해밀턴이 지그시 윌슨을 보았다.

"그거, 보스 지시를 받고 온 거지?"

"그래요, 해밀턴 씨."

"보스한테 말해. 그쪽은 내 말을 믿지도 않고 내가 날개 잃은 까마귀 신세가 되어서 1급 정보에서는 밀려나 있다는 것을 다 알고 있다고 말이야."

"왜 이러십니까? 해밀턴 씨."

윌슨이 오만상을 찌푸렸다.

"보스가 리스타하고 전쟁할 때가 아니라고 했단 말입니다."

안토노프가 시선을 들고 이광을 보았다. 회색 눈동자가 번들거리고 있다. 50대 중반쯤으로 건장한 체격, 이곳은 팰리스호텔의 응접실, 방금 인사를 마친 안토노프가 자리에 앉은 참이다.

"시간을 내주셔서 고맙습니다."

안토노프의 영어는 유창하다. 부드러운 목소리로 안토노프가 말을 잇는다.

"카다피 지도자께 회장님을 만나게 해달라고 여러 번 부탁을 드렸지요."

"무슨 일로 날 만나려고 한 겁니까?"

이광이 묻자 안토노프는 빙긋 웃었다.

"이 회장님께서 우리도 필요로 하실 것 같다는 생각을 했습니다."

"무슨 말씀이신지?"

"세계 경영에 나선 리스타가 한쪽에만 치우치지는 않을 것 같았습니다."

이광이 옆에 앉은 안학태를 힐끗 보았다. 안학태는 긴장하고 있다. 커피 잔을 든 이광이 입을 열었다.

"구체적으로 말씀해보시죠."

"소련과 미국이 대립만 하고 있는 건 아닙니다. 비공식으로, 비밀리에 접촉하고 있지요. 회장님도 알고 계실 것입니다."

"……."

"며칠 전에 서울에서 기자 하나가 뺑소니 사고로 죽었더군요."

안토노프가 초점이 흐려진 눈으로 이광을 보았다.

"서울에 있는 정보원한테서 들었는데 그건 CIA나 야쿠자 소행이 아닌 것 같습니다."

다시 이광과 안학태의 시선이 마주쳤다. 그럼 누구란 말인가? 안토노프가 말을 이었다.

"우리는 신일본회 발표가 어떻게 시작되었는지 잘 알고 있습니다."

안토노프의 얼굴에 웃음이 떠올랐다.

"적 내부의 분란만큼 재미있는 구경거리는 없으니까요."

"난 따라 웃지 못하겠는데요, 안토노프 씨."

정색한 이광의 말에 안토노프가 금방 웃음을 지우고 말했다.

"샌디 길포드를 살해한 건 사이또파의 용병들이라는 것은 알고 계시지요?"

"압니다."

"사이또가 CIA의 보호를 받으며 하와이에 있다는 것도 아십니까?"

숨을 들이켠 이광이 소파에 등을 붙였다. 안토노프가 말을 이었다.

"용병들도 함께 있습니다. 빌라를 전세 내어서 마음 놓고 놀고 있지요."

"......"

"서울의 기자는 북한 공작원의 소행입니다. 리스타와 CIA 그리고 야쿠자와의 관계를 악화시키려는 공작입니다."

안토노프의 얼굴에 다시 웃음이 떠올랐다.

"이렇게 양측의 정보를 모으시면 균형 잡힌 거래를 하실 수가 있지요, 회장님."

"그래서 나한테 뭘 바라는 겁니까?"

"지금은 없습니다."

머리를 저은 안토노프가 회색 눈동자로 이광을 보았다.

"이렇게 뵙게 된 것만으로 충분합니다. 이번 정보는 뵙게 된 기념으로 드리는 것이지요."

"고맙습니다."

"서울의 북한 공작원에 대한 정보는 이 친구한테 연락하시면 됩니다."

안토노프가 주머니에서 접힌 쪽지를 꺼내 탁자 위에 놓았다.

"그리고 언제든 제가 필요하시면 소련 대사관에 이 번호를 불러주시면 됩니다. 그럼 바로 저하고 연락이 될 것입니다."

다시 쪽지 하나를 꺼내 탁자 위에 놓은 안토노프가 이광을 보았다.

"저는 어떻게 연락을 드릴까요?"

그러자 이광이 안학태에게 말했다.

"연락 방법을 전해 드려."

안학태가 메모지를 꺼내더니 적었다.

"이또 씨."

시노다 고이노가 웃음 띤 얼굴로 이또 간스케를 보았다. 도쿄 긴자의 요정 아사히의 방 안, 이또는 고문 나까노를 배석시켰고 시노다는 원로 고이스케를 대동하고 있다. 이또와 시노다는 마주 보고 앉았으며 나까노와 고이스케는 뒤쪽의 오른쪽에 자리 잡고 앉은 것이다. 이또는 심호흡을 했다. 일본 제1의 야쿠자 조직 야마구치조의 조장 시노다가 제3의 조직 이나카와회의 회장을 초청한 자리였다.

오후 6시 반, 다다미방에는 넷뿐이다. 주위는 조용하다. 방 9개짜리 요정이 텅 빈 것이다. 대문에 '금일휴업' 팻말이 붙어 있다. 이또와 시선이 마주쳤을 때 시노다가 말을 이었다.

"이번에 서울에서 일어난 뺑소니 사건, 우리하고는 관계가 없는 일이오."

"……"

"그리고 이참에 말하겠는데 샌디 길포드 살해 사건도 우리는 모르는 일이오."

어깨를 편 시노다가 이제는 정색하고 이또를 보았다.

"해명할 필요도 없다고 말하는 원로들도 있었지만 오해를 적극적으로 풀어야겠다고 생각한 거요."

"그렇습니까?"

"리스타 측에 전해 주시기 바랍니다."

"알겠습니다, 조장님."

이또가 어깨를 편 채 대답했다.

"엄마, 나, 여기서 공부해도 돼?"

상철이 묻자 강은서는 머리를 끄덕였다.

"아, 그럼. 엄마가 바쁘니까 한 시간만 있다가 집에 가자."

"알았어."

소파에 앉은 상철이 가방에서 책을 꺼내 펼쳤다. 오전 11시, 오늘은 유치원에 행사가 있어서 강은서가 상철이를 데리고 학원으로 온 것이다. 원장실은 조용하다. 강은서는 결재서류를 체크했고 상철이는 얌전하게 앉아서 책을 읽는다. 그때 문에서 노크 소리가 들리더니 문이 열렸다. 총무부 여직원의 얼굴이 보였다.

"원장님, 손님이 오셨는데요, 회장님 자당님이시라고……."

"누구?"

그때 여직원 뒤로 주영희 여사의 모습이 드러났다.

"나야, 보고 싶어서 왔어."

"어머니!"

깜짝 놀란 강은서의 얼굴이 대번에 하얗게 굳어졌다. 강은서의 시선이 상철이에게로 옮겨졌다가 다시 주영희 여사에게 돌아갔을 때는 이미 주영희가 방 안으로 들어온 후다. 총무부 여직원은 영문을 모른 채 방을 나갔고 안에는 셋이 남았다.

"잘 있었지?"

주 여사가 활짝 웃으며 말했다가 그때서야 소파에 앉아 있는 상철이를 보았다.

"아이구, 애가 있네, 넌 누구냐?"

그때 상철이가 얌전하게 일어서더니 주 여사를 향해 인사를 했다.

"안녕하세요? 김상철입니다."

"어이구, 똑똑하구나, 이쁘게 생겼다."

건성으로 인사를 받은 주 여사가 방 안을 둘러보았을 때 그때서야 정신을 차린 강은서가 자리를 권했다.

"어머니, 여기 앉으세요."

그러고는 상철이에게 말했다.

"상철아, 가방 들고 나와."

"응, 엄마도 같이 갈 거야?"

"그래."

강은서의 목소리가 떨렸고 얼굴도 금방 빨갛게 달아올랐다. 옆쪽에서 그것을 듣고 본 주 여사가 아직 영문을 모른 채 묻는다.

"엄마라니?"

안다면 이렇게 묻지 않는다. 주 여사가 상철이에게 다시 물었다.

"엄마라니? 누가?"

주 여사는 아직 웃음 띤 얼굴이다. 그때 상철이가 손으로 강은서를

226

가리켰다.

"우리 엄마예요."

"어머니!"

강은서가 마침내 주 여사에게 말했다. 이제 얼굴이 하얗게 굳어졌고 눈동자가 흐리다. 강은서가 떨리는 목소리로 말했다.

"얘가 제 아들입니다."

이광이 이철의 전화를 받았을 때는 오전 10시 반, 이집트 카이로에서였다. 나일 강변의 프린스호텔에 투숙한 이광에게 비서실장 안학태가 전화기를 건네주면서 말했다.

"급하시다는데요."

이광이 서둘러 전화기를 귀에 붙였다.

"응, 무슨 일이냐?"

집안일로 급하다면 부모 문제다. 이광의 심장 박동이 빨라졌다. 그때 이철이 말했다.

"형, 어머니가 학원에 가셨어."

"어, 그런데?"

"그런데 거기서 애를 보신 모양이야."

"애를?"

엉겁결에 되물었던 이광이 숨을 들이켰다. 그때 이철이 말을 이었다.

"거기, 원장님이 애를 자기 아들이라고 어머니한테 말했다는군."

"……."

"어머니가 충격을 받으셨어."

"……."

"집에 돌아오셔서 한참 동안이나 말씀을 안 하시기에 겨우 물어서 내막을 알게 된 거야."

"……."

"형, 난 어머니 맡아서 진정시켜 드릴 테니까 형은 그분 위로해 드려, 충격을 더 받으셨을 테니까 말이야."

"……."

"내가 그 이야기하려고 전화했어, 어머니한테는 놔두고 그분한테 전화하라고."

"고맙다, 철아."

전화기를 내려놓은 이광이 머리를 들고 안학태를 보았다.

"서울 상철이 엄마 좀 바꿔주지."

안학태가 잠자코 몸을 돌렸다. 밖에서 연결시켜 주려는 것이다.

"전화 연결이 안 됩니다."

잠시 후에 방으로 들어선 안학태가 말했다. 안학태는 외면하고 있다. 옆쪽 벽에 시선을 준 채 안학태가 말을 이었다.

"심란하시겠지만 별일은 없을 것입니다."

"……."

"어차피 한번 일어날 일이었습니다."

"……."

"상철이 어머니도 면목이 없으셨겠지요."

"내가 먼저 말씀을 드리는 건데 잘못했어."

마침내 이광이 가라앉은 목소리로 말했다.

"내 처리가 잘못된 거야."

안학태는 대답하지 않았다. 그랬을 수도 있고 다른 방법이 나왔 수

228

도 있다. 그러나 지금은 이광이 자책하도록 놔두는 것이다. 한동안 정적이 덮였다가 이광이 말을 이었다.

"좋아, 음이 있으면 양이 있는 법이다."

이것이 이광의 성품이며 사고의 기본이다.

"저기서 뭘 낚는다는 거야?"

모리슨이 쓴웃음을 지으면서 앞쪽 요트를 턱으로 가리켰다.

"미친놈들."

"낚싯대는 고급품이군."

옆에 선 해리가 투덜거렸다. 배가 아파서 하는 말이다. 해리와 모리슨은 5톤짜리 모터보트로 낚시를 가는 중이다. 둘은 생계형 낚시꾼으로 카우아이 섬에서 산다. 둘의 낚싯배가 다가가자 선미에 서 있던 사내 둘이 내려다보았다. 동양인이다.

"저놈들이 빌린 모양이다."

모리슨이 해리에게 말했다.

"돈 많은 놈들이군."

"여행자야."

해리가 사내들을 둘러보며 말했을 때 안에서 세 명이 더 나왔다. 요트는 50톤급 호화선으로 둘에게는 눈에 익다. 오아후의 렌트 회사 소유다. 해리의 낚싯배가 20미터쯤의 거리를 두고 지나갈 때 동양인 하나가 손을 흔들며 소리쳤다.

"많이 잡았어?"

"아니. 그런데 여기서 뭘 잡겠다는 거야? 여긴 고기가 없어!"

모리슨이 맞받아 소리쳤다.

"상관없어! 놀러 왔으니까!"

"놔둬."

해리가 배의 속력을 높이면서 말했다. 둘의 배가 50미터쯤 나아갔을 때다.

"꽈꽈꽝!"

엄청난 폭음과 함께 호화 요트가 폭발했다. 불기둥이 20미터쯤 높이까지 솟아오르면서 요트가 두 조각으로 갈라지더니 산산조각이 났다.

"으악!"

놀란 해리가 엎어지면서 조타기를 돌렸기 때문에 배가 옆으로 기울었다. 그 순간 요트의 파편이 낚싯배로 쏟아져 내렸다.

"아이구!"

나무 조각에 등을 맞은 모리슨이 비명을 질렀다.

"도망쳐!"

모리슨이 소리치자 해리가 낚싯배의 속력을 높였다.

"아이구, 저것 봐라!"

뒤를 돌아본 모리슨이 비명을 질렀다.

"배가 가라앉는다!"

이제 배라고 할 것도 없다. 산산조각이 난 50톤급 요트의 선미가 막 바다 속으로 가라앉는 중이었다. 선수 쪽은 이미 흔적도 없어졌다.

"사람들을 구해야 되지 않을까?"

해리가 낚싯배를 그쪽으로 돌리면서 소리쳤다. 그러나 사람은 보이지 않았다.

한 시간쯤 후에 오아후 섬 북단의 빌라에서 사이또 다까모리가 부하기시의 보고를 받는다.

"보스, 카우아이 섬 근처에서 요트가 폭발했습니다."

사이또는 시선만 주었고 기시가 말을 이었다.

"근데 배에 탄 12명이 다 죽었다고 합니다. 선원 6명에 승객 6명입니다."

"그게 어쨌단 말이야?"

사이또가 들고 있던 오렌지 주스를 한 모금 삼키고 기시를 보았다. 오전 11시 반, 사이또는 어젯밤의 숙취가 아직 가시지 않았다. 빌라에서 여자들을 불러놓고 새벽 4시까지 광란의 파티를 한 것이다. 그때 기시가 한 걸음 다가와 섰다.

"보스, 그 배에 야마다 일행이 타고 있었습니다."

순간 사이또가 숨을 들이켜면서 오렌지 주스 잔을 내려놓았다. 탁자 위에 놓는다는 것이 미끄러져서 잔이 바닥으로 떨어졌다.

"야마다가? 그 배에?"

"예, 낚시를 간다고 했거든요."

"……."

"방금 방송에 나왔습니다. 시신은 3구밖에 건지지 못했다는데요."

기시가 손바닥으로 얼굴의 땀을 닦았다.

"근처에 있던 낚싯배가 신고를 했는데 갑자기 폭발했답니다."

"……."

"탑승 기록을 보면 야마다와 5명이 타고 있었습니다."

"폭, 폭발이야?"

"예, 경찰이 원인 분석을 하고 있습니다만……."

폭발시킨 것이다. 사이또가 자리에서 일어섰다. 뭘 하려고 일어선 것은 아니다. 앉아 있기가 불안했기 때문이다.

"경고를 할까요?"

토시오가 묻자 캠벨이 머리를 끄덕였다.

"외출하지 말라고 해, 외부인 출입도 금지시키라고 하고."

"아마 뉴스 보도로 지금쯤 알고 있을 겁니다."

전화기를 든 토시오가 입맛을 다시면서 말을 이었다.

"상황이 심각해지는데요."

토시오는 일본계 CIA 요원으로 하와이 주재 요원이다. 일본어에 능통하고 하와이 태생이어서 이번 작전의 실무를 맡고 있다. 버튼을 누른 토시오가 전화기를 귀에 붙이더니 힐끗 캠벨을 보았다. 캠벨이 사이또 보호책을 맡고 파견된 것이다. 사이또와의 직통 전화여서 곧 본인이 받았다.

"아, 사이또 씨."

토시오가 일본어로 말했다.

"별도 통보가 있을 때까지 밖으로 나가지 마시고 외부인 출입도 금지시키세요."

"놈들한테 우리 위치도 발각되었겠지요?"

사이또가 묻자 토시오는 헛기침부터 했다.

"그럴 가능성이 있어요, 하지만."

힐끗 캠벨에게 시선을 준 토시오가 말을 이었다.

"여기는 미국 영토요, 일본과는 다릅니다."

"누구 짓입니까?"

린드버그가 묻자 해밀턴의 얼굴에 희미한 웃음이 번졌다.

"윌슨이지."

"윌슨이 후버 부장의 지시를 받은 겁니까?"

"그것이……."

위스키 잔을 쥔 해밀턴이 한 모금에 술을 삼켰다. 밤 10시 반, 뉴욕 맨해튼의 바, 이곳은 린드버그의 단골집으로 해밀턴을 불러낸 것이다. 해밀턴이 말을 이었다.

"윌슨이 오버했을 가능성이 있어."

"오버하다니요?"

"후버의 의중을 짐작하고 행동한 건데, 더 나갔어."

"……."

"지금까지 그런 경우가 몇 번 있었고 그것으로 후버의 신임을 받았으니까."

"윌슨이 사이또에게 지시를 하고 신일본회 인사들한테 사이또파 지원을 부탁한 것이란 말씀이지요?"

"아마 누구를 시켜서 지시를 했겠지. 윌슨도 직접 나서지 않아, 그놈이 약아빠져서."

"책임도 직접 지지 않겠군요."

"그래서 지금까지 순탄하게 출세했지."

윌슨은 지금 해밀턴이 닦아놓은 해외작전국장을 맡고 있는 것이다. 그때 술잔을 든 린드버그가 얼굴을 일그러뜨리며 웃었다.

"이제부터가 문제입니다, 부장보님. 사이또와 용병들을 하와이까지 데려와서 보호해주는 건 일도 아니었겠지요."

"……."

233

"그런데 용병단 야마다를 포함한 6명 전원이 폭사해버렸단 말입니다."

"……."

"그 원흉인 사이또가 제외될 수 없겠지요?"

"지금 나한테 묻는 거냐?"

"상식적으로 생각해보시지요."

"누가 한 거야?"

"뭐 말씀입니까?"

"야마다가 탄 배를 폭발시킨 것."

"제가 어떻게 압니까?"

"리스타유통 작전 아닌가?"

"저는 모릅니다."

"하와이는 미국령이야, 수사하면 금방 드러나."

"분명히 말씀드리는데 이건 우리 작전이 아닙니다."

"그럼 리스타유통도 용역을 준 건가?"

"모르지요, 그건 윗선에서 결정한 일이니까요."

해밀턴이 의자에 등을 붙였다. 작은 바 안은 조용하다. 구석자리에 마주 보고 앉은 둘의 몸은 어둠 속에 묻혀서 손과 몸의 윤곽만 어렴풋이 드러났다. 손님은 그들 둘과 문 옆쪽에 둘씩 앉은 두 테이블까지 여섯 명뿐이다. 문 옆 네 명은 각각 해밀턴과 린드버그의 부하 둘씩이다. 그때 해밀턴이 말했다.

"이것으로 주고받는 거야."

린드버그가 시선만 주었고 해밀턴이 말을 이었다.

"설령 후버가 지시했더라도 사이또 선에서 끝나게 될 거야."

"……."

"이 회장을 어떻게 하지는 못 해, 그만큼 이 회장이 커진 거지."

"……."

"만일 어떻게 했다가는 중국 사업, 이라크, 후세인 사업, 멕시코 사업까지 다 깨질 테니까."

"언제 오실 겁니까?"

불쑥 린드버그가 묻자 해밀턴의 눈에 초점이 흐려졌다.

"후버는 내가 이러는 거 알아."

"알겠지요."

린드버그의 눈에도 초점이 흐려졌다.

"부장보님의 역할이 중요하다는 것도 알 겁니다. 만일 부장보님을 어떻게 했다가는 우리하고의 중간 역할이 끊기게 되니까요."

"내 역할이 흔들릴 때 떠날 거야."

해밀턴이 자리에서 일어서면서 웃었다.

"아마 내일쯤 간부회의가 열릴 텐데 그때 월슨의 얼굴이 어떻게 될지 궁금하군."

그리고 바로 다음 날 오전, 해밀턴의 예측대로 후버 부장실에서 간부회의가 열렸다. 부장실 간부회의는 부장과 부장보 셋, 해당 국장만, 최소한의 인원이 참석하는 것이다. 그런데 이번에는 후버와 소련 담당 부장보 해밀턴, 국내 담당 부장보 맥아더와 해외작전국장 월슨까지 넷만 모였다. 후버가 바로 본론을 꺼내었다.

"어제 하와이 요트 폭발 사건, 보고해."

"예, 선원 6명, 일본 야쿠자 6명이 폭사했습니다."

맥아더가 요점만 보고했다.

"FBI는 파편에서 C-4 성분을 확인했습니다. 계획적으로 폭발시킨 것입니다."

"용의자는?"

"전날 요트에 폭탄을 장착시킨 것 같습니다. 용의자는 리스타유통이 유력합니다."

"증거는 확보했나?"

"FBI가 리스타 관계자 3명을 연행해서 조사하고 있습니다."

"알리바이는?"

"알리바이는 있지만 심증이 있으니까요."

그때 후버가 머리를 들고 해밀턴을 보았다.

"해밀턴, 어떻게 생각하나?"

따지고 보면 해밀턴은 소련 담당 부장보로 이번 사건과는 관계가 없다. 눈만 끔벅이던 해밀턴의 시선이 해외작전국장 윌슨에게 옮겨졌다. 시선을 받은 윌슨이 얼른 외면했다. 어깨를 편 해밀턴이 입을 열었다.

"하와이 주재 우리 요원들이 FBI에 정보를 준 모양이군요."

후버가 듣기만 했고 해밀턴이 말을 이었다.

"사이또 문제는 놔두는 게 낫습니다. 리스타 직원들도 풀어주도록 하시지요."

그러자 후버가 던지듯 말했다.

"그렇게 해."

부장실을 나온 해밀턴의 뒤에서 맥아더가 불렀다.

"이봐, 해밀턴. 이야기 좀 해."

걸음을 멈춘 해밀턴의 옆으로 맥아더와 윌슨이 다가와 섰다. 맥아더가 투덜거리듯 말했다.

"하와이 현지 요원은 토시오라는 일본 놈이야. 그놈한테 연락을 하겠어."

해밀턴이 쓴웃음만 지었고 맥아더의 시선이 윌슨에게로 옮겨졌다.

"윌슨이 파견한 캠벨이라는 병신 같은 놈이 있다는 군. 그놈이 일본 놈들 가이드 노릇을 한 모양인데 그놈 지시를 받고 있었어."

"내가 알지 캠벨을."

해밀턴이 정색하고 말을 이었다.

"진짜 병신이지. 베를린에서 작전에 투입시켰다가 원체 쪼다 짓을 해서 본국으로 보냈던 놈이야. 그런데 이번에 윌슨 밑에서 중책을 맡았군."

"그놈도 철수시켜야겠지?"

맥아더가 묻자 윌슨이 외면한 채 대답했다.

"그래야겠지."

"바로 철수시켜, 윌슨."

해밀턴이 웃음 띤 얼굴로 말했다.

"부장 지시가 없었다면 사이또 다음 순서로 캠벨이 되었을 테니까."

윌슨이 숨만 쉬었을 때 해밀턴의 말이 이어졌다.

"그다음 순서는 윌슨, 너야."

"뭐라고 했소?"

윌슨이 눈을 치켜뜨자 해밀턴이 빙그레 웃었다.

"윌슨, 이제는 부장의 의중을 지레짐작하고 움직이면 목숨이 날아간다. 그리고 부장도 그 일에 책임을 져주지 않아."

"맞아."

해밀턴과 사이가 나빠져 있던 맥아더가 동의했다. 맥아더가 그런 면에 있어서는 선배다. 몸을 돌리면서 해밀턴이 다시 윌슨에게 경고했다.

"윌슨, 리스타를 건드리려면 나한테 문의해 보는 것이 안전할 거야, 지금까지 내가 리스타를 키워왔으니까 말이야."

맥아더는 못 들은 척 몸을 돌렸고 윌슨은 눈만 깜박였다.

"형님, 제가 결혼할 여자입니다."

한국말로 말한 나영찬이 이번에는 영어로 여자에게 말했다.

"회장님이셔, 인사해."

"란차우입니다."

여자가 맑은 목소리로 인사를 하더니 두 손으로 합장을 했다. 중국계 싱가포르 국적의 여자다. 카이로 대학에서 박사 과정을 마치고 리스타여행사에서 근무하다가 나영찬과 결혼하게 된 것이다. 큰 키, 날씬한 몸매, 검은 눈동자의 미인이다.

"잘 왔어요."

이광이 반갑게 여자를 맞았다. 프린스호텔의 응접실, 오후 4시 반이다. 자리 잡고 앉았을 때 여직원이 들어와 마실 것을 놓고 나갔다. 이광은 카이로에 사흘째 머물고 있는 중이다.

"언제 결혼한다고?"

이광이 영어로 묻자 나영찬이 바로 대답했다. 란차우는 수줍게 웃는다. 26세, 부친이 싱가포르에서 백화점을 소유하고 있는 거부라고 했다.

"예, 다음 달 6일입니다. 어머니는 벌써 여기 와 계십니다."

결혼식은 카이로에서 할 예정이다.

"잘됐다. 나도 시간이 나면 참석할 테니까."

"감사합니다."

참석하지 못할 경우에 대비해서 나영찬이 먼저 제 신부가 될 여자를 인사시키는 것이다.

"네가 이렇게 기업인으로 자리를 잡았구나."

다시 한국어로 이광이 조금 감회가 섞인 표정을 짓고 말했다.

"내가 감개무량하다."

"모두 형님 덕분입니다."

나영찬의 얼굴도 상기되었다. 앉은 채로 머리를 숙여 보인 나영찬이 물기가 배인 눈으로 이광을 보았다.

"형님은 제 인생의 은인이십니다."

"내가 든든하다."

"끝까지 모시겠습니다."

나영찬은 리스타 카이로 법인 사장으로 리스타여행사를 이집트는 물론이고 아프리카 제1의 여행사로 성장시켰다. 리스타여행사는 뉴욕 증시에 상장되었고 주가 총액이 10억 불이 된다. 그때 나영찬이 생각났다는 표정을 짓고 물었다. 여전히 한국어다.

"형님도 곧 결혼하신다고요? 지난주에 안 실장한테서 들었습니다."

"아!"

"축하드립니다."

"고맙다."

"결혼식은 언제 하십니까?"

"좀 있다가."

머리를 돌린 이광이 이제는 영어로 란차우에게 물었다.

"집안에서 반대하지 않던가요?"

"아뇨."

란차우가 웃음 띤 얼굴로 바로 대답했다.

"할아버지까지 모두 반기셨어요, 우리 조상도 한족으로 중국계거든요."

"그렇군요."

"더구나 산둥(山東)성이어서 먼 옛날에 제 조상들의 고향이 백제라는 나라의 영토였다고 들었습니다."

"백제?"

숨을 들이켠 이광이 란차우를 보았다. 백제 이야기를 이곳에서, 싱가포르 여자한테서 듣다니. 그때 란차우가 말을 이었다.

"그래서 우린 같은 뿌리라고도 하셨습니다."

아, 백제, 불멸의 백제여.

"전화를 안 받는데요."

기시가 머리를 기울이며 말했다. 오후 7시 반, 오늘은 빌라 안이 조용해서 사람이 사는 것 같지가 않다. 어젯밤과 비교하면 천양지차가 난다. 어젯밤에는 콜걸 10명을 불러와서 그야말로 난장판이었다. 빌라 잔디밭에서 여자하고 섹스를 하는 놈도 있었다. 정원의 풀장으로 옷을 입은 채 뛰어드는 놈, 비명을 지르며 도망치는 여자, 여자를 차지하려고 다투는 놈들, 사이또도 여자 둘을 끼고 침대에서 뒹굴다가 의자를 부쉈다. 그런데 오늘은 빌라에 남자가 7명이나 있는데도 발자국 소리도 나지 않는다. 모두 긴장하고 있는 것이다. 사이또가 이맛살을 찌푸렸다.

"그 개새끼들한테 연락할 것 없어. 여행사에 연락해서 내일 오키나와로 가자."

"알았습니다."

기시가 다시 전화기를 들더니 번호판을 눌렀다. 돌아가는 상황을 알아보려고 오후 4시부터 CIA 담당자 토시오에게 연락을 했지만 받지를 않는 것이다.

"여보세요, 여행사지요?"

반색을 한 기시가 전화기에 대고 말했다. 퇴근 시간이 지났기 때문이다. 기시가 말을 이었다.

"내일 오키나와행 비행기가 있습니까?"

그러고는 상대방의 말을 듣고 나서 사이또에게 말했다.

"오야붕, 괌으로 가는 비행기가 오후 1시에 있다는데요. 괌에서 오키나와는 수시로 있답니다. 배로 갈 수도 있고요."

"그렇지, 괌에서 가깝지."

머리를 끄덕인 사이또가 바로 지시했다.

"예약해라."

다음 날 아침 식사를 마친 사이또 일행은 출발 준비를 했다. 단독 빌라에 투숙한 터라 부하들이 방을 오가며 짐을 정리했다. 빌라는 수영장에 정원까지 딸린 2층 저택으로 하와이에 외국 고위층이 방문했을 때숙소로 자주 쓰이는 곳이다. 방이 5개나 있었기 때문에 일행이 사용하기에 충분했다.

"가방 나르러 저기 왕 서방이 오는군요."

부하 하나가 아래층에서 앞쪽을 보면서 말했다. 지난 열흘 동안 빌라에 묵으면서 낯이 익은 중국계 종업원 왕 씨가 수레를 끌고 빌라의 정원으로 들어서고 있다. 가방을 옮기려고 직원 셋이 뒤를 따라왔다.

"자, 서둘러."

기시가 지시하자 부하들이 응접실로 가방을 날라 왔다. 그때 2층 계단을 내려오면서 사이또가 말했다.

"기시, 나까무라가 오키나와에서 기다린다고 했다. 물건 다 준비했다는군."

"잘되었군요."

기시가 반색을 했다. 이곳 하와이에서는 CIA의 보호를 받기 때문이기도 했지만 무기를 소지할 수가 없었던 것이다. 그래서 사이또는 오키나와의 조직원에게 무기를 준비시켰다.

"왕, 수레 하나로는 부족해."

기시가 응접실로 들어온 왕 씨에게 말했다. 제복 차림의 왕 씨는 30대 중반쯤으로 웃음 띤 얼굴이다. 가슴의 이름표에 왕이라고 적혀 있다.

"아, 예. 걱정하지 마십시오, 선생님."

왕 씨가 주위를 둘러보며 말했다.

"가방은 다 처리할 테니까요."

그때 계단 위에 서 있던 사이또는 왕 씨를 따라온 직원들이 제각기 수레 밑에서 뭔가를 꺼내는 것을 보았다.

"앗!"

사이또가 소리친 순간이다.

"퍽퍽퍽퍽퍽퍽!"

둔탁한 발사음이 응접실을 울렸다.

"퍽퍽퍽퍽퍽퍽!"

첫 발을 맞은 사내가 바로 사이또다. 가슴에 대여섯 발을 맞은 사이또가 2층 계단에서 굴러떨어졌고 이어서 기시와 부하들이 빗발 같은 총탄에 맞았다. 이제는 왕 씨도 뒤쪽 허리춤에서 소음기가 끼인 권총을 꺼내 쏘아 제친다.

"퍽퍽퍽퍽!"

사내 셋은 모두 기관총을 난사하고 있었기 때문에 응접실에 모인 5명은 순식간에 몸이 벌집이 되어서 쓰러졌다.

"두 놈 더 있다!"

왕 씨가 소리치자 사내들이 옆쪽 방으로 뛰었다.

"퍽퍽퍽!"

이어서 들리는 발사음, 그때 사내 하나가 옆쪽 방에서 뒷마당으로 뛰어내렸다가 이쪽에서 쏜 총탄을 맞고 사지를 뒤흔들며 쓰러졌다.

"7명 완료!"

사내 하나가 소리치자 왕 씨가 하나씩 확인하더니 제각기 머리에다 다시 한 발씩 쏘았다.

오전 9시 반, 야마구치조 조장 시노다 고이노가 전화를 받는다. 응접실에 설치된 직통전화다. 전화기를 귀에 붙인 시노다가 응답했다.

"응, 무슨 일이야?"

보좌역 겸 경호실장 히다모도가 전화를 한 것이다. 그때 히다모도가 낮지만 굵게 말했다.

"조장님, 하와이에서 사이또가 사살되었습니다."

"……."

"빌라에서 사이또 이하 기시 등 7명이 몰사했습니다."

"……"

"지금 미국 방송에 보도되었는데 강도의 소행이라고 하는군요."

시노다가 길게 숨을 뿜었다. 용병 6명에 이어서 사이또까지 몰사했
다. 사이또파는 전멸이다.

제6장
전면전쟁

이광이 홍콩에 도착했을 때는 밤이다. 구룡섬 바닷가에 위치한 안가 응접실에서 이광이 양명의 전화를 받는다.

"회장님, 제가 지금 안가로 갑니다."

양명은 공항에 마중 나오지 않았는데 안가로 온다는 것이다. 밤 10시 반이 되어가고 있다.

"보고 드릴 것이 있습니다."

"알았어, 기다릴게."

늦은 시간이었지만 양명은 물론 이광도 상관하지 않았다. 11시가 되었을 때 이광과 양명은 응접실에서 마주 앉았다.

"저도 방금 중국에서 왔습니다."

양명이 화사한 웃음을 띠고 이광을 보았다.

"이달 말에 코카인 5톤이 준비됩니다. 어떻게 하면 됩니까?"

양명이 중국산 마약 거래의 책임자가 된 것이다. 홍콩에 세운 투자 금융 회사 경영자이기도 한 양명이다. 이광의 얼굴에도 웃음이 떠올랐다.

"막중한 책임을 맡았군, 양 사장."

"도와주시기 바랍니다."

"내가 유통의 오 사장한테 연락할 테니까 곧 전화를 할 거야."

"알겠습니다."

"앞으로는 오 사장하고 싱의하면 돼."

"감사합니다."

"미국 측이 한 달에 5톤은 받을 수 있다고 했으니까."

"준비가 됩니다."

양명의 얼굴이 더 환해졌다.

"저희들한테는 엄청난 도움이 됩니다, 회장님."

"그리고 이번에 도와주신 것에 고맙다고 말씀드려."

"네, 회장님."

이번 하와이의 사이또의 용병단과 사이또파를 몰살한 것은 중국계 암살대인 것이다. 이광이 양명을 통해 부탁했기 때문이다. 양명이 화오방에게 전달했고 등소평의 승인이 났을 것이다. 그때 벽시계를 본 양명이 정색하고 이광을 보았다.

"오늘 밤 여기서 자고 가도 되겠지요?"

양명의 검은 눈동자는 흔들리지 않았다. 입술도 꾹 닫혀 있었는데 어금니를 악물었는지 볼의 근육이 단단하게 보였다. 이광이 머리를 끄덕였다.

"내가 먼저 말하려고 했어, 양명."

깊은 밤, 열린 베란다 쪽 유리문을 통해 바닷바람이 몰려 들어오고 있다. 커튼이 흔들리면서 바다 냄새가 맡아졌다. 서늘한 바람과 함께 적당한 습기가 땀에 밴 몸을 식혀주고 있다.

"서울의 여자분하고 언제 결혼하세요?"

이광의 가슴에 얼굴을 붙이고 있던 양명이 물었다. 양명의 허리를 감아 안은 이광이 풀썩 웃었다.

"꼭 이런 때 그 말을 해야 되나?"

"가슴에 묻고 있기는 싫어서요."

머리를 든 양명이 눈웃음을 쳤다. 둘은 침대에 엉켜 안은 채 누워있었는데 아무것도 걸치지 않았다. 방금 정사를 끝낸 후여서 방의 열기는 아직 식지 않았다. 이광이 양명의 머리끝에 턱을 붙이면서 말했다.

"세상에는 알면서도 모른 척, 말해야 할 것도 입을 다물고 있어야 할 때가 있어, 양명."

그때 양명이 두 팔로 이광의 목을 감아 안고는 몸을 딱 붙였다. 젖가슴과 아랫배의 탄력 있는 몸이 느껴졌다.

"저는 린린과 달라요, 회장님."

"또 그런다."

"린린은 처음부터 작전용으로 투입되었지만 저는 조력자, 또는 연락원 역할로 보내졌습니다."

"마찬가지 아닌가?"

"제 위치가 서열로는 푸저우 시장과 같습니다. 그것만으로도 회장님에 대한 중국 정부의 대우를 짐작하시겠지요?"

이광이 잠자코 양명의 엉덩이를 움켜쥐었다. 양명이 이광의 가슴에 더운 숨을 뱉으면서 말했다.

"제가 서울 부인이 되실 분 이야기를 꺼낸 이유는 저는 이곳에서 회장님의 여자가 되고 싶기 때문입니다."

"그것도 당의 지시야?"

"처음부터였지요."

양명이 이광의 가슴에 입술을 붙이면서 말을 이었다.

"회장님 덕분에 홍콩에 투자금융이 설립되고 대규모 미국 원조까지 받게 되었습니다. 더구나……."

마약 판매 대금으로 거액이 매달 입금될 것이었다. 중국 경제에 엄청난 도움이 된다. 그때 이광이 양명의 몸 위로 오르면서 말했다.

"그러지, 양명."

양명이 몸을 펴고 이광을 맞을 준비를 한다.

그 시간의 랭글리 CIA 부장실, 오늘은 후버 부장과 국내 담당 부장보 맥아더, 해외작전국장 윌슨까지 셋이 모였다. 후버가 입을 열었다.

"하와이에서 보고를 받았어. 사이또파를 몰살한 놈은 중국 삼합회 야. 그 왕(王)이라는 놈의 신분이 밝혀졌어, 벌써 도망쳤지만 말이야."

한숨을 쉰 후버가 윌슨을 보았다.

"윌슨, 무슨 내용인지 알겠나?"

"예, 부장님."

"말해봐라, 윌슨."

"중국 삼합회가 리스타의 하청을 받은 것입니다."

"하청?"

눈을 가늘게 뜬 후버가 쓴웃음을 짓고 맥아더에게 물었다.

"넌 어떻게 생각하나?"

"예, 그것이……."

맥아더가 망설인 것은 윌슨과 같은 생각이었기 때문이다. 그때 후버가 뱉듯이 말했다.

"병신들, 하청이 아니다, 기꺼이 일을 맡은 거야. 이제 삼합회도 당분간 리스타 용병대가 될 것이다."

"여보세요."

강은서의 목소리가 울렸을 때 이광이 먼저 숨부터 들이켰다. 선입견 때문인지 목소리가 가라앉은 것 같다.

"나야."

그 순간 강은서는 대답하지 않았다. 오전 10시 반, 서울은 11시 반이다. 이광이 입을 떼었다.

"어머니 다녀가셨다는 말 들었어, 철이가 이야기해 주더라."

"……."

"미안해, 내가 먼저 해결해 놓았어야 하는데 양쪽 다 놀라게 해서. 내 잘못이야, 하지만……."

"됐어, 그만해."

강은서가 말렸지만 이광이 서둘렀다.

"하지만 차라리 잘되었어, 그렇게 생각하면 돼. 어차피 알게 될 것이 터진 거야, 우린 이 과정만 잠깐 견디면 되는 거다."

"알았어, 바쁜데 나한테 신경 쓰지 말고 어머님 위로해 드려."

"너, 괜찮지?"

"괜찮아, 어머님한테 연락했어?"

"응, 했어."

"나는 전화 못 드리겠고 내가 죄송하다 하더라고 말씀드려."

"아, 그것은……."

"정말 죄송해."

"그런데……."

그때 전화가 끊겼기 때문에 이광이 다시 심호흡을 했다. 가슴이 먹먹했지만 어쨌든 통화는 했다. 그러나 지금 당장 어머니한테 전화를 할 용기는 나지 않았다.

야마구치 조장 시노다 고이노의 저택, 넓은 다다미방 안에서 원로 회의가 열리고 있다.

"아시오?"

상석에 앉은 시노다가 좌우에 벌려 앉은 원로들에게 물었다. 마치 영주가 가신들에게 묻는 것 같다. 뭘 아느냐고 묻는단 말인가? 모여 앉은 원로 7명은 제각기 눈만 껌벅였고 시노다가 말을 이었다.

"리스타유통이 마침내 간판을 걸었어요. 리스타상사 사무실에 유통부를 끼워 넣은 것이지."

리스타상사는 1년쯤 전부터 도쿄에 사무실을 두고 수출입 업무를 해온 터라 모두 알고는 있다. 그런데 지금 시노다가 말한 것은 리스타유통이다. 리스타유통이 리스타상사에 은근슬쩍 끼어들었다는 말이다. 그때 고이스케가 헛기침부터 했다.

"조장, 우리가 신일본회 명단에 끼어 있다는 것이 보도된 후부터 언론이 씹어대는 바람에 매출이 절반으로 줄어들었습니다."

다 아는 사실을, 더구나 상처 난 곳에 소금을 뿌리는 격이어서 시노다가 와락 이맛살을 찌푸렸다.

"이것 봐요, 영감. 말 길게 하지 말고 본론을 말해."

시노다가 꾸짖자 고이스케가 머리를 들었다.

"이러다간 우리 야마구치 60년 역사가 깨질 수도 있다는 말씀을 드리려고 합니다."

"허, 참!"

시노다가 눈을 부릅떴다.

"그래서? 나한테 할복이라도 하란 건가?"

"그땐 제가 따르지요."

"이 빌어먹을 영감이."

"조장, 기요타를 만나 보시지요."

"뭐야?"

놀란 시노다가 어깨를 폈다. 신일본회에서 빠진 스미요시회의 기요타는 요즘 득의양양, 의기충천한 상태다. 거의 매일 언론에 보도되고 뜬금없이 불우 노인 자선기금을 내기도 한다. 원로들이 웅성거렸지만 대놓고 말을 뱉는 사람이 없다. 고이스케에게 사사건건 대들던 노무라도 외면하고 있다. 그때 고이스케가 말을 이었다.

"사이또 일당을 몰살한 것이 삼합회라는 소문이 돌고 있는 걸 조장도 아시지요?"

시노다는 인상만 썼고 고이스케가 말을 이었다.

"하와이에는 소문이 쫙 났다고 합니다. 삼합회가 리스타의 선봉대 역할을 한다고 말입니다."

"영감, 요점이 뭐야?"

시노다가 다시 이 사이로 물었을 때 고이스케는 자리를 고쳐 앉았다.

"조장, 나무가 단단하면 꺾입니다. 이럴 때는 굽혀야 합니다."

"……."

"기요타를 만나 리스타를 받아들일 수 있다는 언질을 주시지요. 우리를 배신한 사이또를 대신 처리해줘서 고맙다는 인사도 하시고요."

"누구한테 인사를 하란 말인가?"

"물론 리스타지요."

그때 시노다가 머리를 들고 원로들을 보았지만 아무도 시선을 맞추지 않았다.

"무슨 일입니까?"

시모세가 선 채로 묻자 모리는 입맛을 다셨다.

"젠장, 막상 얼굴을 보니까 또 후회가 되는군."

"파친코에서 돈 잃으셨습니까?"

"시끄러, 이 자식아."

"아니, 왜 욕을 합니까? 내 나이가 이래 봬도……."

"이게 겁대가리 없이 또 나이 타령이야?"

"부장님보다는 많지요."

"나, 내일부터 차장이다."

순간 숨을 들이켠 시모세의 눈동자에 초점이 멀어졌다. 이번 신일본회 사건으로 도쿄 경시청장과 차장의 목이 날아가 공석이 된 것이다. 그 차장 자리로 모리가 승진한 것이다. 어깨를 편 모리가 시모세를 똑바로 보았다.

"그래서 강력부장으로 널 추천했다. 그런 줄 알고 꺼져."

홍콩 지엔사쥐의 고물상 안채에서는 밖의 소음이 딱 끊겨서 마치 시골 별장에 들어온 것 같다. 유리문 밖의 정원은 숲으로 둘러싸였고 정원의 잔디밭은 잡초 한 줄기 보이지 않는다. 그러나 숲으로 보이는 나무는 10여 그루뿐이고 바로 뒤쪽이 시멘트벽이다. 그 벽의 쪽문만 열고 들어서면 고물상 안쪽이 나온다. 밖에는 소음과 매연에 싸인 지엔사쥐 상가가 펼쳐져 있다. 이광이 응접실로 들어서자 자리에 앉아 있던 두 사내가 일어섰다. 둘 다 건장한 체격이다. 이광은 안학태와 린드버그를 대동하고 있다.

"반갑습니다."

이광이 손을 내밀어 악수를 청했다. 두 사내는 홍콩 삼합회 회장 유창과 이번에 하와이 작전을 집행한 왕전이다. 유창은 42세, 이광과는 초면이다. 서로 인사를 마치고 자리에 앉았을 때 이광이 말했다.

"하와이의 일 처리를 잘해주셔서 내가 직접 인사를 드리고 싶었습니다."

"그러지 않으셔도 되는데요."

유창이 웃음 띤 얼굴로 머리를 숙여 보이면서 황송하다는 시늉을 했다.

"저는 고위층으로부터 격려 전화를 받은 것으로 족합니다, 회장님. 회장님께서 절 만나겠다는 연락을 받고 놀라서 본토에 연락까지 했습니다."

이광은 양명을 통해 하와이에 있는 사이또 일행의 제거를 부탁했던 것이다. 그리고 일이 끝났을 때 다시 양명에게 책임자를 만나겠다고 했다. 그때 안학태가 유창 앞에 봉투 하나를 놓았다.

"이건 회장님께서 드리는 사례금입니다."

"아니, 이런."

놀란 유창이 두 손을 펴 보였다가 당황해서 얼굴까지 붉어졌다. 투박한 얼굴이 목까지 붉어진 것이다.

"미화로 5백만 불이 들었습니다."

그때 유창은 숨을 죽였지만 왕전은 숨을 들이켜는 소리를 냈다.

"너무 많습니다."

헛기침을 한 유창이 겨우 말했을 때 이광이 웃음 띤 얼굴로 말했다.

"잘 아시겠지만 리스타유통도 삼합회와 비슷한 일을 합니다."

유창이 머리를 끄덕이자 이광이 옆에 앉은 린드버그를 눈으로 가리켰다.

"린드버그가 유통의 간부지요, 앞으로 서로 돕고 지낼 필요가 있을 것 같아서 같이 왔습니다."

오늘 유창을 만나는 목적이다.

그 시간에 서울의 제일유통 사장 백갑상이 명동의 중식당 태화관에서 짜장면을 먹고 있다. 원탁에 둘러앉은 머릿수는 네 명, 모두 제일유통의 간부들이다.

"지금까지 일본 장사가 하나도 안 되었지만 앞으로는 우리 제일유통 매출만큼은 될 거다."

젓가락을 내려놓은 백갑상이 휴지로 입을 닦으면서 말했다.

"그 개새끼들이 우리가 들어가는 것을 끔찍하게 싫어했지만 이젠 끝났어. 신일본회가 드러나면서 다 망하게 된 거다."

"하지만 야마구치, 고다이, 마사노조 놈들은 아직 멀쩡하지 않습니까?"

간부 하나가 묻자 백갑상이 쓴웃음을 지었다.

"하지만 쫓기던 닭처럼 벽에 뚫린 구멍에다 대가리만 처박고 있잖나?"

둘러앉은 간부들이 웃었을 때 식당 안으로 사내들이 들어섰다. 무심코 그들을 본 백갑상의 이맛살이 찌푸려졌다. 사내들은 대여섯이나 되었는데 곧장 이쪽으로 다가오고 있는 것이다. 짭새다. 20년 가깝게 깡패 짓을 해온 백갑상이다. 짭새 뒷모습만 봐도 알아맞힌다. 그때 다가온 사내들이 원탁을 둘러쌌다. 백갑상 일행을 둘러싼 것이다.

"뭐여?"

헛웃음을 친 백갑상이 사내들을 둘러보면서 물었을 때다.

"대검특수부."

사내 하나가 주머니에서 신분증을 꺼내 후딱 보이더니 집어넣었다.

"그래서?"

백갑상이 '응'을 부렸으나 기가 조금 꺾였다. 요즘 대검특수부는 정권의 칼잡이 노릇을 한다. 대통령이 암살을 당하고 나서 다시 군사정권이 시작되고 있는 것이다. 그래서 데모는 더욱 격렬해졌고 사회 분위기도 험악해졌다. 그때 사내 하나가 백갑상에게 물었다.

"제일유통 사장 백갑상이지?"

짧은 머리, 30대 중반쯤의 사내는 아예 반말이다. 순간 백갑상의 심장이 철렁 내려앉는 느낌이 들었다. 이놈은 짭새가 아니다. 짭새 속에 낀 군바리다.

"당신, 특수부 맞아?"

백갑상이 물은 순간이다. 사내가 저고리 안에서 권총을 쓱 뽑더니 백갑상의 가슴에 대고 겨눴다.

"일어서, 새꺄."

천하의 백갑상도 놀라 숨을 들이켰고 부하들도 몸을 굳혔다. 그때 다가선 사내가 권총 자루로 백갑상의 옆머리를 후려쳤다.

"널 반역 혐의로 체포한다!"

대검특수부라고 했던 사내는 구경만 한다.

"백갑상이 체포되었습니다!"

오금봉의 목소리가 메아리처럼 울렸다. 지금 오금봉은 아카풀코에서 홍콩의 이광에게 보고를 하는 중이다. 홍콩 시간으로 오후 1시, 서울은 2시, 아카풀코는 밤 11시다.

"새 군사정권은 악랄합니다! 뭔가 실적을 올려서 정권을 피알하고 민심을 끌어들이는데 조폭 소탕만큼 쉽고 자극적인 소재가 없거든요. 우리가 그 타깃이 된 것 같습니다!"

이광이 숨을 들이켰다. 우리라는 말이 송곳처럼 느껴졌기 때문이다. 송곳이 귀에 박히는 것 같다.

"무슨 혐의로 체포된 겁니까?"

이광이 묻자 오금봉이 헛웃음 소리부터 냈다.

"글쎄, 그것이 반역 혐의라는군요. 조직을 결성해서 대한민국을 전복시키려고 북한의 지령을 받았다는 겁니다."

"미친놈들."

"만들면 되니까요. 제일유통 간부 4명, 실무자 12명까지 체포되었습니다. 그놈들 작전은 뻔합니다."

"……"

"고문하면 당해낼 장사는 단 하나도 없습니다. 모두 자백을 받아내겠지요."

"……"

"다음에는 국제유통입니다. 그래서 윤 사장한테 피하라고 했는데……."

"다른 곳은 어떻습니까?"

"1차로 제일유통으로 시작되었습니다, 제일유통 뒤에는 리스타가 있으니까요. 그놈들이 아직 다른 조직은 건드리지 않았어요."

이광이 심호흡을 했다. 밖을 돌아다니다가 집에 불이 난 느낌이었다. 집에 세간이나 값진 물건은 없지만 태어나고 자란 곳이다. 온갖 추억이 담겨 있는 고향의 집이 불타고 있다.

강일규가 웃음 띤 얼굴로 윤정무를 보았다.

"지금쯤 리스타 그룹 전체에 비상이 걸렸을 거다. 유통의 오금봉이 어디에 있지?"

"멕시코 아카풀코에 있습니다."

윤정무가 똑바로 강일규를 보았다.

"아카풀코에 리스타유통 본부가 있거든요."

"개새끼들."

강일규의 눈빛이 강해졌다.

"오금봉 그 새끼도 썩었어. 안기부 정보를 다 빼내어서 이광이한테 아부를 하고 유통 사장이 된 놈이야."

"안기부 간부들이 오금봉을 따라서 리스타로 많이 갔습니다."

"반역자 놈들이야."

"지난번 국개위에서 이광을 잡아넣었다가 빠져 나온 것은 안기부에 있던 오금봉이나 이광 비호 세력들이 협조해 줬기 때문입니다."

"이광을 잡아넣었던 국개위 담당자가 잘렸지?"

"예. 해직되고 나서 행불되었다고 들었습니다."

"이광이를 잡아넣어야 돼."

이제는 정색한 강일규가 말을 이었다.

"그놈의 본색을 까발려 놓으면 국민여론이 쏠릴 거야. 거기에다 그놈 재산을 압류해서 국가 기간산업에 써야 된다고."

강일규의 흰 얼굴이 더 하얗게 굳어졌고 눈의 흰자위도 더 커졌다.

"강일규는 기무사에서만 10년을 근무했습니다. 한두진 대통령의 심복이지요."

하동일이 말했다.

"강일규가 이끌고 있는 국비위는 전(前) 정권의 국개위와는 비교가 되지 않을 만큼 막강합니다. 군, 검찰, 경찰까지 모두 장악하고 있으니까요."

"빌어먹을 군인 놈들."

마침내 오금봉이 욕을 했다. 좀처럼 정권에 욕을 하지 않던 오금봉이다. 더구나 계속해서 정권을 쥔 군 출신을 욕한 적이 없다. 아카풀코의 리스타유통 본사 사장실, 소파에는 오금봉과 하동일 상무, 권기택 상무까지 셋이 둘러앉았는데 모두 안기부 출신이다. 조금 전 국비위는 국제유통 윤방철 사장과 간부들을 체포했다. 3시간 전에 제일유통 백갑상과 간부들을 체포하고 나서 바로 덮친 것이다. 부산에서는 해운대유통 박영태를 덮쳤지만 박영태는 식당 2층에서 뛰어내려 도망갔다고 했다. 한국의 리스타유통 계열사가 집중 포화를 맞고 있다.

"그 국비위 놈들의 목표는 뭐야?"

눈에 핏발이 선 오금봉이 물었다. 국비위는 국가비상대책위원회의 준말이고 강일규가 위원장이다. 강일규는 현역 육군 중장으로 기무사령관을 겸하고 있는데 53세, 냉혹한 성격이라고 소문이 났다. 그때 하동일이 대답했다.

"이번에 정권을 잡았으니까 국민들에게 정부의 힘을 과시하고 싶은 것이죠, 리스타를 부패 기업으로 몰아서 재산을 몰수하고 그 돈으로 생색을 내겠지요."

권기택이 말을 받는다.

"제가 강일규가 기무사에 있을 때부터 압니다. 한마디로 호가호위하는 인물이죠. 하지만 부패하지는 않았습니다. 눈치 빠르고 과단성이 있고 권력욕이 강한 인물로 알고 있습니다."

어려운 상대다, 호가호위한다는 게 약점은 아니니까.

"이광은 전(前) 정권으로부터 각별한 비호를 받았습니다."

강일규가 서류를 펴들고 말을 이었다.

"국개위에 체포되었다가 풀려났는데 그때 이라크 후세인 대통령이 적극적으로 구명운동을 했습니다."

"나도 알아."

의자에 등을 붙인 한두진 대통령이 쓴웃음을 지었다.

"그때 이라크를 방문 중인 우리 외무장관을 간첩 혐의로 체포했지."

"CIA가 중재해서 풀려났고 이광도 석방시켰지요."

"이광이가 요령이 좋은 놈이야."

한두진이 웃음 띤 얼굴로 말을 이었다.

"전(前) 대통령한테서도 신임을 받았어."

"하지만 각하, 각하께선 전(前) 대통령과는 다르십니다. 각하께선 새로운 대한민국을 건설하셔야 합니다."

"야, 강 위원장."

한두진이 기무사령관 시절로 돌아가서 자신의 비서실장이었던 강일규를 보았다.

"넌 내가 전에도 이야기했지? 넌 충성이 지나쳐. 나에 대한 충성이 지나치면 어떻게 되는 줄 아냐?"

"압니다."

"어떻게 된다고 했지?"

"각하께서 나쁜 길로 빠지게 만드는 지름길이라고 하셨습니다."

"내가 전임 대통령 각하보다 나은 건 젊다는 것뿐이다. 그만큼 결단력이 빠르다는 말이 되겠지, 그것뿐이다."

"아닙니다. 각하께선……."

"너, 이광이를 잡으면 국면 전환이 될 것 같으냐?"

"예, 일순간에 변할 것입니다."

청와대 대통령 집무실이다. 대통령과 단둘이서 독대하고 있었지만 강일규는 목소리를 낮췄다.

"이광의 사업체를 우리가 인수할 것은 인수하고 매각할 수 있는 건 매각하는 것입니다. 매각할 업체의 대금을 체크해 봤더니 미화로 150억 불이 되었습니다."

"뭐? 150억 불?"

놀란 한두진이 눈을 크게 떴을 때 강일규가 말을 이었다.

"예, 각하. 대한민국 1년 예산의 30퍼센트가 됩니다. 이 자금을 산업 발전 기금으로 사용하면……."

"야, 잠깐."

손을 들어 보인 한두진이 길게 숨부터 뱉었다.

"이광이를 네가 단숨에 요절내기에는 너무 커. 내가 보기에는 네 몸통보다 5배쯤은 큰 상어를 놓고 네가 식칼을 들고 자르려는 것 같다."

한두진의 얼굴에 쓴웃음이 번졌다.

"너 이광이가 중국 정부하고 은밀하게 통하고 있는 것도 알지?"

"압니다, 각하."

"그런 이광이를 미국 정부가 살살 이용하고 말이다. 그것도 알잖아?"

"예, 하지만 각하."

"네가 이광이 역할을 대신할 수 있겠다는 말이지?"

"더 확실하게 할 수 있습니다, 각하. 리스타유통만 장악하면 CIA는 물론이고 중국 정부도 우리하고 거래를 끊지 못합니다, 각하. 오히려 이광이보다 더 신임하게 될 것입니다."

"그런 능력은 네가 이광이보다 낫겠지, 일을 조정하는 업무 말이다."

"각하, 맡겨 주십시오."

"그것 참."

"이광이 대신 각하께서 조정자, 중재자, 대리인으로 나서시는 것입니다. 미국, 중국, 이라크나 리비아의 업무도 더 확실하고 매끄럽게 처리할 수가 있으십니다."

"나를 대신해서 네가 맡고 싶은 것이 아니냐?"

"저는 각하의 분신입니다, 각하."

"하여간 이 자식은."

한두진이 입맛을 다시고는 외면했다. 이것이 한두진 식 승낙이다. 지금까지 한두진은 강일규에게 이런 식으로 업무를 맡겼다. 그리고 강일규는 빈틈없이 성사시킨 것이다.

"강남에 땅이 260만 평이나 있습니다."

윤정무가 굳은 얼굴로 말을 이었다.

"엄청난 재산입니다. 하루가 다르게 땅값이 오르는 중이라 지금 시세만 해도 몇조 원인데 1년쯤 후에는 몇십 조가 될 겁니다."

청와대에서 돌아가는 차 안이다. 뒷좌석에 나란히 앉은 윤정무가 강일규를 보았다. 윤정무는 기무사령관 비서실장으로 현역 대령이다. 대통령 한두진과 강일규와의 관계와 같다. 윤정무가 강일규에게 무조건 충성을 바치는 것도 같다. 그때 강일규가 말했다.

"그건 놔둬."

어깨를 부풀린 강일규가 숨을 내뿜으면서 말했다.

"너하고 나만 알고 있기로 하자."

"예, 사령관님."

"이광이를 나한테 맡기신다고 했어."

"아, 그렇습니까?"

윤정무의 두 눈이 반짝였다. 47세, 대령 4년 차로 지금까지 순탄한 진급을 했다. 항상 진급 1순위였던 것이다. 그리고 내년에 장군 진급이 될 것이다. 윤정무의 번뜩이는 재치는 강일규보다 윗길이다. 그때 강일규가 말했다.

"이광이를 한국으로 끌어들여야 돼."

"우습구만."

시노다가 말과는 달리 찌푸린 얼굴로 말했다.

"한국 정부가 화끈해. 일본 같으면 절대로 그렇게 못 해."

원로 회의가 열리고 있다. 오늘도 다다미방에 정좌하고 앉은 원로들을 둘러보면서 시노다가 영주처럼 말했다.

"하루아침에 조폭이 소탕되었어, 반역 혐의로 말이야."

원로들은 침묵을 지키고 있다. 한국 조폭이 소탕되고 있다는 건 맞다. 이틀간 일본의 전(全) 언론이 한국의 조폭 집단의 소탕작업을 대서특필하고 있는 중이다. 리스타 계열사인 리스타유통의 제일유통, 국제유통, 부산의 해운대유통까지 일망타진된 것이다. 해운대유통 사장 하나만 간신히 도망쳤을 뿐 사장 이하 간부들은 모두 체포되었다. 그것도 반역 혐의다. 북한 공산당과 연합해서 대한민국을 전복시키려고 했다는 것이다.

"자, 영감."

시노다가 불렀지만 고이스케는 모른 척하고 앞에 놓인 찻잔만 보았다. 고이스케의 콧잔등에 대고 시노다가 말을 이었다.

"영감, 하마터면 우습게 될 뻔했지? 영감 말대로 했다면 말이야."

"……."

"기요타를 만나서 리스타를 받아들이겠다고 했다면 말이야, 받아들인 다음 날에 리스타가 망하는 건가? 아니, 그날인가?"

"……."

"고맙다는 인사까지 하고 말이야."

"……."

"나 참, 기가 막혀서."

그때 고이스케가 머리를 들었다.

"조장, 기요타를 만나 그대로 하시지요."

"뭘?"

"제가 말씀드린 대로 말입니다."

"아니, 이 영감이."

그때 노무라가 나섰다.

"조장, 고이스케 씨 말대로 하시지요."

순간 숨을 들이켠 시노다가 눈을 가늘게 떴다.

"당신들 요즘 이상해졌어."

"아닙니다. 싸울 때는 싸우더라도 조직을 위해서는 같이 행동을 해야지요."

"왜 그러라는 거야?"

시노다가 짜증 난 표정으로 묻자 노무라가 정색했다.

"한국 군사 정권이 지난 정권보다 더 과격하고 미숙합니다. 데모가 격렬해지니까 관심을 다른 데로 돌리려고 조직업체에 반역 혐의를 씌워 일망타진을 하려고 합니다만 한국은 옛날 한국이 아닙니다, 조장."

"무슨 말이야?"

"국민들이 옛날처럼 속아 넘어가지 않는다는 말입니다."

"그래서?"

"남은 조직원이 반발하고 국민의 대정부 투쟁이 더 심해지면 내부가 무너지겠지요."

"정권이 망한단 말이야?"

"망하지 않더라도 조직에 대한 제재는 흐지부지되고 반역 혐의가 풀린 리스타유통 간부들이 나오는 겁니다."

노무라의 말에 열기가 띠어졌다.

"그러면 그들이 궁지에 몰렸을 때 우리가 기운을 북돋아 준 것에 대해 감사할 겁니다. 한국 속담에 말 한마디에 열 냥 빚을 갚는다는 말이 있지요."

"천 냥이야, 열 냥이 아냐."

고이스케가 정정했더니 노무라가 와락 성을 냈다.

"글쎄, 잘난 체 말고 가만있어."

"얘들 왜 이래?"

후버가 묻자 윌슨이 머리를 기울였다. 윌슨이 해외작전국장이어서 이런 상황에 가장 밀접한 부서다. 지금 후버는 한국 사태를 묻고 있다.

"이 상황의 주모자는 국가비상대책위원회 위원장인 기무사령관 강일규입니다."

"뭐 했던 놈인데?"

"한두진 대통령이 기무사령관이었을 때 비서실장으로 있던 자이죠."

"비서 출신이군."

"그렇습니다."

"비서 출신은 시야가 좁아."

"……."

"윌슨, 너한테 하는 소리가 아냐."

"압니다."

"넌 보좌관이었어, 그것도 유능한."

"감사합니다, 각하."

"그런데 이 개떡 같은 놈, 누구라고?"

"예, 강일규라고 현역 육군 중장입니다."

"개자식."

"그런데 이 친구가 서울 지부장한테 사람을 보냈습니다, CIA 지부로 말입니다."

"사람을 보내?"

"예. 리스타유통에서 처리했던 미국 관련 사업을 국비위에서 더 철저히 보호, 처리해 줄 용의가 있으니 안심하라는 것입니다."

그러자 후버가 입을 딱 벌리더니 그 얼굴로 심호흡을 세 번이나 하고 나서 입을 다물었다. 그러더니 어깨를 늘어뜨렸다.

"이런 놈이 나라를 망하게 하는 거야."

윌슨은 숨을 죽였고 후버의 말이 이어졌다.

"제 분수를 모르는 놈들이."

홍콩 구룡섬의 안가 응접실에 앉아 있는 이광에게 안학태가 다가섰다. 오전 10시 반, 안학태의 표정을 본 이광이 숨부터 조정했다. 안학태는 눈을 크게 떴는데 굳은 얼굴이다.

"회장님, 조금 전에 이철 씨가 체포되었습니다."

이광은 쳐다만 보았고 안학태의 말이 이어졌다.

"탈세, 외화 도피, 국가 전복 조직에 자금을 지원했다는 죄목입니다."

"……."

"기가 막히지만 그놈들은 조작 전문가입니다. 증거 서류나 증인은 얼마든지 만들 수 있는 놈들입니다."

"……."

"변호인단에 연락을 했습니다. 즉시 이철 씨를 만나겠다고 합니다."

그때 응접실로 비서 하나가 들어와 안학태에게 말했다.

"실장님, 린드버그가 급하다는데요."

비서의 손에는 전화기가 들려 있다. 전화기를 받아 쥔 안학태가 몇 번 대답만 하더니 이광에게 말했다.

266

"전화 받으시지요."

이광이 전화기를 받아 귀에 붙였다.

"아, 린드버그, 웬일이야?"

"보고 드릴 것이 있습니다, 회장님."

린드버그의 목소리는 가라앉아 있다.

"조금 전 CIA 해외작전국장 윌슨이 저한테 연락을 해왔습니다."

"……."

"한국 국비위에서 서울 CIA 지부에 사람을 보내 리스타유통에서 작업하고 있는 이라크, 리비아, 중국 관계 사업을 국비위가 대신할 수 있다고 했답니다."

"……."

"지금 한국에서 벌어지고 있는 리스타유통 소탕 작업은 회사가 너무 문제가 많았기 때문에 정부 차원에서 결정을 한 것이고 따라서 국비위에서 그 업무를 맡아 완벽하게 처리할 수 있다는 것입니다."

"……."

"앞으로 회장님은 한국에서 사업하실 수가 없을 테니까 미국 측으로서는 전화위복이 되지 않겠느냐고도 했답니다."

"……."

"그래서 CIA 측은 그 보고를 받고 후버 부장 주재로 회의를 했는데요."

"……."

"너무 어처구니가 없어서 기가 막히는 놈들이라고 후버 부장이 대놓고 윌슨한테 말했다는군요."

"……."

"그러고는 이 일을 회장님께 맡기겠다고 했습니다. 미스터 리는 그럴 능력이 있을 것이라고도 했다는 겁니다."

그때서야 이광의 얼굴에 희미하게 웃음이 떠올랐다. 이광이 입을 열었다.

"윌슨한테 전해, 내가 고맙다고 하더라고."

서울, 강은서가 학원 원장실에서 회의를 하다가 문이 열리는 기척에 머리를 들었다. 사내 셋이 들어서고 있었는데 뒤로 당황한 표정의 총무과 직원이 따라왔다.

"누구세요?"

회의에 참석했던 학원 업무부장이 사내들에게 물었다. 그때 사내 하나가 상석에 앉아 있는 강은서에게 물었다.

"강은서 씨죠?"

"그런데요?"

"국비위에서 왔습니다."

"그래서요?"

"당신을 외환관리법 위반, 반국가단체 지원, 북한 공작원과 수시로 접촉한 간첩 혐의로 체포합니다."

놀란 회의 참석자들이 숨을 들이켜면서 몸을 굳혔을 때 강은서가 빙긋 웃었다.

"너희들, 곧 망하겠다."

"뭐라고 하셨지요?"

얼떨떨한 표정이 된 사내가 묻자 강은서가 자리에서 일어서며 말했다.

"지금이 어떤 때라고 그런 누명을 뒤집어씌워? 내가 장담컨대, 멀지 않아서 이런 심부름을 하고 있는 네가 감옥에 들어가게 될 거다."

"아니, 이년이……."

"야, 이 개새꺄, 빨리 나가자."

소리치듯 말한 강은서가 총무부장에게 말했다.

"어머니한테 연락해, 상철이 부탁한다고."

"아니, 철이가 무슨 죄가 있다고?"

주영희 여사가 소리쳐 묻더니 벤치에 털썩 앉았다. 이곳은 서울구치소 정문 밖의 벤치다. 주영희는 이철을 보겠다면서 무작정 이곳까지 왔지만 면회는커녕 구치소에 들어가지도 못 했다.

"엄마, 집에 가."

이광의 막내 여동생 이명화가 주영희 옆에 앉으면서 말했다.

"가서 기다리시지요."

주영희의 고집에 마지못해 따라온 변호사 안윤수가 다시 말했다. 주영희 주위에는 리스타상사 비서실 직원들까지 7, 8명이 둘러서 있다. 그때 눈을 크게 뜨고 구치소 정문을 바라보던 주영희가 스르르 이명화의 어깨에 몸을 기댔다. 이명화가 주영희의 몸을 어깨로 받다가 놀라 입을 딱 벌렸다. 주영희가 눈을 감고 있는 것이다.

"엄마!"

"오 사장의 부인과 동생도 체포되었습니다."

안학태가 외면하고 말했다. 지엔사쥐의 고물상 안채에서 이광이 손님을 기다리고 있다가 안학태의 보고를 받은 것이다.

"오 사장이 보고를 안 했는데 제가 말씀드리는 것입니다."

오금봉이 걱정 끼칠까 봐 자신의 가족이 체포되었다는 보고를 안 한 것이다. 머리를 든 이광이 안학태를 보았다.

"자넨 어때?"

"전 괜찮습니다."

앞에 선 안학태는 여전히 외면하고 있다. 이맛살을 찌푸린 이광이 다시 물었다.

"내 비서실장인 너를 가만둘 놈들이 아냐, 말해."

"제 처가 어제 잡혀갔습니다. 달러도 만진 적이 없는 사람한테 외환 관리법 위반, 불법 달러 밀반출 혐의를 씌웠더군요."

여전히 외면한 채 안학태가 얼굴을 일그러뜨리며 웃었다.

"마침 제 어머니가 오셔서 장모님하고 같이 애들을 돌보십니다. 애들이 어려서 오히려 다행입니다."

"……."

"자당님께서 얼른 쾌차하셔야 하는데요."

안학태가 말머리를 돌렸다.

"의식을 찾으셨다니 곧 좋아지실 것입니다, 회장님."

어머니는 구치소 앞에서 의식을 잃고 쓰러졌는데 뇌일혈이었다. 지금 어머니는 병원 중환자실에서 치료 중이지만 의식은 돌아왔다. 팔다리의 마비 증세는 조금씩 풀리고 있다고 했다. 강은서는 지금 취조 중으로 국비위가 이광의 내연녀, 전(前)에 북한 간첩과 결혼한 여자 등으로 언론에 퍼뜨려서 나라가 떠들썩하다는 것이다. 그때 응접실로 화오방과 양명이 들어섰다. 화오방이 만나자고 한 것이다. 다가선 화오방이 잠자코 이광의 손을 쥐더니 머리만 끄덕였다. 양명도 눈인사만 한다.

넷이 자리에 앉았을 때 먼저 화오방이 말했다.

"국방위 주석 동지의 지시를 받고 왔네, 우리가 도와줄 일이 있는 가?"

"없습니다."

이광이 바로 대답하고 나서 웃었다.

"제가 처리하겠습니다."

"주석께서 이 회장이 그렇게 말할 것이라고 예상하고 계시더구먼."

쓴웃음을 지은 화오방이 말을 이었다.

"우리가 지금 남한하고 국교 수립도 되어 있지 않지만 도와줄 방법 은 얼마든지 있을 거네."

"감사합니다."

"이 사건의 주모자는 국비위 위원장 강일규네, 알고 있지?"

"예, 서기님."

"강일규는 한국과 중국, 심지어는 미국과의 관계에도 전혀 도움이 되지 않는 인물이야. 그놈 때문에 야단났어."

의외로 항상 포커페이스를 유지했던 화오방의 얼굴은 상기되었다.

"그런 인간이 국가를, 나아가 대국(大局)을 망치는 법이네."

이광은 숨만 쉬었고 화오방의 말이 이어졌다.

"호가호위로 출세한 데다가 권력욕이 강하고 이기적인 인물, 거기에 다 자만심이 강한 인물이 항상 문제를 일으키지."

"……."

"중국은 5천여 년의 역사가 다행히 대부분 기록으로 남아 있네. 왕조 가 멸망할 때 그런 인물들이 등장했지."

말을 그친 화오방이 옆에 앉은 양명을 보았다. 그때 양명이 탁자 위에 서류 봉투를 놓았다.

"강일규와 그 주변의 자료입니다. 참고하시라고 가져왔습니다."

그렇게 말하면서도 양명은 시선을 들지 않았다. 화오방이 말을 이었다.

"이 자료는 CIA도 협조를 해주었네. 우리 중국과 미국 정보기관이 모은 통합 자료인 셈이지. 이 이상의 자료는 없을 것이네."

화오방의 얼굴에 쓴웃음이 떠올랐다.

"이 회장은 미국과 중국의 절대적인 지원을 받고 있다는 증거야, 우리가 응원할 테니까 처리해보게."

"감사합니다."

이광이 머리를 조금 숙여서 인사했다. 그것을 본 안학태도 머리 각도를 조절했다.

"이광에 대해서 증언만 하면 당신은 국제유통의 실소유주가 될 거야."

윤정무가 똑바로 윤방철을 보았다. 검은 눈동자가 흔들리지 않는다. 맑은 눈, 곧은 콧날, 굳게 다문 입술, 단정한 맞춤 양복 차림의 윤정무가 기무사 대령으로 사령관 비서실장이라면 모두 놀란다. 연예계 사장이라든가 금융권 간부라고 해야 어울린다. 이곳은 기무사 별관의 제2호실, 사방이 유리벽인 방에서 윤방철과 윤정무가 독대하고 있다. 말은 독대지만 윤정무가 윤방철을 취조하는 것이다. 윤정무가 말을 이었다.

"다 끝났어, 이젠 뒷수습만 남았어. 누구도 이 상황을 뒤집을 수 없단 말이지, CIA도 중국 정부도."

그러고는 윤정무가 흰 이를 드러내고 웃었다. 자신만만한 웃음이다.

"오 사장이시죠?"

수화구에서 굵은 사내의 목소리가 울리자 오금봉이 어깨를 폈다. 멕시코 아카풀코의 리스타유통 본부 사장실, 옆에는 안기부 시절부터의 심복 하동일과 권기택이 서 있다. 멕시코 시간 오후 7시 10분, 서울은 오전 10시 10분이다. 지금 전화를 해온 사내는 국비위의 상황실장 박택호, 현역 육군 준장으로 헌병 출신이다. 오금봉이 대답했다.

"예, 오금봉입니다."

"어렵게 통화가 되는군요, 오 사장님."

박택호가 빈정대듯 말했다. 박택호는 어제 아침부터 유통본부에 연락을 해온 것이다. 물론 보좌관을 시켜서였다. 그러고는 오늘 7시에 전화를 하기로 오금봉 측의 약속을 받아낸 것이다. 스피커폰으로 켜놓아서 옆에 선 하동일과 권기택도 다 들었다. 오금봉의 얼굴에도 쓴웃음이 번졌다.

"박 준장, 아니 상황실장이신가? 지금 날 비꼬는 거요?"

"비꼬다니요? 지금 오 사장께선 그렇게 말꼬리 잡으실 상황이 아니신 것 같은데."

당장 박택호도 시비조로 나왔다. 하동일과 권기택이 서로 얼굴을 마주 보았다. 그러더니 하동일이 오금봉의 손에서 전화기를 받아 쥐었다.

"난 리스타유통 본부의 하동일 상무요."

하동일이 말하자 금방 대답이 돌아왔다.

"아 알지요, 안기부 출신. 댁도 옆에 계셨군, 재미 좋으시죠?"

"사장님이 상대하기에는 네가 너무 경량급이라 내가 맡았다."

하동일이 바로 말을 내리자 박택호가 껄껄 웃었다.

"오, 그래? 너, 키는 우리가 쥐고 있다는 걸 알면서도 그런 말이 나오

273

는 거냐? 네 집이 동교동이지?"

"이놈 참 더러운 놈이네, 더러운 정권에 붙은 구더기 같은 놈."

"그래, 내일 네 집안이 어떻게 되는가 보고 나서 다시 이야기할까?"

"아니, 그보다 먼저 네가 확인할 일이 있어, 이 병신아."

"이놈 봐라?"

"시카고에 유학 간 네 딸한테 연락해 봐, 이 개자식아. 박미나한테 말이다."

"……."

"연락이 안 될 거다. 네가 지금부터 입 놀린 만큼 박미나 몸을 갈기갈기 찢어서 소포로 보내주마."

"너……."

"네가 어제 통화하자고 했을 때 우리가 손 놓고 있었을 것 같으냐?"

"……."

"그리고 또, 네 어머니, 천안에 살고 있는 네 어머니한테도 연락해 봐."

"……."

"거기도 연락이 안 될 거다. 네 어머니는 익사시켜 드리지."

"……."

"이 전화 녹음해도 된다. 녹음해서 방송으로 보내, 이 개새꺄."

"잠깐."

"확인하고 2시간 후에 전화해, 이 새꺄. 아참, 한마디 더."

숨을 들이켠 하동일이 말을 이었다.

"네 애인 서정혜를 찾아 봐라, 걔도 연락이 안 될 거다."

그리고는 하동일이 전화기를 내려놓았다.

"아마 2시간 안에 자료를 받아볼 것입니다."

통화가 끝났을 때 권기택이 오금봉에게 말했다.

"박태호는 헌병 장교로 근무하면서 엄청나게 재산을 모았습니다. 현재 아파트가 4채, 지방의 주택, 빌딩이 6개, 땅이 2만 평쯤 됩니다. 그리고 애인 서정혜 앞으로 현금과 부동산 20억가량이 넘어가 있지요. 그자료가 토지 대장까지 모두 복사해서 전해질 겁니다."

오금봉은 쓴웃음만 지었고 권기택이 말을 이었다.

"아랍 속담대로 눈에는 눈, 피에는 피로 갚는 것이지요."

"양아치한테는 더 지독한 양아치가 되어서 덤벼야 돼."

오금봉이 마침내 한마디 했다.

"아주 철저하게 말이야."

오금봉의 두 눈이 번들거리고 있다.

두 번째 독대다. 윤정무가 담뱃갑을 윤방철 앞으로 밀어놓았다.

"어때? 이광이 살인 교사를 했다는 구두 진술 하나만 내놓으면 돼, 자필로 쓸 필요도 없어. 녹음할 테니까 언제 누구를 어떻게 죽이라고 했다, 이런 식으로 말만 하면 돼."

윤방철이 담배를 꺼내 입에 물자 윤정무가 성냥을 던져 주었다.

"솔직히 다른 놈들은 빠져나가려고 말하지 않아도 먼저 술술 분다고. 하지만 당신은 국제파에 있을 때부터 이광하고 밀접한 관계 아냐? 당신 한마디가 그런 놈 백 명보다 더 중요하지."

그때 윤방철이 담배 연기를 깊게 들이마셨다가 윤정무의 얼굴로 내뿜었다. 윤정무가 눈을 치켜떴을 때 윤방철이 빙그레 웃었다.

"며칠 두고 봅시다."

"지난번에는 이 회장이 잡혀 있었기 때문에 직접 손을 쓸 수 없었지요."

해밀턴이 후버의 옆얼굴에 대고 말했다.

"하지만 지금은 외국에 있는 데다 회사 규모가 더 커졌고 리스타유통이란 정보, 공작 회사를 운영하고 있는 상황입니다. 한국 기관의 불법적 행위에 맞서 보겠다는 것 같습니다."

"그것 참."

입맛을 다신 후버의 시선이 해밀턴 옆쪽 윌슨에게로 옮겨졌다.

"중국 측에서 도와주겠다고 했는데도 사양했다면서?"

"예, 부장님."

"많이 컸네."

"예, 부장님."

후버와 윌슨은 시선을 마주치고 있다. 성격이 괴팍한 후버는 기분이 나쁜 상대하고는 시선을 마주치지 않는다. 그래서 그런 꼴을 당한 부하는 백발백중 좌천되었다. 해밀턴도 입맛 다시는 소리를 냈다. 후버도 홍콩에 머물고 있는 이광에게 사람을 보내 도와주겠다는 연락을 했던 것이다. 그런데 이광은 완곡하게 사양을 했다. 혼자 처리하겠다는 것이다. 후버가 다시 물었다.

"지금 리스타 관련 사업에 지장은 없지?"

"예, 없습니다, 부장님."

윌슨이 재빠르게 대답했을 때 해밀턴이 말을 이었다.

"현재까지는 그렇지만 국비위 측에서 이 회장을 더 압박할 것입니다. 아예 재산을 동결시키고 친인척까지 모두 구속시킬 것 같습니다."

후버는 딴전만 보았고 해밀턴의 말이 방을 울렸다.

"지금 한국 군사 정권은 막무가내입니다. 특히 국비위 위원장 강일규는 대통령 이상 가는 권력을 휘두르고 있습니다."

"젠장."

그때 처음으로 후버가 시선을 돌려 해밀턴을 보았다. 그러나 눈동자의 초점은 멀다.

"네가 이광을 잘 알지. 앞으로 어떻게 될 것 같나?"

"리스타유통 오 사장과 간부들이 홍콩으로 옮겨갔고 해외 법인장들도 홍콩에 모였습니다. 그러니 곧 국비위와 전면전이 일어날 것 같습니다."

"……."

"이건 내부 분열, 음모, 공작, 매수, 회유로 이루어진 전쟁이죠. 곧 승부가 날 것 같습니다."

그때 후버의 눈동자에 초점이 잡혔다.

"해밀턴, 네가 홍콩으로 가."

숨만 들이켠 해밀턴을 후버가 똑바로 보았다.

"너는 이광하고 친하니까 네 조언은 듣겠지. 옆에서 도와줘라."

"예, 부장님."

후버의 시선이 윌슨에게로 옮겨졌다.

"윌슨, 넌 해밀턴을 도와주고. 이건 국가를 위한 일이거든."

후버가 둘만을 부장실로 부른 이유가 이것이다. 이것이 후버가 CIA 부장을 오래 하는 이유이기도 했다. 국익을 위해서는 쳐다보기도 싫은 놈한테도 일을 맡기는 것이다. 다시 후버가 외면했기 때문에 둘은 자리에서 일어섰다.

"어떻게 되었어?"

강일규가 묻자 박택호가 상체를 똑바로 폈다.

"예, 거부했습니다."

"오금봉하고 직접 통화했나?"

"예, 위원장님."

"뭐래?"

"해볼 테면 해보라는 식이었습니다."

"개자식."

투덜거린 강일규의 시선이 이제는 윤정무에게로 옮겨졌다.

"진전은 있나?"

"예, 오늘 중으로 자필 진술서를 쓰고 녹음까지 해준다고 약속했습니다."

"잘됐군, 윤방철이 이광의 심복이었지?"

"그렇습니다, 위원장님."

"그놈 자백만 받으면 다른 놈 1백 명보다 더 가치가 있어."

국비위의 대책 회의실 안에는 강일규와 측근 5명만 둘러앉아 있다. 그중 셋이 기무사 출신이고 둘은 각각 안기부와 검찰에서 선발된 간부다. 강일규가 다시 윤정무에게 물었다.

"리스타상사 세무조사는 언제부터 시작되지?"

"오늘 저녁부터입니다. 세무 요원 3백 명이 투입되어서 리스타 그룹 전체를 뒤질 것입니다."

"부정부패의 온상으로 만들어. 끼워 넣을 명단 보았는데 분위기 봐서 더 추가시켜도 돼."

"알겠습니다."

강일규가 파일을 덮는 것으로 대책 회의가 끝났다. 그때 방으로 들어온 강일규의 전속 부관이 강일규에게 다가가 귓속말을 했다. 그러자 강일규가 어금니를 물더니 둘러앉은 간부들을 보았다.

"조금 전에 이광의 어머니가 심장마비로 사망했어, 심장마비야."

강일규가 심장마비라는 것을 강조했다.

"돌아가실 때 부친께서 옆에 계셨습니다."

오금봉이 머리를 숙인 채로 보고했다. 홍콩 구룡섬의 안가, 응접실 안에는 안학태와 조백진, 두바이에서 날아온 진남철과 암만의 타미란, 이집트의 나영찬과 베이징의 정남희, 거기에다 부산에서 탈출해 온 박영태까지 끼었다. 박영태는 대마도로 밀항했다가 김필성의 도움을 받아 홍콩으로 날아온 것이다. 김필성은 아직도 한국 대사관에서 근무하고 있었기 때문이다. 오금봉이 말을 이었다.

"병실에 TV를 설치해 놓았는데 계속해서 뉴스를 보셨다고 합니다. 국비위에서 살해한 것이나 같습니다. 부친이 여러 번 TV를 끄라고 했는데도 듣지 않으셨다고 합니다."

이광이 시선을 내린 채 듣기만 했기 때문에 오금봉도 입을 다물었다. 응접실에 정적이 덮였다. 홍콩 TV 방송에서도 이 사건을 대대적으로 보도하고 있다. 어느 신문은 정권의 간접살인이라는 표현까지 쓴다. 모두 이광과 리스타에 대해 호의적인 것이다. 그때 진남철이 헛기침을 하고 말했다.

"국비위는 이번에 자당님 장례식에 회장께서 참석하시기를 노리는 것 같습니다."

"……."

"가시면 안 됩니다."

그러자 안학태가 나섰다.

"부친께서 바로 내일 장례식을 치른다고 하셨습니다."

모두 다시 숙연해졌다. 이광의 아버지가 이광이 오지 못하도록 서둘러 장례식을 치르려는 것이다. 이틀 만의 장례식이다. 이광이 머리를 들고 오금봉을 보았다.

"복수를 하자는 건 아니오, 이런 정권은 없어져야 한다는 것이지. 그래야 국민들이 마음 편하게 살 겁니다."

한마디씩 차분하게 말했을 때 모두 머리를 끄덕였다. 한국말을 배운 타미란도 머리를 끄덕인다.

유스타상사 사장인 곽영훈이 구속된 것은 이광의 모친 장례식이 치러진 날 저녁 무렵이다. 이 사건도 언론에 대서특필되었기 때문에 국민들은 부패 기업의 일망타진, 전(前) 정권과 밀착된 리스타의 멸망으로까지 보도했다. 언론은 정권의 통제를 받고 있어서 불러주는 대로 보도하는 것이나 마찬가지였다. 군사 정권이었지만 방법은 음험하고 치밀했다. 대다수 국민들은 그 말을 믿었다.

오후 7시 반, 국비위 위원장 비서실장 윤정무가 사무실 근처의 식당에서 저녁을 먹고 있을 때 보좌관 백문성이 서둘러 다가왔다. 백문성은 현역 소령이다.

"실장님, 국비위 건물에 화염병을 던져서 지금 화재가 났습니다."

"뭐?"

놀란 윤정무가 젓가락을 내동댕이치고 벌떡 일어섰다. 함께 저녁을 먹고 있던 수경사 참모 최국진 대령도 놀라 따라 일어섰다.

"어떻게 된 거야?"

호흡을 고른 윤정무가 발을 떼면서 물었을 때다. 사이렌 소리가 요란하게 울렸다. 소방차다. 한두 대가 아니다. 백문성이 말을 이었다.

"경비원 말을 들으면 수십 명이 달려오더니 제각기 가방에서 화염병을 꺼내 던지고 흩어졌다는 것입니다."

밖으로 나온 윤정무는 옆쪽에서 화염과 함께 검은 연기가 솟아오르는 것을 보았다. 엄청난 규모다.

"저런."

놀란 최국진이 윤정무를 보았다. 둘은 육사 동기다.

"이거, 반란 아냐?"

최국진이 바로 핵심을 찌른 것이다. 건물에 가려서 국비위의 20층 건물은 보이지 않았지만 화염 규모로 보면 불덩이가 되어 있는 것 같다. 그때 부관 하나가 이쪽으로 달려오며 소리쳤다.

"건물 전체에 불이 붙었습니다! 안에서 조사받던 피의자들이 탈출하고 있지만 인원이 모자랍니다! 정체불명의 괴한들이……."

"이 새끼들."

윤정무의 입에서 마침내 욕설이 터졌다. 이런 짓을 할 놈은 하나뿐이다. 바로 리스타다. 지금 국비위가 임대한 20층 건물에는 피의자 상태인 리스타 간부 30여 명이 조사를 받고 있는 것이다. 건물에 불이 붙었으니 모두 밖으로 대피시키는 것은 당연하다. 눈을 치켜뜬 윤정무가 그쪽으로 서둘러 가면서 물었다.

"경찰에 신고했나? 소방서 말고 말이야!"

"예, 그, 그것이……."

"병신아, 빨리 신고해!"

당황한 보좌관에게 소리친 윤정무가 옆을 따르는 최국진을 보았다.

"아무래도 군(軍)이 있어야겠다."

"윤방철과 백갑상이 탈출했습니다."

오금봉이 보고했지만 가라앉은 표정이다. 오금봉 옆에 하동일이 서 있었지만 그도 시선을 내리고 있다.

"건물에 상사의 곽 사장도 있어서 빠져나오기만 했는데 도망치지는 못 했습니다."

이광이 머리만 끄덕였다. 이번 작전은 오금봉의 리스타유통 선수들이 손을 쓴 것이 아니다. 조백진이 리비아에서 불러온 용병단이 나섰다. 전문가들인 것이다.

"작전이 끝났을 때 당신은 기업체 하나쯤 받게 될 거야."

수화구에서 사내의 목소리가 울렸다.

"솔직히 이런 말도 안 되는 일이 계속될 것 같나? 당신이 생각해도 무리라는 생각이 안 들어? 강일규 그놈이 미친놈 아냐?"

"어쨌든 내일 미나하고는 연락이 되는 거지?"

박택호가 묻자 수화구에서 짧은 웃음소리가 울렸다.

"한국 시간으로 오전 10시쯤 전화를 해 봐, 그럼 받을 테니까."

"우리 어머니는?"

"어머니도 내일 오전 10시에 연락해."

"다 이상 없는 거지?"

"애인 서정혜는 안 묻나?"

박택호가 숨만 쉬었을 때 사내가 말을 이었다.

"박 준장, 하나만 더 일해 줘야겠어."

그 순간 박택호가 숨을 들이켰다. 오늘 저녁의 국비위 별관 방화, 피의자들의 무더기 탈출 사건은 박택호의 도움이 없었다면 불가능했다. 박택호가 별관의 위치에서부터 경비원 배치도와 피의자 대기실, 비상구 위치까지 다 알려준 것이다. 거기에다 출입증까지 만들어줘서 용병대 10명이 미리 별관 안에 침투해 있었던 것이다. 조백진은 용병대를 시켜 별관 안에 있던 국비위 간부들을 몰살하자는 안을 내놓았지만 이광이 막았다. 얼마든지 몰살할 수도 있었던 상황이다. 그러나 경비원 셋만 경상을 입히는 선에서 심문을 받던 리스타 피의자 14명을 탈출시켰다. 탈출한 거물급 중에는 윤방철, 백갑상과 유통과 상사의 간부들이 섞여 있다. 그때 사내의 목소리가 수화구를 울렸다.

"오늘 밤에 할 일이야, 박 준장."

"……."

"국비위 위원장 비서실장 윤정무가 이번 일로 당신을 의심하고 있어."

"……."

"당연하지. 당신이 상황실장으로 당직이었는 데다가 방금 상황 장교 김익준 대위로부터 당신이 출입증 10장을 직접 발행했다는 보고를 받았거든."

"……."

"눈치채고 있었겠지만 김익준은 윤정무가 당신을 감시하려고 배치한 정보원이지. 기무사 놈들은 다 그렇지 않아?"

"……."

"지금은 정신없어서 언론 막고, 보고서 쓰고, 대책 만드느라고 시간이 없겠지만 내일 아침에는 당신을 호출할 거야."

그때 문에서 노크 소리가 났기 때문에 박택호가 전화기를 귀에서 떼어놓았다. 안으로 보좌관 강 소령이 서둘러 들어서며 말했다.

"30분 후에 회의입니다. 비서실장님이 준비하시랍니다."

이곳은 지금도 연기를 내뿜고 있는 국비위 별관에서 2백 미터쯤 떨어진 증권회사 건물이다. 임시로 국비위 사무실로 사용하고 있는 것이다. 머리를 끄덕이면서 손을 저어 보좌관을 내보낸 박택호가 심호흡을 했다. 송화구를 통해 상대방도 보좌관의 말을 들었을 것이다. 박택호가 입을 열었다.

"어쩌라는 거야?"

"그놈이 당신 비리도 조사했어. 그 자료가 지금 장태완 소령이란 놈한테 있지, 그놈 아나?"

"알아."

역시 기무사 정보처 출신으로 윤정무의 심복이다. 그때 사내가 말했다.

"우리가 김익준, 장태완을 맡지, 자료까지 다 처리하겠어. 당신은 윤정무를 맡아."

"어떻게?"

"그 건물 오른쪽에 진주 커피숍이 있어. 커피숍 카운터에 당신 이름으로 맡겨놓은 박스가 있어, 그걸 지금 가서 찾아."

"뭔데?"

"가스총이야."

사내가 말을 이었다.

"그걸로 윤정무를 쏴, 얼굴에 대고 쏘면 돼. 무색무취, 거기에다 소음도 없어. 그 가스를 마신 순간 윤정무는 심장마비로 죽게 돼.”

“……”

“가서 쏘고, 쓰러지면 소리쳐서 사람들을 불러서 쇼를 해, 갑자기 쓰러졌다고 말이야. 그쯤은 할 수 있겠지?”

사내의 목소리에 웃음이 띠어졌다.

“여러 명 목숨이 걸린 일이야. 거기에다 대한민국의 암 덩어리 같은 놈을 제거한다는 명분도 있고. 자, 서둘러.”

30분 후에 국비위 위원장 강일규가 긴급 보고를 받았다. 보고자는 국비위 상황실장 박택호다. 박택호가 숨 가쁜 목소리로 보고했다.

“위원장님! 비서실장이 저하고 이야기하다가 갑자기 쓰러져 사망했습니다! 심장마비 같은데 시체 부검을 시켜야 될 것 같습니다.”

그렇지 않아도 국비위 별관의 습격 사건으로 본부에서 임시 별관으로 가려던 강일규다. 눈을 치켜뜬 강일규가 소리쳤다.

“지금 부검 따질 때냐! 도대체 이게 무슨 일이야! 네가 전원 소집시켜!”

“이게 무슨 일이야!”

강일규가 주먹으로 테이블을 내려쳤다. 두 눈을 치켜떴고 얼굴은 붉게 상기되었다. 강일규는 군복 차림이다. 별 3개가 붙여진 어깨 견장이 번쩍이고 있다.

“도대체 그놈들이 누구야!”

별관 회의실 안, 장방형 테이블에 둘러앉은 국비위 위원은 모두 11명, 정원이 12명이었다가 1시간 전에 윤정무가 사망하는 바람에 11명이 되었다. 그때 박택호가 입을 열었다.

"제일유통, 국제유통 행동대 같습니다."

"그놈들이 그렇게 일사불란하게 움직일 수 있단 말이냐?"

대뜸 강일규가 묻자 박택호가 정색했다.

"예, 그 놈들 중 군대 갔다 온 놈들이 많습니다, 위원장님."

"이광이가 시켰을까?"

"유통 사장인 오금봉이 시켰을 가능성이 많습니다. 물론 이광의 허락을 받았겠지요."

"제 어머니가 죽은 복수를 하겠다는 것인가?"

"한이 쌓였을 것입니다. 동생, 내연의 여자까지 구속되었으니까요."

강일규가 심호흡을 하더니 언론 담당 위원에게로 머리를 돌렸다.

"오늘 저녁 화재 사건은 그냥 여의도의 건물에 화재가 난 거야, 무슨 말인지 알겠나?"

"예, 위원장님."

"국비위의 국 자 한 자가 보도되어도 안 돼. 그런 언론사가 있다면 기자는 물론 사주(社主)까지 집어넣는다고 경고해."

"예, 위원장님."

"몇 놈이 탈출했어?"

"예, 모두 14명입니다."

"개새끼들."

어깨를 부풀렸다가 내린 강일규가 부위원장 격인 안기부 차장 노근배에게 말했다.

"이제 이광이는 돌아올 수 없는 다리를 건넌 셈이오, 오금봉이도 마찬가지고."

회의실 안은 무거운 정적에 덮였고 강일규의 말이 이어졌다.

"국비위 경계를 기무사, 특전사, 안기부와 경찰 병력까지 동원해서 개미 새끼 한 마리 기어 들어올 수 없도록 통제하고 도망친 놈들을 끝까지 추적해서 잡도록."

"예, 위원장님."

기가 질린 노근배가 흐려진 눈으로 강일규를 응시하며 대답했다. 노근배는 대학교수 출신으로 이런 내전(內戰) 분위기는 꿈도 꾸지 못한 것 같다. 강일규의 시선이 박택호에게로 옮겨졌다.

"박 실장만 남고 회의 끝내지."

둘이 남았을 때 강일규가 충혈된 눈으로 박택호를 보았다.

"네 밑에 김익준 대위라고 있지?"

"예, 위원장님."

자신의 목소리가 갈라져 있는 것을 느낀 박택호가 어깨를 폈다. 김익준은 윤정무가 보낸 정보원인 것이다. 오후에 출입증 10장을 발행한 것이 김익준한테 발견되었다. 결정적인 증거인 것이다. 그 출입증을 갖고 오금봉이 보낸 놈들이 먼저 별관 안에 들어와 대기하고 있다가 외부에서 사제 소이탄을 터뜨릴 때 일제히 내외에서 공격했다. 그 시간에 박택호는 근처 호텔 커피숍에 피신해 있었지만 전광석화와 같은 작전이었다. 그때 강일규가 똑바로 박택호를 보았다.

"이봐, 박 준장."

"예, 위원장님."

"윤정무를 어떻게 생각하나?"

"글쎄요, 저는 잘."

박택호가 기를 쓰고 강일규의 시선을 맞받았다. 김익준이 강일규에게 직접 보고를 한 것인가? 아니, 김익준과 장태완을 맡는다고 하지 않았는가? 그때 강일규가 박택호를 노려보았다.

"김익준의 보고를 받았어."

"……."

"사건 일어나기 한 시간 전에 윤정무가 출입증 10장을 가져갔다는 거야. 상황실장이 발급한 것을 받아갔다는군."

"……."

"넌 그 사실을 알고 있나?"

"모릅니다."

"김익준은 네 직인이 찍힌 출입증을 윤정무가 갖고 있는 것을 보았다고 했어."

"제가 출입증을 관리하긴 합니다만 윤 실장은 제 허가를 받지 않아도……."

"윤정무가 그 출입증으로 그놈들을 끌어들인 것 같다."

"……."

"그놈이 배신자야, 무슨 영문인지 모르지만."

"……."

"그러다가 죗값을 받고 심장마비로 뒈진 것이지. 조사하는 데 시간이 걸릴 것 같다."

강일규가 길게 숨을 뱉더니 목소리를 낮췄다.

"너만 알고 있어."

위원장실을 나온 박택호가 복도를 걸을 때 구석에 서 있던 김익준이

경례를 올려붙이고는 다가왔다. 기다리고 있었던 것 같다. 머리를 끄덕여 보인 박택호가 건성으로 물었다.

"너였냐?"

박택호의 시선을 받은 김익준이 희미하게 웃었다. 건방진 웃음이다.

"아버지!"

이광이 부르자 아버지는 잠깐 대답하지 않았다. 옆에 서 있던 안학태까지 외면했다. 이광의 얼굴이 금방 상기되었기 때문이다. 오후 4시 반, 오후 1시에 어머니를 안장하고 아버지 이동만은 방금 집에 돌아와 있다. 이광이 다시 불렀다.

"아버지!"

"그래, 걱정하지 마라."

이동만이 대뜸 말했다. 목소리가 차분했지만 이광의 심장 박동이 빨라졌다.

"아버지, 죄송합니다. 모두 제 잘못입니다."

"아니다."

"철이, 명화는 곧 풀려날 것입니다."

"걔들은 강하다. 걱정 마라."

막냇동생 이명화도 세금 포탈, 부동산법 위반 등으로 구속되었던 것이다. 그러나 언론에는 일절 보도되지 않았다. 그때 이동만이 말을 이었다.

"내 걱정도 말고, 난 너를 믿는다."

"아버지!"

"넌 큰일을 했고 더 큰 일을 할 놈이야, 애비는 네가 자랑스럽다."

"아버지!"

"네가 가장이다. 동생들 잘 봐줘라."

"예, 아버지!"

"어머니도 너를 얼마나 자랑스럽게 생각했는지 모른다. 네 어머니는 나보다도 널 믿고 갔다. 너는 이쯤은 견딜 것이라고 하더라."

"아버지, 죄송합니다."

"잘살아라."

"아버지!"

그때 전화가 끊겼기 때문에 전화기를 귀에서 뗀 이광이 안학태를 보았다. 눈에 눈물이 가득 고여 있었다가 눈을 크게 뜨는 바람에 주르르 흘러내렸다.

"괜찮을까?"

통화 내용을 스피커로 연결시키지 않았지만 안학태는 옆에서 다 들었다. 어깨를 늘어뜨린 안학태가 여전히 외면한 채 대답했다.

"예, 회장님. 부친께서는 회장님부터 생각하고 계십니다."

"지금 혼자 계셔?"

"비서실 직원들이 모시고 있습니다."

안학태가 상사 비서실 1개 팀을 이동만의 옆으로 파견한 것이다. 강일규는 이동만까지 구속시키지는 못 했다. 전화기를 내려놓은 이광이 흐려진 눈으로 안학태를 보았다. 그러나 입을 열지는 않았다.

안기부장 정기영은 3선 의원 출신으로 국회에서 정보위원장을 지냈다. 대통령 한두진과 동향으로 나이도 같아서 초선 의원 시절부터 친했는데 활발한 성격에 인맥이 넓다. 오후 5시 반, 정기영이 대통령 집무실에서 한두진과 독대하고 있다. 독대라고 했지만 비서실장 오정도는 동석한 자리다. 매달 한 번씩 갖는 안기부장과의 국내외 현안 보고 회의다. 인사를 마치고 가벼운 이야기가 오간 후에 바로 정기영이 입을 열었다.

"이번에 리스타 그룹의 비리를 국비위에서 밝히고 있는데 여론은 국비위에 호의적입니다."

"허, 그래요?"

한두진의 얼굴에 웃음이 떠올랐다.

"좀 과격한 것 같던데, 외신을 봤더니 말이오."

"잘 모르고 떠드는 것입니다. 비리가 더 밝혀지면 잠잠해집니다."

"그런가?"

"그런데 주범인 이광이 홍콩에 주저앉아 있어서 오지 않는 것이 문제입니다. 어머니가 돌아갔는데도 오지 않는군요."

"주위에서 말렸겠지."

"전(前) 안기부 차장 오금봉이 이광의 핵심 참모입니다. 리스타유통의 사장으로 작전은 모두 오금봉이 내놓고 있지요."

"그자도 버티고 있다면서요?"

"처하고 동생까지 구속시켰는데도 꼼짝 않고 있다는군요."

"그거, 국비위에서 좀 심한 것 아닐까? 가족들까지 다 잡아넣는 것 말이오."

"글쎄요, 하지만……."

쓴웃음을 지은 정기영의 시선이 오정도를 스치고 지나갔다.

"국내외의 여론은 국비위의 부정부패 소탕 작업에 호의적입니다, 각하."

"데모대가 그것 가지고 떠들지는 않지요?"

"부정부패 추방을 구호로 걸고 있는데 리스타를 옹호할 리가 있습니까? 데모대의 구호하고 딱 들어맞는 조치인데요."

"그렇지. 그런데 데모는 갈수록 격화되고 있는데, 주모자 색출이 어려워서 그런 겁니까?"

"곧 검거하겠습니다, 각하."

"서둘러 주세요."

"알겠습니다, 각하."

한두진이 서류를 덮자 오정도가 먼저 자리에서 일어섰다. 독대가 끝났다는 신호다.

정기영이 나가고 문이 닫혔을 때 배웅하고 돌아온 오정도에게 한두진이 말했다.

"여의도의 국비위 별관 습격 사건은 보고하지 않는군, 모르고 있는 건가?"

"알고 있을 것입니다."

다가선 오정도가 정색하고 한두진을 보았다. 오정도는 한두진이 기무사령관이었을 때 작전처장이었다. 역시 한두진의 심복으로 강일규와는 라이벌이다. 한두진은 심복들을 경쟁시키면서 거느리는 스타일이다. 충성심 경쟁이다. 오정도가 말을 이었다.

"강 위원장의 눈치를 살피는 것이겠지요. 국비위에 정보원을 심어 놓았을 테니까요."

"강일규가 나한테도 보고를 안 했어."

쓴웃음을 지은 한두진이 말을 이었다.

"그 자식이 어쩌려고 그러지?"

민투위 위원장 장한섭은 4년째 수배 중이어서 도망 다니는 데는 이골이 났다. 주위에서는 1백 미터 앞에 있는 형사를 구분해낸다고 소문까지 났다. 실제로 식당에 들어갔을 때 앉아 있던 형사 셋을 가장 먼저 발견한 적도 있다.

오늘도 장한섭은 커피숍에 들어오기 전에 뒷문과 앞문, 주방에서 건물 복도로 나가는 비상구까지 조사한 후에 경호대를 배치해놓고 들어왔다. 물론 커피숍 안에는 경호대가 들어가 있다. 안으로 들어선 장한섭이 벽 쪽에 앉아 있는 최성관에게로 다가갔다. 장한섭은 27세, 일성대 총학생회장 출신, 국보법 위반으로 1년 동안 교도소 밥을 먹고 지금은 내란죄까지 3개 죄목으로 수배되어 도피 중이다. 장한섭은 투쟁위원장 김홍권과 동행이었는데 민투위 즉 민주화 투쟁위원회의 최고위 거물 1, 2위가 함께 있는 상황이다. 경찰 당국이 보면 환장할 것이었다.

다가간 둘이 최성관 앞에 앉았다. 최성관은 34세, 둘의 운동권 선배가 된다. 지금은 오리엔트항공의 예약과장, 마음잡고 직장인이 된 것으로 보이지만 아니다. 운동권을 뒤에서 지원하는 운영부장이다. 즉 자금을 대는 역할인 것이다.

"형님, 급한 일이라고 하셨는데 무슨 일입니까?"

장한섭이 묻자 최성관이 먼저 탁자 위에 서류 봉투를 내려놓았다.

"여기 국비위 위원장 강일규와 위원 3명의 비리 내용이 자세히 기록되어 있어."

최성관이 말을 이었다.

"어제저녁에 여의도에 있는 국비위 별관이 습격당해서 20층 건물이 전소했어, 알고 있지?"

"아, 그 빌딩이 국비위 별관입니까?"

놀란 김홍권이 눈을 둥그렇게 떴다.

"언론은 그렇게 보도 안 했는데."

"강일규가 통제했기 때문이지. 어제 화제로 조사받고 있던 리스타 간부 14명이 탈출했어."

"어이구."

이번에는 장한섭이 탄성을 뱉었다.

"그건 내란 수준인데요, 누가 그랬습니까? 리스타 직원들인가요?"

"용병들이지, 리비아에서 보낸 용병단이야."

"그럼 리스타와 국비위의 전쟁입니까?"

"리스타는 정치에 끼어 들 생각이 없어."

그러자 장한섭과 김홍권이 서로의 얼굴을 보더니 다시 장한섭이 물었다.

"형님이 리스타 입장을 전하는 이유가 뭡니까?"

"내가 리스타 대변인 입장이기 때문이야."

놀란 둘이 다시 얼굴을 마주 보았을 때 최성관의 얼굴에 쓴웃음이 번졌다.

"너희들, 내가 그 막대한 자금을 모금으로 채운 것 같으냐?"

둘은 눈만 끔벅였고 최성관의 말이 이어졌다.

"카이로에 있는 나영찬이 제 봉급에서 월 1만 불씩 보냈지만 그거 가지고는 어림도 없었다."

하긴 그렇다. 작년 초부터 지금까지 1년 반 동안 민투위의 월간 경비가 10억이 넘었다. 1백만 불 가깝게 되는 거금이다. 부상자 또는 행사에 들어가는 경비까지 합하면 그 이상이다. 둘은 운동권 선배인 나영찬이 리스타 카이로 법인 사장으로 재직하면서 자금원이 되어 있는 것도 안다. 나영찬은 민투위의 우상 같은 존재인 것이다. 그때 최성관이 말을 이었다.

"작년 초부터 나영찬이 리스타 회장 이광 씨의 승인을 받고 회사 경비에서 월 1백만 불씩 지원해 준 거야. 이광 씨는 나영찬이 서울에 있을 때도 민투위에 거금을 지원했다."

"……."

"국비위는 그것을 알지만 외부에는 리스타가 부정부패의 온상인 것으로만 선전하지, 민투위의 자금원이었다는 것을 알면 여론이 들끓고 국면이 전환될 테니까 말이야."

"그렇군요."

어깨를 부풀렸다가 내린 장한섭이 번들거리는 눈으로 최성관을 보았다. 최성관과 나영찬은 운동권 동기다. 둘은 친구 사이인 것이다. 그때 김홍권이 탁자 위에 놓인 서류를 집으면서 말했다.

"잘 알겠습니다, 형님."

제7장
화무십일홍(花無十日紅)

노크를 하고 나서 문을 연 양순철이 방 안을 보았다. 비었다. 깔끔하게 정리된 책상 위에 종이 한 장이 놓여 있다. 머리를 기울인 양순철이 뒤에 선 고명수에게 말했다.

"안 계시는데?"

"화장실에 계신가 봐."

고명수가 말했다. 머리를 끄덕인 양순철이 문을 닫으려다가 안쪽 화장실에 대고 물었다.

"선생님, 안에 계세요?"

그러자 뒤쪽에서 고명수가 옷자락을 잡아당기면서 수군거렸다

"야, 화장실에 계신데 대답하시겠냐?"

오전 10시 반, 이곳은 옥천의 이동만 저택이다. 장례를 치르고 집에 온 지 이틀째가 되는 날 오전이다. 아침 식사 시간이 지났는데도 이동만이 방에서 나오지 않았기 때문에 비서실팀 양순철과 고명수가 참다 참다 부른 것이다. 화장실에서 대답이 없었기 때문에 문을 닫으려던 양순철이 다시 마음을 바꿨다. 허리를 편 양순철이 방으로 들어서자 이번

에는 고명수도 말리지 않았다. 방 끝 쪽 화장실 앞에 선 양순철이 노크를 했다.

"선생님, 비서실 양순철입니다."

대답이 들리지 않아서 양순철이 어금니를 물더니 문을 열었다.

"으악!"

양순철의 비명이 집안에 울렸다.

이광이 손에 쥔 팩스를 읽는다. 양순철이 저택 침실 책상에서 발견한 아버지의 유서다.

"광이 보아라.

네 부담을 덜어주기 위해서 먼저 간다. 철이, 명화는 곧 풀려나겠지. 저놈들이 사람이 아니더라도 더 악독한 짓은 못 할 것이다.

그러나 광아, 저놈들을 용서해라. 복수에 집착하면 큰일을 그르친다. 때가 올 테니 기다려라. 나를 네 어머니 옆에 두거라. 우리는 너 때문에 행복했다. 동생들과 잘 지내기를 바란다. 자랑스러운 내 아들 광이에게, 아비가."

두 번째 읽고 난 이광이 유서를 내려놓고는 앞에 선 안학태를 보았다. 눈동자의 초점은 또렷하다. 그때 안학태가 말했다.

"아버님은 비서실이 주관해서 내일 어머님과 합장하도록 할 것입니다."

이광이 머리만 끄덕였고 안학태가 말을 이었다.

"한국에서는 언론을 통제해서 이 사건을 일절 보도하지 않았지만 지금 홍콩과 일본, 미국과 중국 본토에서까지 대서특필로 보도하고 있습니다. 한국 국민들도 곧 알게 되겠지요."

"......."

"민투위에서도 리스타에 대한 국비위의 탄압을 성토할 것입니다."

그때 응접실로 비서가 들어섰다. 다가선 비서가 안학태와 이광의 중간 부분에 시선을 두고 말했다.

"중국 정부에서 부친 장례식에 특사를 파견한다고 합니다. 지금 양명의 전화가 왔는데요."

"특사를 말인가?"

놀란 안학태가 되묻더니 이광을 보았다. 이광이 머리만 끄덕이자 안학태가 전화기를 들고 귀에 붙였다. 한동안 응답만 하던 안학태가 전화기를 내려놓더니 이광에게 말했다. 얼굴이 상기되어 있다.

"회장님, 중국 정부가 조문 특사로 경제담당 화오방 서기를 파견한다고 합니다. 그런데 한국 정부와는 정식 수교가 안 돼서 조문 특사 방문을 조금 전에 한국 정부에 통보했다는군요."

"......."

"그리고 한 시간 안에 회신이 없으면 한국 정부가 중국을 적국(敵國)으로 간주하는 것으로 알겠다고 했답니다."

"......."

"당연히 한국 정부는 조문 특사를 받아들일 것인데 한국에 남은 리스타 간부들께 전할 말씀이 있다면 화 서기께서 전해 주시겠답니다."

이광이 머리만 젓자 안학태가 말을 이었다.

"그럼 제가 알아서 조처하겠습니다."

안학태가 비서와 함께 서둘러 방을 나갔을 때 이광의 눈에서 갑자기 눈물이 쏟아졌다. 눈물은 마치 닫힘 장치가 고장 난 수도처럼 그치지 않고 흘러내렸다.

"뭐? 이라크 국방장관이?"

강일규가 되물었는데 목소리가 갈라져 있다. 눈은 치켜떴고 얼굴이 하얗게 굳어졌다. 그때 보좌관이 외면하고 말했다.

"예, 경제장관하고 같이 온답니다. 수행원까지 약 50명쯤 됩니다. 전세기로 오니까요."

"개자식들, 할 일도 더럽게 없는가 보네."

보좌관이 헛기침을 하자 머리를 든 강일규가 노려보았다.

"뭐야? 또 있어?"

"리비아에서도 산업장관과 수행원 60여 명이 전세기 편으로⋯⋯."

"⋯⋯."

"미국은 대사가 장례식에 참석한다고 했습니다."

이마의 땀을 손등으로 닦은 보좌관이 말을 이었다.

"특사를 파견하는 국가가 중국까지 6개국, 대사가 조문 위원장이 된 국가가 27개국, 36개국은 담당 영사를 보낸다고 했고요. 아직도 장례위원회에 참석 통보가 오고 있어서⋯⋯."

"그만."

손바닥을 들어 보인 강일규가 쓴웃음을 지었다. 내일로 예정되었던 장례식이 특사들이 오는 데다 참석자가 쇄도해서 모레로 연기되었던 것이다. 충북 옥천의 상가(喪家)는 지금 장례식장을 넓히려고 대공사 중이다.

이제 언론은 이동만 씨의 자살을 보도하기 시작했는데 외국 조문 사절들이 몰려오는 터라 보도 안 할 수가 없다. 더구나 해방 이후 처음으로 중국 정부의 거물이 특사로 오는 것이다. 중국 정부 서열 7위의 거물 화오방은 장례식만 참석하고 귀국할 예정이었다. 한국 정부 인사는 만날 예정도 없다는 것이다. 이렇게 외국 거물들이 쏟아져 오는 데다 대사급 조문까지 수십 명이 넘는 상황이라 한국 정부는 당황했다.

처음에 충청북도 지사를 정부 대표로 상가에 보내기로 했다가 취소했다. 대통령이 정부가 무슨 죄를 지었느냐고 화를 냈기 때문이다. 강일규가 손목시계를 보더니 자리에서 일어섰다. 청와대에서 긴급회의가 있는 것이다. 이른바 장례식 회의다.

"누가 갈 거요?"

한두진이 대통령 집무실에 모인 인사들을 둘러보면서 불쑥 물었다. 원탁에 둘러앉은 인사들이란 국비위 위원장 강일규, 국무총리 조시영, 내무장관 안중기, 외무장관 배영균, 비서실장 오정도까지 5명이다. 다섯이 모두 눈만 끔벅이고 있었기 때문에 한두진이 혀를 찼다.

"민투위에서는 국비위가 이동만을 살해했다고 떠들어대더군, 이제 사건이 국제화되었어."

한두진이 머리를 돌려 강일규를 보았다.

"어떻게 생각하나?"

한두진이 묻자 강일규가 어깨를 부풀렸다가 내렸다. 심호흡을 한 것이다. 모두의 시선을 받은 강일규가 입을 열었다.

"이런 상황일수록 단호하게 대처해야 된다고 믿습니다, 각하."

한두진은 쳐다만 보았고 강일규의 말이 이어졌다.

"이광이 사업 관계가 있는 미국, 이라크, 리비아 등 각국 정부에 응원을 부탁한 것입니다. 중국 정부는 한국 정부를 흔들려는 목적으로 특사를 파견한 것이고요. 이런 쇼에 흔들리면 안 된다고 생각합니다."

"그럼 어떻게 해야겠나?"

"의연하게 대처하는 것입니다. 장례식을 치르고 나면 떠나갈 사람들입니다."

"의연하게?"

"예, 각하."

"그럼 자네가 한국 측 대표로 장례식에 참석해."

한두진의 말에 모두 숨을 죽였다. 강일규도 놀란 듯 표정이 굳어졌다. 눈을 가늘게 뜬 한두진이 강일규를 보았다.

"방금 의연하게 대처한다고 했지?"

"예, 각하."

"그럼 자네가 가서 의연하게 대처해."

"예, 각하."

"그러고 나서 단호하게 대처하면 되겠지. 미국이나 중국, 이라크 등이 아무리 이광 역성을 들어도 죄를 지었으면 처벌을 해야지."

단호하게 말한 한두진이 머리를 끄덕여 회의가 끝났다는 시늉을 했다.

오정도와 둘이 남았을 때 한두진이 쓴웃음을 짓고 말했다.

"저놈이 기무사에 있을 때부터 책임을 진 적이 없었어."

오정도는 눈만 껌벅였고 한두진의 말이 이어졌다.

"책임질 일이 없었으니까, 내 심부름이나 하면 되었지. 내 대신 폼이나 잡고."

"……."

"지금 일이 벌어지고 보니까 저놈 본성이 나오는군, 진면목이 드러나는 거야."

한두진이 길게 숨을 뱉었다.

"나라꼴이 어떻게 되는지 상관을 안 해. 제 위신, 제 자존심 그리고 제 욕심뿐이야."

"각하, 강 위원장을 장례식에 보내면 소동이 일어날 것 같은데요."

오정도가 조심스럽게 말했다.

"이 사건이 모두 강 위원장 주도로 일어난 것으로 알고 있는 상황이라 가족들이……."

말을 멈춘 오정도가 한두진의 눈치를 보았다. 그때 한두진이 정색했다.

"강일규 제가 말한 대로 제가 직접 가서 의연하게 부딪쳐보라고 해."

"……."

"남한테 시키지 말고 말이야."

"……."

"지난 정권 때 국개위가 이광을 잡았다가 큰코다쳤는데 지금은 더 커질 것 같다."

"……."

"그때보다 이광이 몇 배나 커진 데다 이쪽 대처 수단이 더 악랄해졌거든."

"……."

"더구나 강일규는 여의도 별관 습격 사건을 나한테 보고도 하지 않았다. 이쯤 해서 저놈을 정리해야 될 것 같다."

마침내 한두진이 속내를 비쳤다. 한 나라의 대권을 잡은 한두진인 것이다. 결단과 용병술이 보통 사람과는 다르다. 그것이 선이건 악이건 간에 오정도는 물론 강일규 따위가 맞설 상대는 아닌 것이다.

머리 회전이 빠르기는 타의 추종을 불허한다고 믿어왔던 강일규다. 그 타(他) 속에 수십 년간 상관으로 모셔왔던 한두진도 포함시켰던 강일규인 것이다. 돌아오는 차 안에서 강일규가 앞쪽을 응시하면서 말했다.

"내일 내가 정부 대표로 장례식장에 가게 될 거야."

그 순간 앞자리에 앉은 보좌관은 물론이고 옆자리에서 긴장하고 있던 상황실장 박택호까지 숨 들이켜는 소리를 내었다. 그때 강일규가 쓴 웃음을 짓고 말했다.

"내가 각하께 자원한 거야, 내가 정부 대표로 간다고 말씀드렸어."

"……."

"그랬더니 말리시다가 마지못해 승낙하시더군."

"……."

"국비위 각 분과 위원장들도 참석하도록."

"알겠습니다."

박택호가 호흡을 고르면서 대답했다.

"준비하겠습니다."

"그리고."

강일규가 보좌관을 보았다.

"장례식장 경비는 철저히 하도록. 내가 정부 대표인 이상 현장 지휘는 내가 맡게 되었으니까 충북 경찰청장에 지시해서 전경 20개 중대를 배치시키라고 해."

"예, 위원장님."

바로 대답한 보좌관이 차에 장착된 무선 긴급전화로 충북경찰청장을 호출했다. 막강한 국비위 위원장 보좌관인 것이다. 충북경찰청장급은 보좌관보다 한 수 아래다. 직통전화가 연결되고 경찰청장에게 강일규의 지시를 쏟아붓듯 말하던 보좌관이 곧 '네, 네.' 소리를 연발하더니 통신을 끊고 나서 몸을 돌렸다. 강일규를 보는 눈동자가 죽은 생선 같다고 박택호가 생각했다. 그때 보좌관이 말했다.

"청장이 전경은 각국 조문단 경호 업무용으로 3개 중대만 배치시킨다고 합니다."

"뭐? 3개 중대?"

기가 막힌 강일규가 되물었다. 강일규의 지시는 20개 중대인 것이다.

"그 새끼, 미친놈 아냐? 왜 그런대?"

"예, 청와대 지시랍니다."

외면한 채 보좌관이 말을 이었다.

"비서실장이 조금 전에 직접 지시를 하셨답니다. 과잉 경호는 유족들에게 위압감을 주고 조문 사절들도 불쾌감을 느낄 테니까 3개 중대만 배치하라고 했답니다."

"......"

"그리고 한국 측 조문단은 국비위라고 했습니다. 다른 사람은 참석하지 않는답니다."

강일규가 어금니를 물었다. 내무장관, 충북지사는 당연히 와야 됐기 때문이다. 이제는 혼자다.

전화기를 내려놓은 오금봉이 이광을 보았다.

"강일규가 정부 대표로 장례식장에 참석하기로 결정이 되었습니다."

이광은 쳐다만 보았고 오금봉의 말이 이어졌다.

"그런데 장례식 경비 병력이 전경 3개 중대입니다. 2개 중대는 외국 특사와 대사, 경호 병력으로 배치될 예정이고 1개 중대는 식장 경계, 정리 요원입니다."

"……."

"정부 대표인 강일규 경호 병력이 없습니다. 자체 경호원뿐이지요."

"……."

"대통령이 결정했다고 합니다."

응접실에 잠깐 정적이 덮였다. 구룡섬의 안가에는 오금봉과 린드버그까지 리스타유통의 간부 대부분이 모여 있었다. 그때 이광이 입을 열었다.

"대통령이 강일규를 대표로 보낸 걸 어떻게 생각하시오?"

오금봉이 바로 대답했다.

"저도 그것이 어떤 신호 같다는 생각이 들었습니다. 더구나 강일규가 전경 20개 중대를 요청했는데 청와대에서 3개 중대로 축소했습니다."

"나한테 신호를 보낸 것 같은데."

"그렇습니다, 회장님."

정색한 오금봉이 말을 이었다.

"부친 장례식에 부친을 살해한 것이나 마찬가지인 강일규를 정부 대표로 보낸 것은 국내외에 '사죄사'로 내보이는 것이 아닌가 생각이 듭니다."

"대통령이 강일규를 버린 것일까?"

"민투위에서 내일부터 강일규의 비리에 대한 대대적인 선전 공세에 들어갈 것입니다."

오금봉이 말하고는 하동일을 보았다. 대신 보고하라는 표시다. 하동일이 말을 이었다.

"강일규는 청렴하다는 소문이 났지만 철저하게 위장했기 때문입니다. 아주 교묘하게 자금을 해외로 밀반출해서 미국에 3곳의 건물, 프랑스의 고성(古城) 하나, 영국 런던에 아파트 2채를 소유하고 있습니다. 모두 기무사에 근무할 때 착취한 돈으로 구입했지요."

하동일이 이광 앞에 서류를 내려놓았다.

"건물 등기부 등본 등 증거 서류가 완벽합니다. 민투위는 이 서류를 수백만 장 인쇄해서 전국에 뿌릴 것입니다. 국비위가 실제는 대기업을 강탈하려는 음모로 리스타를 난도질하고 있다고 국민들은 믿게 될 것입니다."

하동일의 목소리에 열기가 띠어졌다.

"이 서류도 감추지 못하고 내일 오전에는 대통령에게 전달될 것입니다."

이광이 머리만 끄덕였을 때 오금봉은 가슴에 차가운 바람이 스치고 지나는 느낌을 받는다. 강일규가 이것으로 몰락한다고 해도 회장의 죽은 부모는 살아나지 못한다는 생각이 들었기 때문이다.

"날씨가 좋군."

창밖을 내다본 강일규가 밝은 목소리로 말했다. 오전 9시 5분, 9시 반에 강일규를 중심으로 국비위 간부 11명 전원과 기무사, 수경사, 국기부에서 차출한 경호대 1백여 명이 충북 옥천의 이동만 장례식장으로

306

출발할 예정이다.

광화문의 국비위 본관 회의실, 원탁에는 죽은 윤정무 대신 비서실장이 된 수경사 참모 최국진 대령과 간부 8명이 둘러앉아 있었는데 분위기가 무겁다. 모두 조금 후에는 출발하려는 것이다. 그때 방문이 열리더니 상황실장 박택호가 들어섰다. 박택호는 검정색 정장 차림으로 손에 한 뭉치의 서류를 들었다. 서둘러 강일규에게 다가온 박택호가 서류를 내밀었다.

"위원장님, 지금 민투위가 뿌리고 있는 전단입니다. 보셔야 될 것 같습니다."

"뭐야?"

강일규가 이맛살을 찌푸렸다. '걔들이 전단 한두 장 뿌리냐?' 하는 표정이다. 마지못한 표정으로 받아든 강일규가 읽는 순간 숨을 들이켰다. 눈이 치켜떠졌고 이를 악물었다. 얼굴이 순식간에 하얗게 굳어졌다. 옆쪽에 앉은 최국진이 머리만 틀어 전단 위쪽의 타이틀만 보았다. 붉은 글씨로 커다랗게 박혀 있다.

"강일규의 해외 부동산 내역과 그 증거 자료."

"지금 내려가고 있어?"

안기부장 정기영이 묻자 보좌관 곽윤길이 대답했다.

"예, 부장님. 지금 경부고속도로 수원을 지났다고 합니다."

"이걸 읽고도 내려간단 말이지?"

정기영이 손에 쥔 강일규의 해외 부동산 내역과 그 증거 자료를 흔들면서 말을 이었다.

"민투위는 이 서류를 리스타 측으로부터 얻었을 거야."

"예, 리스타에 민투위와 밀접한 인사들이 많습니다. 리스타 이집트 법인 사장 나영찬 씨가 그렇고, 또⋯⋯."

"이광의 애인 강은서가 민투위의 원조 격이지."

"그렇습니다."

곽윤길이 흐린 눈동자로 정기영을 보았다.

"리스타유통의 오금봉 씨도 이광을 도와서 민투위에 협조적이었지요."

손목시계를 본 정기영의 얼굴에 쓴웃음이 번졌다.

"지금쯤 비서실장이 대통령께 서류를 전했겠군."

안기부에서 입수한 이 서류를 청와대로 보낸 것은 2시간 전이다. 정기영이 직보를 할 사건이었지만 일단 비서실장 오정도에게 보낸 것이다. 강일규와 국비위 핵심 간부 3명에 대한 비리 내역이었다. 이것이 민투위를 통해 어젯밤 수백만 장이 뿌려진 것이다. 아침에 서울 시내가 하얗게 비리 내역이 뿌려져 있을 정도였다. 마치 눈 같았다. 경찰이 부랴부랴 치웠지만 이미 소문은 다 났고 가져갈 사람은 다 가져갔다. 그때 문이 열리더니 비서가 들어섰다. 손에 무선전화기가 들려져 있다.

"대통령 각하이십니다."

놀란 정기영이 일어서다가 책상 모서리에 호되게 무릎을 찍었다. 오만상을 찡그린 정기영이 전화기를 귀에 붙이더니 부동자세로 섰다.

"예, 대통령 각하."

틀림없이 강일규 문제일 것이다.

"정 부장, 나요."

대통령이 그렇게 말했다.

"예, 각하."

정기영의 심장 박동이 빨라졌다. 정기영의 다음 목표는 국무총리다. 대통령과 정기영의 사이를 아는 대부분의 인사들도 그렇게 예측하고 벌써부터 줄을 서는 분위기다.

"정 부장, 그거 확인했어요?"

불쑥 대통령이 묻자 정기영이 전화기를 고쳐 쥐었다.

강일규의 부동산 내역과 그 증거 자료를 말하고 있다.

"지금 확인 중입니다, 각하."

"그런데 정 부장은 민투위가 그 사실을 밝히기 전까지는 모르고 있었단 말이오?"

"예?"

심장이 덜컥 내려앉는 느낌이 든 정기영이 되물었다. 옆에 선 곽윤길은 숨도 쉬는 것 같지가 않다. 대통령 목소리가 다 들렸기 때문이다. 대통령이 숨 돌릴 새 없이 말을 이었다.

"정 부장, 당신도 업무 태만이오, 실망했소."

"예? 예, 각하."

"민투위에서 영문으로 번역된 자료를 각국 대사관 그리고 이번에 온 조문 특사단한테까지 뿌렸다는 거요, 알고 있습니까?"

"예? 그것이……."

모르고 있었지만 그렇게 말했다가는 또 업무 태만이라고 하면 유구무언이다. 국무총리는커녕 안기부장에서도 파면당할 수 있다. 그러면 국회의원 사직서를 내고 좋다면서 안기부장 자리를 받은 터라 졸지에 백수가 된다. 다음 총선에서 지역구로 나갈 수도 없다. 지금 지역구를 받아간 놈이 내놓을 리가 없으니까. 1초도 안 된 순간에 정기영의 머릿속에서 형성된 생각들이다. 그때 대통령이 다시 말했다.

"국제적 망신이야, 정 부장."

"예, 각하."

"외국으로 외화를 도피시켜 부동산을 구입한 것은 국민의 공분을 사고도 남아. 만일 그 자료가 사실이라면 말이야."

대통령의 목소리에 열기가 띠어졌다.

"엄청난 자금이 아니오?"

"예, 각하."

"그 외화 유출 행위를 단속할 수 있는 것도 안기부 아닌가?"

정기영이 다시 입을 다물었을 때 대통령이 단호하게 말했다.

"시간이 없어. 안기부가 발 빠르게 강일규의 범죄 사실을 발표해. 알고 있었다고 해도 돼, 알았나?"

"예, 각하."

"당신 정치 생명이 걸린 사건이야. 강일규가 옥천 장지에 도착했을 때 발표를 해. 졸속으로 하지 말고 탄탄하게 만들어서."

"예, 각하."

"한 시간 남았어, 한 시간 동안에 당신 운명이 걸려 있는 거야."

그러고는 통화가 끝났다.

"이런 개망신이 있나?"

영문으로 된 강일규의 부동산 내역과 그 증거 자료를 앞에 앉은 양 명에게 건네준 화오방이 얼굴을 일그러뜨렸다.

"나도 대다수 중국인과 마찬가지로 한국인에게 호감을 느껴, 남북한 가릴 것 없이 말이야."

"……"

310

"북한이 망하기 직전에 우리 중국군을 투입시켜 살려준 것도 남한보다 북한이 예뻐서 그런 게 아니라고. 미국이 북한까지 먹으면 우리 중국이 위험하게 될까 봐서 그런 거야."

양명이 쳐다만 보았고 화오방이 말을 이었다.

"근데 이게 뭐야? 남한이 이 정도밖에 안 돼? 리스타의 이광이를 배출한 남한의 정치력이, 지도자가 겨우 이 수준이냐고?"

차는 경부고속도로를 달려가는 중이다. 중국특사단이 탄 차량 대열은 20대도 넘는다. 화오방의 열변이 이어졌다.

"지난번 국개위가 이 회장을 잡아 가뒀다가 개망신을 당하고 나서 풀어줬다고 하더니 이번에는 부모까지 다 죽이고 나라 망신까지 시키는구나. 도대체 대통령이란 사람은 뭘 하고 있지?"

양명이 저도 모르게 차 안을 둘러보았다가 어깨를 늘어뜨렸다. 한국 대통령이 직접 이 말을 들어도 어쩌지 못할 것이었다. 양명이 입을 열었다.

"한국 측 장례식 대표로 강일규가 참석한다니 아무래도 대통령이 최강수로 나오는 것 같습니다."

"최강수?"

되물은 화오방이 지그시 양명을 보았다.

"과연 그럴까?"

"'우리는 잘못한 것이 없으니 정면 대결을 하겠다'라는 자세로 보입니다."

"그런가?"

"매스컴은 모두 그렇게 보도하겠지요, 강일규는 어깨를 떡 펴고 있을 거고요."

"그렇다면 한국 대통령은 무식한 자다."

숨을 들이켠 양명에게 화오방이 빙그레 웃었다.

"30년쯤 전에는 그런 방법이 통했겠지. 지금은 달라. 정부가 언론 통제를 해도 여론이 빠르게 움직인다. 아마 강일규가 어깨를 펴고 있는 사진을 보면 여론이 이광 쪽으로 몰릴 거야."

"그렇습니까?"

"한국 대통령이 크게 실수한 거야, 이 사건으로 정권이 뒤집힐 가능성이 있어."

차 안에 무거운 정적이 덮였다. 양명은 오늘 한국의 정세가 급변할 것 같은 예감이 들었다.

강일규는 장례식 20분 전에 도착했는데 조문단 대부분이 도착한 후다. 장례식장은 초등학교 건물과 운동장을 사용했는데 학생들은 임시 휴교를 시켰다. 강일규가 식장인 운동장으로 들어서자 모두의 시선이 쏠렸다. 식장 인원을 엄격히 통제했지만 공식 참석 인원만 550명이다. 외국인 조문단이 370여 명, 가족과 한국 측 참석 인원이 120명, 나머지는 기자들이다. 장례식장이어서 강일규는 목례만 하고 중앙에 위치한 한국 측 대표 좌석에 앉았다.

유가족으로는 이광의 동생 이철과 이명화가 24시간 특별 허가를 받고 구치소에서 풀려나와 있다. 그리고 친척 30여 명, 리스타 관계자 30여 명이 참석해 있는 것이다. 장례식 사회는 리스타 비서실 부장이 맡았는데 장내를 정돈하고 식이 시작된다는 선언을 했다.

장내가 조용해졌고 모두 앞쪽 연단에 모셔진 이동만의 영정사진과 꽃으로 꾸며진 제단을 보았다. 그때였다. 한 떼의 사내들이 식장으로 들어서더니 곧장 강일규에게 다가갔다. 앞장선 사내는 낯이 익다. 사회자도 입을 다물었다. 옆쪽에 서 있던 대한일보 사회부장 오국병은 그 순간 숨을 들이켰다. 앞장선 사내는 바로 대검찰청 중수부장이었던 것이다. 중수부장이 웬일인가?

대검 중수부장 김기태는 왜소한 체구에 머리가 컸다. 눈도 큰 데다 흰자위가 많아서 응시하면 섬뜩한 인상이 된다. 강력 사건에 자주 등장하는 인물이라 모두의 시선이 모였다. 외국 조문객들의 시선도 쏠리고 있다. 이번에 보도를 허가받은 HBS TV의 촬영팀은 김기태를 본 순간부터 '환장'을 하고 찍어대는 중이다.

강일규는 김기태를 보았다. 김기태가 식장에 들어와 자신을 향해 다가오는 것을 보면서 눈을 가늘게 떴다가 곧 얼굴을 일그러뜨렸다. 입술 끝이 비틀렸고 어금니가 물려져서 볼 근육에 힘줄이 드러났다. 그때 김기태가 강일규 앞에 섰다.

"강일규 씨."

김기태의 목소리가 주위를 울렸다. 연단 옆쪽의 사회자는 김기태가 들어서서 강일규에게로 다가가는 것을 보자 입을 꾹 닫았기 때문에 한 10초 동안은 조용했다. 그래서 모두의 시선이 더 집중되고 있다. 그러자 강일규의 목소리가 울렸다.

"무슨 일이야?"

"당신을 국가보안법 위반으로 체포합니다."

"뭐? 국보법?"

"6가지 죄목인데 일일이 열거하는 건 시간 낭비고."

김기태의 목소리가 식장을 울렸다. 머리를 돌린 김기태가 뒤에 선

수사관들에게 지시했다.

"자, 체포해."

수사관들이 다가와 강일규의 어깨를 잡아 일으켰고 익숙하게 수갑을 채웠다. 강일규는 일그러진 얼굴로 웃음을 띠려고 애를 썼지만 얼굴이 더 어색해졌다. 그러나 입을 열지는 못했다.

"자, 갑시다."

김기태가 다시 앞장을 섰고 수갑이 채워진 강일규가 수사관 둘에게 양팔을 붙들린 채 뒤를 따랐으며 그 뒤로 7, 8명의 수사관이 따랐다. 그들이 식장 밖으로 나갔을 때 그때서야 정신을 차린 사회자가 마이크에 대고 말했다.

"그럼 한국 정부 대표인 강, 아니 이 조문사는 생략하고 다음 순서인 중국 대표 조문사가 있겠습니다."

HBS의 촬영 기사는 이 장면도 열심히 찍었다.

"강일규가 체포되었습니다."

응접실로 들어선 오금봉이 말했다. 오금봉의 눈에 생기가 띠어 있다. 이광 앞에 선 오금봉이 말을 이었다.

"체포된 시간에 안기부장 정기영이 강일규의 재산 도피 사실을 확인하는 성명을 발표했습니다. '치밀한 조사' 끝에 증거를 확보했다고 합니다."

오금봉이 쓴웃음을 띠지 않고 이광을 보았다.

"지금 화오방 서기의 조문사가 계속되고 있습니다."

"……."

"정기영의 발표가 끝난 후에 곧 정부 대변인의 발표가 있을 것이라고 했습니다. 아무래도……."

이광이 머리만 끄덕였기 때문에 오금봉이 한 걸음 물러섰다. 지금 이광의 부친 이동만의 장례식이 진행되는 중이다. 오금봉이 머리만 숙여 보이고는 몸을 돌렸다.

오전 12시 10분, 후버가 막 침실로 들어섰을 때 전화벨이 울렸다. 몸을 돌린 후버가 응접실에 놓인 흰색 전화를 들었다. 긴급 전화다.

"뭐야?"

대뜸 물었더니 윌슨의 목소리가 들렸다.

"조금 전 한국에서 국비위 위원장 강일규가 부정부패 혐의로 긴급 체포되었습니다."

후버는 듣기만 했다. 한 시간 전에 민투위가 뿌린 팸플릿 사건을 보고받았기 때문이다.

"장례식장에서 체포되었습니다. 각국 조문단이 있는 자리에서 말입니다."

"내외에 알리려는 목적이군."

"동시에 안기부에서도 강일규의 비리를 발표했습니다. 오랫동안 조사한 결과라는군요."

"다들 그렇지."

"그리고 조금 전 정부 대변인인 문교부 장관이 리스타 그룹 사건은 강일규가 실적을 올리고 제 사욕을 챙기려고 조작한 것이었다면서 공식 사과를 했습니다."

"대통령이 제대로 수습을 했군."

"리스타 그룹 관계자는 모두 석방됐습니다."

"이광 부모는 어떻게 하고?"

불쑥 후버가 묻자 말문이 막힌 월슨이 숨만 쉬었다. 그때 후버가 말했다.

"잘 자라, 월슨."

다음 날 오후 1시 반, 홍콩 구룡반도 끝 건너편에 위치한 센트럴의 차이나호텔, 바다가 내려다보이는 귀빈실의 창가에서 화오방과 이광이 마주 보고 앉아 있다. 배석자는 양명뿐이다. 화오방은 방금 한국에서 돌아온 것이다.

"감사합니다."

이광이 다시 인사를 했다.

"폐를 끼쳤습니다."

"우리는 조상에 대한 예의가 비슷해."

화오방이 부드러운 시선으로 이광을 보았다.

"한국이 오히려 중국보다 어른에 대한 예절이 깍듯하지. 중국은 여진족이 청나라를 세우고 나서 쌍놈이 다 되었어."

나설 일이 아니어서 이광은 눈만 껌벅였고 양명은 외면했다. 길게 숨을 뱉은 화오방이 말을 이었다.

"내 눈앞에서 강일규가 끌려가는 것을 보니까 권불십년(權不十年) 화무십일홍(花無十日紅)이란 말이 떠오르더군, 영원한 권력은 없는 거네."

"명심하고 있습니다."

"다시 강일규 같은 놈한테 당하지 않으려면 힘을 길러야 돼, 그 힘은 조직에서 나와야 하네."

"예, 서기님."

"우리도 이해가 걸려 있기 때문에 자네를 도왔던 것이야, 그것도 잊지 말게."

"예, 서기님."

"무슨 말인지 자네가 잘 알 거야."

화오방이 입을 다물었지만 이만해도 가슴에 품은 말을 거의 털어놓은 것이나 같다. 힘과 조직과 이해, 이것이 열쇠다.

"철아, 미안하다."

이광이 말하자 이철이 가라앉은 목소리로 대답했다.

"형, 아버지 유언대로 기운내야 돼. 여기서 기 꺾이면 아버지께 죄 짓는 거야."

"안다, 난 버틸 거다."

"그럼 됐어. 나하고 명화는 걱정 마."

"미안하다."

"형, 이제 다 풀렸지만 서두를 것 없어. 내가 묘소 잘 돌볼 테니까 분위기가 좀 가라앉으면 와."

"고맙다."

"형은 큰일을 해낼 거야, 나도 부모님처럼 형이 자랑스러워."

"고맙다."

"형, 바쁠 텐데 전화 끊어."

"명화 좀 부탁한다."

"걱정 말고."

이광이 머뭇거리다가 귀에서 전화기를 떼었다. 오후 7시 반, 집에 돌아와 있는 이철에게 전화를 한 것이다. 전화기를 내려놓았을 때 앞에 앉은 오금봉이 말했다.

"저는 일본에 들렀다가 멕시코로 가겠습니다."

이광이 머리만 끄덕였다. 일본 사업이 시작되자마자 샌디가 피살되었고 다시 신일본회로 주도권을 장악하기 직전에 국비위가 덮쳤던 것이다. 신일본회 사건으로 뿌리가 흔들렸던 야쿠자 그룹은 그 원인을 제공했다고 의심해 온 리스타 그룹의 재앙에 속으로 쾌재를 불렀을 터였다. 오금봉이 결연한 표정으로 말했다.

"이번에는 일본에 기반을 굳히도록 하겠습니다. 수시로 보고 드리지요."

그날 저녁, 서울에 도착한 비서실장 안학태는 집에 들르지도 않고 먼저 강은서에게 찾아왔다. 안학태의 부인도 구속되었다가 풀려났지만 아직 전화도 하지 않았다. 직원과 함께 강은서의 아파트에 도착한 안학태가 직원을 밖에서 기다리게 하고는 벨을 눌렀다. 미리 연락을 한 터라 강은서가 바로 문을 열어 주었다.

집에는 강은서의 어머니와 동생 가족, 아들 상철이까지 모두 모여 있었는데 안학태의 인사를 받더니 모두 자리를 피해주었다. 안학태가 홍콩에서 사온 상철의 전자 장난감을 강은서에게 건네주었다. 다른 때 같으면 이광이 보냈다고 말했을 것이다. 그러면 강은서도 웃으면서 그냥 받았겠지만 오늘은 말없이 주고받는다. 안학태가 입을 열었다.

"제가 한국에 가서 사모님께 먼저 인사드리겠다고 했습니다. 회장님께선 머리만 끄덕이셨습니다."

강은서는 웃음 띤 얼굴로 시선만 주었고 안학태가 말을 이었다.

"외람되지만 제가 모시고 있는 회장님 심정을 대변할 수 있다고 생

318

각합니다. 사모님께선 죄책감 느끼실 이유가 없습니다. 그리고 회장님께서도 전혀 그것을 의식하지 않으십니다."

"……."

"이럴 때일수록 회장님이나 사모님께서 의지할 배우자가 필요한 법입니다. 회장님 전화를 받지 않으시는 건 서로에게 도움이 안 된다고 생각합니다."

"잘 오셨어요."

강은서가 차분해진 표정으로 안학태를 보았다.

"먼저 회장님께 고맙다는 말씀을 전해주세요."

"예, 사모님."

"건강하시라는 말씀도요. 그리고 귀국하시면 언제든지 저한테 오시라고도 말씀드려주세요."

"예."

"하지만 결혼은 안 됩니다. 어머님이 살아 계시다면 모르겠는데 돌아가신 후에 결혼을 하다니요. 저 그렇게는 못 합니다. 어머님을 모독하는 것이나 같아요."

"……."

"제 입장을 생각해 보셔야죠. 그래서 아무 때나 저한테 오셔도 되지만 결혼은 안 된다는 것입니다."

"……."

"더구나 아버님까지 돌아가셨지 않아요? 제가 두 분 묘소에 무슨 얼굴로 갑니까?"

길게 숨을 뱉은 강은서가 안학태를 보았다.

"운명이란 게 있고 운이라는 것도 있어요, 저는 이광 씨 부인으로는 안 맞는 여자예요."

홍콩에서 카이로로 날아가는 전용기 안이다. 앞쪽 회의실에는 이광
과 해밀턴, 린드버그까지 셋이 둘러앉았는데 제각기 손에 술잔을 쥐었
다. 해밀턴이 홍콩에 들렀다가 이광의 전세기에 동승한 셈이지만 우연
은 아니다.

"이번에 후버 부장의 도움을 많이 받았어요."

이광이 말하자 해밀턴의 얼굴에 웃음이 떠올랐다.

"후버 부장은 인사를 받지 않을 겁니다. 당연한 일에 인사를 받는 건
어색한 일이니까요."

"그런가요?"

"회장님이 한국 정부에 의해서 어떻게 된다면 우리 사업에 엄청난
지장이 왔을 테니까요."

"그건 그렇지만……."

"강일규가 회장님 대행을 하겠다는 의사를 넌지시 보인 것이 결정적
이었습니다."

해밀턴이 말을 이었다.

"후버 부장은 서부 시대 보안관 같은 기질이라 강일규 같은 그런 성
격을 보면 권총을 뽑지 않고는 견디지 못하거든요."

"CIA 부장으로는 적격인 분이군요."

"보스지요."

해밀턴이 정색하고 이광을 보았다.

"보스의 원조 같은 분입니다. 물론 결점도 많지요. 독선, 독재 또는
편애……."

"장점은?"

"애국심."

바로 말한 해밀턴의 얼굴에 쓴웃음이 번졌다.

"제가 아직까지 살아 있는 것도 국익에 도움이 되고 있다고 후버 부장이 판단하고 있기 때문일 겁니다."

이광이 머리를 끄덕이고 나서 해밀턴을 보았다.

"해밀턴, 당신한테 리스타의 CIA 같은 조직을 맡길 예정이오. 지금부터라도 그 조직과 구성원에 대해서 연구를 해주기 바랍니다."

해밀턴이 머리를 끄덕였다. 공감하고 있기 때문이다. 지금까지 리스타유통에서 정보 수집 업무까지 해왔지만 그것은 새로운 조직을 위한 기반 다지기 작업이나 같았다. 오금봉도 그것을 알고 있는 것이다. 해밀턴에게 맡길 새로운 조직은 정보 수집과 집행력을 갖춘 비밀 기관이다. 이광이 말을 이었다.

"리스타 그룹 보위와 미래까지 책임질 기관이오, 해밀턴 씨."

"린드버그하고 신중하게 처리하겠습니다."

해밀턴이 가라앉은 표정으로 말을 이었다.

"후버 부장도 예상하고 있을 것입니다. 그러니 당분간은 CIA와 우호적인 관계를 유지하는 것이 서로를 위해 좋을 것입니다."

이광이 머리를 끄덕였다.

"리스타 그룹뿐만이 아니라 아시아에서 필요한 조직이 될 테니까, 신일본회가 와해된 지금 CIA도 동반자가 필요한 상황일 거요."

"그렇습니다."

숨을 들이켠 해밀턴이 이광을 똑바로 보았다.

"새로운 조직이 신일본회 역할까지 해낼 수도 있을 것입니다."

321

신일본회는 CIA의 원격 조정을 받았다가 노출되자 일본인의 격렬한 반감을 받아 와해되었다. 연루된 정치인, 기업가, 관료, 야쿠자까지 명단이 폭로되고 정치인과 관료는 모두 목이 달아났다. CIA가 신일본회에 기대한 것은 소련, 중국에 대항하는 친미 전선이었다. 일본의 지도 자급을 포섭하여 신일본회를 만들고 대소, 대중국 작전에 이용하는 것이었다. 해밀턴의 시선을 받은 이광의 얼굴에 쓴웃음이 띠어졌다. 문득 화오방의 말이 떠올랐기 때문이다. '힘과 조직과 이해'다. 화오방도 이 조직을 이해는 할 것이다.

전세기가 카이로에 도착했을 때는 오후 3시경이다. 전세기에서 내린 이광은 기다리고 있던 나영찬과 함께 리무진에 올랐다. 전세기 이착륙장에서 비행기 안에 앉아 입국 수속이 끝나기를 기다리는 동안 해밀턴은 먼저 빠져나갔다. 리무진이 공항을 벗어났을 때 나영찬이 말했다.

"형님, 민투위 위원장이 형님한테 고맙다는 인사를 전해 달라고 했습니다."

이광의 시선을 받은 나영찬이 쓴웃음을 지었다.

"이번에 저희들이 민투위에 자금을 지원한 사실을 밝혔거든요, 지금까지 비밀로 했었습니다."

"그렇다고 내가 한국 정부를 적으로 여기는 건 아냐."

"잘 알고 있습니다. 그래서 지금까지 제 개인이 지원한 것으로 했던 것입니다."

정색한 나영찬이 이광을 보았다.

"이번 사건으로 형님이 독재와 독선, 반민주 세력과는 대결도 불사하겠다는 의지를 보여주신 것입니다."

이광은 대답하지 않았지만 자신이 물 위에 뜬 기름처럼 따로 떼어질수 없다는 것을 이제 깨닫고 있다. 고기를 잡으려면 손에 물을 묻혀야한다. 그것이 진리이고 현실이다.

　이광이 카이로에 온 이유 중의 하나가 리스타투자의 사장 하사드의결혼식 때문이다. 하사드의 결혼식은 한 달쯤 전으로 잡혀 있었는데 이번 사건으로 무기 연기를 했다가 다시 날짜를 정한 것이다. 바로 내일이다. 하사드의 신부가 될 여자가 이집트인이어서 장소를 카이로로 정한 것이다. 그동안 하사드가 여자를 여럿 만났기 때문에 이광도 신붓감을 보지도 못 했다. 오후 6시가 되었을 때 호텔방으로 하사드가 찾아왔다. 신부가 될 여자 파드라와 나란히 앉은 하사드가 굳어진 얼굴로 말했다.

　"회장님 부모님께서 돌아가셨는데 결혼식을 올린다고 떠드는 것이죄송합니다."

　"그런 인사는 필요 없다."

　쓴웃음을 지은 이광의 시선이 파드라에게 옮겨졌다. 히잡을 쓴 파드라는 검은 눈동자에 가슴이 서늘해질 만큼 미인이다. 여자를 많이 만났던 하사드는 파드라와 만난 지 석 달 만에 결혼하는 것이다. 파드라는마르카 소개로 만났는데 이집트 대학에서 경제학 박사 학위를 받고 현재 교수로 재직 중이다. 27세, 전직 장관을 지낸 부친은 지금도 이집트정계의 유력자라고 했다. 인사를 마친 하사드가 파드라와 함께 방을 나갔다가 뭘 잊은 것처럼 혼자 들어왔다.

　"회장님, 마르카가 와 있는데요, 지금 가족들하고 아리스호텔에 있습니다."

하사드의 시선을 받은 이광이 머리를 끄덕였다. 하사드는 마르카가 파리에서 남자하고 동거까지 했다는 것을 아는 것이다.

"네 누나도 잘되었으면 좋겠다, 하사드."

"오늘 저녁에 시간 있으시면 마르카를 이곳으로 오라고 하시지요."

"그러지."

그러자 하사드의 얼굴이 환해졌다.

"마르카도 기뻐할 것입니다."

그날 저녁 이광과 마르카는 호텔 식당에서 둘이 저녁을 먹는다. 아랍식 식당이지만 양고기를 포크와 나이프로 썰어 먹고 밥은 스푼으로 떠먹는다. 포도주를 곁들여서 양고기를 먹던 이광이 술잔을 든 채 마르카에게 말했다.

"마르카, 내가 너한테 상처만 준 것 같아서 면목이 없다."

"천만에요, 리."

마르카가 정색하고 이광을 보았다.

"당신은 나한테 희망과 기쁨을 주셨어요. 우리 가족의 은인이기도 하고요."

"그렇게 말한다면 그 빚은 다 갚았어."

"아버님, 어머님께 죄송해요."

마르카가 뒤늦게 조의를 내보였다. 한국 소식은 마르카도 다 알 것이다, 강은서 이야기까지.

다음 날 아침, 눈을 뜬 이광이 머리를 돌려 옆자리를 보았다. 그 순간 마르카의 검은 눈동자가 눈앞에 떠 있는 것을 보았다. 눈동자에 박힌 자신의 얼굴이 보인다.

"아, 일어났어?"

마르카의 허리를 감아 안으면서 이광이 물었다. 부드러운 피부와 탄력이 있는 허릿살 감촉과 함께 배가 맞닿으면서 따뜻한 체온도 느껴졌다. 마르카의 풍만한 몸은 아무것도 걸치지 않았다. 마르카가 몸을 붙이면서 말했다.

"당신을 보고 있었어요."

탁자에 붙여진 시계가 오전 6시 10분을 가리키고 있다.

"마르카, 조금 더 자자."

마르카의 젖가슴에 얼굴을 묻으면서 이광이 말했다.

"이러고 조금 더 있자."

"얼마든지요."

마르카가 이광의 머리를 손끝으로 쓸면서 말했다.

"난 하루 종일 이러고 있어도 돼요."

마르카의 젖가슴에서 우유 냄새가 났다. 그 순간 가슴이 미어진 이광이 숨을 들이켰다. 그러자 이번에는 목이 메었다. 그때 마르카가 속삭이듯 말했다.

"자장가 불러 드려요?"

그때 이광이 머리를 들고는 마르카를 거칠게 바로 눕혔다. 그러고는 몸 위로 오르자 마르카가 순순히 이광의 어깨를 움켜쥐었다.

결혼식을 끝내고 호텔로 돌아온 이광이 옷을 갈아입었을 때 비서가 다가와 말했다.

"오 사장입니다."

오금봉이다. 이광이 머리만 끄덕이자 비서가 전화기를 건네주었다. 오후 6시 반이다. 오금봉은 일본에 있을 테니 그쪽 시간은 오전 1시 반일 것이다. 이광이 응답했을 때 오금봉이 말했다.

"회장님, 대통령이 만나기를 바란다는 연락이 왔습니다."

대통령이란 한국 대통령 한두진을 말한다. 이광이 가만있었더니 오금봉이 말을 이었다.

"지금까지 잘못된 일들을 회장님을 만나 사과하고 싶다는 것입니다. 비서실장 오정도를 통해 제가 직접 연락을 받았습니다."

"......"

"흐지부지 끝내는 것보다 솔직히 사과하는 모습을 보이는 것이 낫다고 판단한 것 같습니다."

"내가 안 나가면 또 유감이 생기겠지요?"

"그럴 가능성이 있지요."

"완곡하게 거절을 해요."

"저도 지금 당장 만나실 필요는 없다고 생각합니다."

오금봉이 말을 이었다.

"이번 강일규 사건으로 정권의 도덕성이 땅으로 떨어졌습니다. 뒤늦게 리스타 관계자를 석방하고 강일규를 구속했지만 사과 제스처로 만회할 수 없다는 것을 그들도 알고 있을 것입니다."

"......"

"제 예상입니다. 곧 정부에서 민투위 주장대로 대통령이 퇴임하고 대선을 실시할 가능성이 있습니다."

그렇게 되면 민투위가 주장해온 민주 혁명이 실현되는 것이다. 한두진의 임기는 2년 반이나 남아 있다.

"그럴 수 있을까?"

"예, 민투위에서 지지하는 야당의 정운갑 후보가 대선에 나서겠지요."

현재 여당인 대통령 측도 후보를 내세울 것이다. 오금봉의 목소리에 열기가 띠어졌다.

"만일 한두진 씨가 퇴임하고 조기 대선이 실시된다면 이번 리스타 사건이 계기가 된 것입니다."

이광은 심호흡을 했다. 화오방이 언젠가 한 말이 떠올랐다. 모든 일에는 우연이 존재하지 않는다고 했다. 다 인연이 겹치고 쌓여서 그 우연을 만든다는 것이다. 지금 한국 정세도 그렇다. 리스타도 그 인연의 한몫을 한 것 같다.

다음 날 오전, 한국에 갔던 안학태가 돌아와 합류했다. 안학태는 비공식으로 잠행하듯이 활동하고 돌아온 터라 청와대 연락은 받지 못했다.

"회사는 안정이 되었습니다."

안학태가 보고했다.

"오히려 사기가 더 올랐습니다."

응접실에는 둘뿐이다. 헛기침을 한 안학태가 이광을 보았다.

"강은서 씨를 찾아가 뵈었습니다. 건강하시라는 말씀을 전해달라고 하셨습니다."

다시 헛기침을 한 안학태가 시선을 내리고는 말을 이었다.

"하지만 돌아가신 부모님께 죄송해서 결혼은 못 한다고 하셨습니다. 어떻게 차례를 지낼 수 있겠느냐고 반문하시더군요."

"……."

"한국에 오셨을 때 언제든지 찾아오셔도 된다고 하십니다. 진심인 것 같았습니다."

"……."

"건강하게 일상을 보내고 계셨습니다."

"뿌린 대로 걷는 거야."

불쑥 말한 이광이 소파에 등을 붙였다. 얼굴에 희미하게 웃음이 떠올라 있다.

"다 내가 만든 거야. 이만하면 내가 강은서한테서 좋은 대접을 받는 셈이야."

카이로에서 리비아의 트리폴리까지는 금방이다. 전에는 에어프랑스나 이집트에어를 타고 트리폴리에 갔지만 이번에는 전세기로 곧장 날아갔다. 카다피 국가 원수가 바로 만나자고 했기 때문에 이광 일행은 공항에서 대통령궁으로 직행했다. 대통령궁이지만 카다피의 공식 직함은 국가 원수, 국가평의회의장이다. 중위 때 쿠데타를 일으켜 정권을 장악한 후에 지금의 계급은 대령. 장군이 되려 한다면 별 5개짜리 원수가 3번 되고도 남았겠지만 대령을 고집하고 진급을 안 한다.

"아, 동생, 반갑다."

이광을 본 카다피가 그렇게 말하면서 두 팔을 벌리고 다가왔다. 브라더(brother)다. 이것은 카다피가 최고의 친밀감을 나타내고 있는 것이다.

"동생, 부모님께 애도를 표하네."

이광의 어깨를 감싸 안은 카다피가 양쪽 볼에 입술을 세 번이나 붙였다가 몸을 떼었다. 그러나 여전히 잡고 자신의 옆자리에 앉힌다. 방에 국방장관, 정보국장, 비서실장까지 와 있었지만 그들과 번거롭게 인사할 필요도 없다는 제스처다. 그래서 자리에 앉은 이광이 그들에게 눈인사만 했다.

이광을 수행해 온 안학태는 꾸물거리다가 끝 쪽 자리에 앉았다. 이광이 다른 사람들하고 인사를 안 하는 바람에 안학태도 그냥 넘어갔다.

카다피가 지그시 이광을 보았다. 카다피는 요즘 반미(反美) 대열의 선봉에 서서 미국과 대립 중이다. 지난달 로마에서 일어난 폭탄 테러가 리비아에서 훈련받은 아랍 과격 단체의 소행이라는 것이 밝혀지면서 미국과의 관계는 더욱 악화되었다. 미국은 국교 단절을 시사했고 카다피를 테러 조종자, 전쟁광, 독재자라고 선언했다. 미국과 리비아는 최악의 대결 상태가 되어 있었지만 이면(裏面)은 다르다.

프랑스의 지원을 받는 차드와 전쟁 중인 리비아는 이광의 리스타 암만을 통해 미국산 무기를 수입해왔고 또한 이광의 리스타유통을 통해 리비아산 마약을 미국은 수입하고 있는 것이다. 이것이 바로 국가 간 거래다. 국가는 국민의 이익을 위한 조직이나 같다. 따라서 올인은 존재하지 않는다. 항상 차선, 차차선의 대비책을 세워두는 것이 국가이며 정치다. 미국도 마찬가지이고 리비아, 이라크, 중국도 같은 것이다. 이것은 또한 기업 경영에도 통용된다.

이광은 국가 간 거래에 참여하면서 '큰 사업' '큰 거래'에 빨리 눈을 뜨게 된 셈이다. 카다피가 입을 열었다.

"리, 한국의 민주화 열기가 나에게는 남의 일 같지가 않아."

카다피의 얼굴에 웃음이 떠올랐다.

"정보국장이나 국방장관은 한국과 리비아는 전혀 다른 체제고 국민이라고 말하지만 아마 30년쯤 후에는 그런 일이 이곳에서도 일어날지 모르겠다."

이광은 숨만 쉬었다. 그동안 한국 내부 상황이 급변하는 중이다. 한두진 대통령은 민정 이양을 선포했는데 대선은 내년이 될 것이었다. 카다피가 말을 이었다.

"리, 미국이 이번 로마 사건으로 국민들에게 실적을 보여주고 싶어해. 그 빌어먹을 대통령 놈은 앞뒤가 꽉 막힌 놈이라고."

말은 거칠었지만 카다피의 얼굴에는 웃음이 떠올라 있다. 심호흡을 한 카다피가 말을 이었다.

"남쪽 아덴 지구에 이슬람 해방파 훈련소가 있어. 그곳에 해방파 제2인자인 오마르 대령이 2백 명 가까운 부하들하고 은신하고 있지."

"……."

"이번 로마 공항 폭발 사건은 오마르가 주도한 거야. 해방파 지도자 핫산은 반대했지만 오마르가 제 추종 세력을 시켜서 한 짓이지."

카다피가 의자에 등을 붙이더니 입맛을 다셨다.

"그리고 나서 오마르가 소련과 손을 잡는군, 아주 약삭빠른 놈이야."

이광은 머리끝에 전류가 흐르는 느낌을 받았다. 긴장하고 있기 때문일 것이다. 지금 카다피는 테러단의 동향을 말해주는 것이 아니다. 국가 간 얽힌 이해와 갈등이 테러단의 동향에서 묻어나오고 있다. 그때 카다피가 말했다.

"오마르 이놈이 날 무시했어, 내 영토에서 소련과 연락을 하다니. 내가 제 놈 보호자라도 된다는 말인가?"

그러나 사실은 카다피와 오마르는 절친했다. 이번에 로마공항 폭파 사건이 있기 전까지 둘은 형제나 같았다. 그렇게 소문도 났다. 카다피가 입을 다물었을 때 정보국장 무바라크가 말했다.

"오마르는 리비아 영토 내에서도 수시로 이동하고 있지만 우리 눈을 피할 수는 없지요. 오마르 위치를 알려 드릴 테니 CIA 측에 넘겨주시지요."

카다피가 말을 받았다.

"그것으로 미국 대통령이 체면을 세우라고 해, 쪼다 같은 놈."

"그렇게만 말하면 됩니까?"

"후버한테 말해, 동생."

"예, 각하."

"형님이라고 해."

"예, 형님."

"난 테러리스트가 아니라고 해."

"예, 그렇게 전하겠습니다, 형님."

"난 중위 때 쿠데타를 일으킨 남자야. 나폴레옹 보나파르트를 미화(美化)하고 있지만 그 땅딸보는 장군이 되어서도 빌빌거리다가 겨우 정권을 잡았어."

"예, 형님."

"내가 겁쟁이, 비겁자가 아니라는 말이야, 동생."

"잘 알겠습니다, 형님."

"오마르는 내 땅에서 제 마음대로 테러단을 보냈고 소련과 손을 잡으려고 장난을 쳤어. 난 용납 못 해."

"알겠습니다, 형님."

그때 카다피가 긴 숨을 뱉었다.

"저녁은 사막에서 먹지."

별빛 아래서 은쟁반 위에 놓인 양고기를 먹는다. 양탄자에 둘러앉은 사내는 셋, 카다피와 이광 그리고 정보국장 무바라크다. 이곳은 트리폴리 남쪽 200킬로 지점인 사막 한복판, 오늘 밤도 별빛이 휘황했고 날씨는 서늘하다. 옆쪽 모닥불이 타오르면서 불꽃이 하늘로 날아올랐다. 양고기는 연하고 맛이 있어서 이광은 밥과 함께 서둘러 씹어 삼킨다. 카다피가 입안의 음식을 삼키고는 이광을 보았다.

"동생, 이번 사건으로 느낀 점이 많지?"

"예, 형님."

"동생만큼 각국 지도자하고 인연을 맺은 기업가가 없어."

"감사합니다, 형님."

"그, 한국의 강 아무개란 작자가 뭘 모르고 욕심을 부린 것이지. 그것을 방조한 대통령도 책임이 있어."

물그릇에 손을 씻은 카다피가 이광을 보았다. 별빛에 눈이 반짝이고 있다.

"동생, 내가 도와주겠어. 이 조건을 잘 이용하게."

바로 이 말을 하려고 이곳에서 셋이 저녁을 먹고 있는 것이다. 지도자쯤 되면 큰 것이 보이는 것 같다.

로마, 콜로세움이 보이는 CIA의 안가, 오후 3시 반, 응접실에 이광과 해밀턴, 윌슨까지 셋이 둘러앉아 있다. 트리폴리에서 해밀턴에게 연락을 한 것이다. 윌슨과 함께 오라고 했더니 긴장을 한 그들은 토도 달지 않고 바로 날아왔다.

트리폴리에서 로마까지는 비행기로 한 시간 거리지만 CIA 본부인 랭글리에서는 15시간을 날아와야 한다. CIA의 7위권 안에 드는 거물 둘이 날아온 것이다. 이광의 말이 끝났을 때 윌슨이 먼저 입을 열었다. 윌슨의 손에는 이광이 넘겨준 쪽지가 쥐어져 있다. 오마르의 위치가 적힌 쪽지다.

"고맙습니다. 이제 좀 막힌 파이프가 뚫리는 것 같습니다."

윌슨의 얼굴이 조금 상기되어 있다. 해밀턴의 뒤를 이어서 윌슨이 해외작전국장이 되어 있는 것이다. 오마르 제거도 윌슨의 몫이다.

"카다피 원수가 그랬습니다. 자신은 테러리스트가 아니고 겁쟁이, 비겁자는 더욱 아니라고 말씀입니다."

"그건 내가 알지요."

해밀턴이 말을 받았다.

"오마르 그놈이 소련과 접촉할 것을 예상하고 있었습니다."

해밀턴은 소련 담당 부장보인 것이다. 이광은 오마르가 소련과 접촉하고 있다는 것도 말해주었기 때문이다.

"이것으로 우리 대통령 체면이 좀 서겠군요."

윌슨이 들뜬 표정으로 말했을 때 해밀턴이 충고를 했다.

"윌슨, 우선 부장께 보고하고 나서 이번 작전은 특A로 설정하고 특공대를 리스타를 통해서 리비아로 침투시키도록 해."

"알았어요, 해밀턴."

쓴웃음을 지은 윌슨이 이광을 향해 웃어 보였다.

"또 리스타 신세를 지는군요."

"아니, 괜찮습니다."

이광이 따라 웃었다. 리스타 법인을 통해 건설회사 근로자로 위장하고 용병들이 리비아로 투입되고 있기 때문이다. CIA 특공대도 그렇게 들어올 것이다.

그날 밤, 카이사르호텔의 라운지에서 이광과 해밀턴 둘이 마주앉았다. 18층 창밖으로 로마 시내의 야경이 내려다보였는데 라운지는 조용했다. 이쪽 창가에는 그들 둘만 앉아 있는 것이다. 출입구는 닫혔고 입구 근처의 테이블에 7, 8명의 사내가 둘러앉아 있었는데 모두 이광과 해밀턴의 수행원들이다. 커피 잔을 든 이광이 말했다.

"미국은 잘 진행되고 있는 것 같더군요."

"예, 반역 행위가 아니니까요."

바로 대답한 해밀턴이 얼굴을 펴고 웃었다.

"명분이 뚜렷하면 매수하거나 강요할 필요가 없습니다. 오히려 재력가들은 기부금을 내려고 합니다."

"신일본회는 일본에 국한되었기 때문에 단숨에 와해된 겁니다."

"그렇습니다."

해밀턴이 머리를 끄덕였다.

"이기적인 조직이라 외부로부터 외면을 받았지요."

"후버 부장도 눈치는 채고 있겠지요?"

"예, 회장님."

이제는 해밀턴이 정색했다.

"우리 조직을 이용할 생각도 하고 있을 것입니다."

이번에는 이광이 천천히 머리를 끄덕였다.

"대의(大義)가 같다면 협조를 해야 되겠지요. 하지만 미국의 국익만을 위해서는 못 합니다."

"당연한 말씀입니다."

해밀턴이 말을 이었다.

"나중에 후버 부장이 깨뜨릴 수 없을 정도로 기반을 굳혀 놓아야 합니다."

"멕시코는 유통 오 사장이 포섭하고 있어요."

이광이 목소리를 낮췄다.

"일본도 이제 시작을 했고."

"그런데 근거지를 어디에 두시겠습니까?"

해밀턴이 묻자 이광이 심호흡을 했다. 지금 둘은 리스타 그룹의 핵이 될 사업부에 대해서 이야기하고 있는 것이다. 그 사업부 사장은 해밀턴이 될 것이다. 신사업부의 명칭은 리스타 연합이다. 리스타 연합은 기존의 리스타상사, 리스타투자, 리스타유통처럼 실체가 있고 매출이 기록되는 상사가 아니다. 리스타 연합은 오직 선정된 회원들로만 운용되는 의결 단체인 것이다.

회원은 각국의 유력자를 선정하거나 양성해서 종신직으로 임명되고 연맹의 회장은 이광이다. 리스타 연합은 물론 비밀 단체이며 리스타 그룹의 자금 지원을 받게 될 것이다. 지금 해밀턴은 리스타 연합의 근거지를 어느 곳에 세울 것이냐고 물었다.

"홍콩이 적당하겠는데 해밀턴 씨, 당신 생각은?"

그때 해밀턴이 머리를 끄덕였다.

"제 생각도 같습니다. 홍콩에 미국이나 소련이 영향력을 행사하기 힘들지요, 곧 중국에 반환이 될 테니까요, 그리고⋯⋯."

그다음은 말 안 해도 된다. 이광이 중국 정부와 밀접한 관계를 맺고 있기 때문이다. 중국도 이광의 리스타 연합 실체를 안다면 어떻게든 이용하려고 들 것이다. 이광이 대신 말했다.

"제각기 이용 가치를 계산하겠지만 언젠가는 알게 되겠지요."

이광이 리스타 연합의 생각을 굳힌 계기는 후세인을 만났을 때부터

다. 그 후로 카다피 등과 밀접한 관계가 되면서 사업의 이면에 어쩔 수 없이 작용하는 정치력을 실감했다. 부정과 불의에 대항하려면 사업 한편으로 '힘'을 보유하고 있어야 한다는 것을 깨달았다.

조국 대한민국이 급속 성장을 하는 한편으로 민주화 투쟁을 병행하면서 정치적으로 혼란 상태가 된 것도 이광을 자극했다. 두 번이나 정부로부터 희생양 노릇이 되었다가 부모까지 잃은 이광이다. 리스타 연합으로 리스타 그룹을 신장시키려는 것이 아니다. 리스타 연합은 유엔과 CIA를 합병시킨 것 같은 조직이 될 것이다.

그것이 이광의 목표였고 해밀턴에게로 그 의지가 옮겨간 상태다. 해밀턴은 이광의 목적에 전적으로 공감한 입장으로 계획에 동참하고 있다. 그때 해밀턴이 웃음 띤 얼굴로 자리에서 일어섰다.

"자, 저는 카다피 씨가 알려준 소련 놈들을 잡으러 갑니다. 후버 부장한테 실적을 보여줘야죠."

테러범 오마르가 접선하고 있는 소련 스파이다.

<끝>